나의 집을
떠나며

현길언은 1940년 제주에서 태어나, 제주대와 성균관대를 거쳐 한양대 대학원 국문과에서 박사학위를 받았다. 1980년 『현대문학』에 단편 「성 무너지는 소리」가 추천되어 문단에 나왔으며, 소설집으로 『용마의 꿈』『우리들의 조부님』『닳아지는 세월』『무지개는 일곱 색이어서 아름답다』『껍질과 속살』『배반의 끝』 등이, 장편소설로 『회색도시』『투명한 어둠』『여자의 강』『한라산』『열정시대』 등이 있다. 녹원문학상, 현대문학상, 대한민국문학상, 기독교문화대상, 백남학술상 등을 수상했다. 한양대 국문과 교수를 정년퇴임하고 현재 〈평화의문화연구소〉를 창립하여 학술교양지 『본질과현상』의 발행인 겸 편집인으로 활동 중이다.

현길언 소설집

나의 집을 떠나며

초판 1쇄 발행 2009년 7월 17일
초판 2쇄 발행 2010년 11월 1일

지은이 현길언
펴낸이 홍정선 김수영
펴낸곳 (주)문학과지성사
등록번호 제10-918호(1993. 12. 16)
주소 121-840 서울 마포구 서교동 395-2
전화 02)338-7224
팩스 02)323-4180(편집) 02)338-7221(영업)
전자우편 moonji@moonji.com
홈페이지 www.moonji.com

ⓒ 현길언, 2009. Printed in Seoul, Korea
ISBN 978-89-320-1982-6

* 지은이는 2009년 경기문화재단이 지원한 창작지원금을 수혜했습니다.

나의 집을 떠나며

현길언 소설집

문학과지성사
2009

차례

나의 집을 떠나며

관계 6

1

“바쁘신데 오시라 해서 미안합니다. 돌아가신 선친에 대해 좀 알아볼 게 있어섭니다. 나가서 차나 한잔하실까요?”

연초록 와이셔츠에 주황색 넥타이 차림을 한 젊은 형사는 경찰서로 찾아간 나를 인사동 전통찻집으로 안내했다. 형사로서는 드물게 보는 반듯한 외모와 예의 바른 태도가 경찰서 출입에 익숙지 않은 나에게 오히려 부담스러웠다.

“상을 당하셔서서 슬픔이 크시겠습니다.”

부친이 돌아가셔서 장례를 치른 지 2주가 된다. 뜻하지 않게 낯선 사람으로부터 조의 인사를 받고 보니, 아버지로 인해 복잡한 일들이 많았던 내 집 사정을 남에게 들킨 것 같아 마음에 걸렸다. 참, 인사가 늦었네요. 그는 명함을 내밀면서 어색하게 웃었다. '우진철'이란 이름 밑에 전화번호만 적혀 있다. 나도 명함을 전했다. 마침 종업원이 차와 다기를 들고 와서 주문한 녹차를 우려낼 준비를 했다.

"참 좋은 회사에 근무하시는군요. 전 대학 졸업 후에 두어 해 고시에 도전했다가 실패하고 경찰 간부 후보생 시험을 보게 되었습니다. 팔월 말에 경찰학교를 졸업하고 지금 경찰서 형사반에서 수습 중입니다. 이렇게 만나게 된 것도 다 인연이군요."

86학번인 그는 인상이 무던했다. 학번으로 보면 나보다 3년 뒤졌는데, 숨김없이 자기를 드러내놓는 바람에 처음 느꼈던 경계심이 다소 풀렸다.

"돌아가신 부친 함자가 경(暻) 자 재(宰) 자 맞지요?"

"예."

"그리고 인영 씨가 큰누나, 둘째누나는 인혜 씬가요?"

"그렇습니다."

나는 아버지와 두 누나의 나이를 말했다.

"어머님께서 돌아가신 후 아버님은 처음부터 계속 혼자 사셨나요?"

"누님이 집안일을 도맡아 하셨습니다."

"젊은 나이에 상처를 당하셨는데 일생을 독신으로 사셨다니 믿어지지 않는군요."

순간 나는 부친이 살아오는 과정에 우리 자식들도 모르는 어떤 사건이 숨어 있다가 이제야 나타났구나, 생각했다. 어떤 여자와 은밀한 관계를 맺고 그 사이에서 아이라도 있어서…… 내 상상은 멋대로 뻗어나갔다.

"부친께서는 지병으로 돌아가셨다는데, 위암이셨던가요?"

"예. 지난해 유월에야 알았지요. 수술이나 치료를 받을 시기를 놓쳐버렸다는 겁니다. 길어야 육 개월 정도라고 했는데, 일 년 넘게 사셨으니 오래 견디신 셈이지요."

나는 그동안 여러 사람들에게 말했던 그대로 처음 만난 이 사내에게도 아버지 병세를 되풀이해서 말했다. 주위 사람들은 왜 환자를 방치해두느냐고 묻고 되물었다. 그때마다 나는 의사의 말을 빌려서 설명했지만, 아버지 병을 포기한 불효자식의 처지를 변명하는 것 같아서 곤혹스러웠다. 사실, 나는 아버지 병구완을 위해 아무런 일도 하지 못했다. 어찌 보면 돌아가실 시간만을 기다리는 꼴이 되었으니, 자신의 처지가 안타깝고 가증스럽기까지 했다.

"어느 병원이었던가요?"

나는 처음 진료를 받은 내과병원과 종합정밀진료를 받고 잠시 입원했던 대학병원 이름을 말했다.

"그렇게 병이 악화될 때까지 왜 본인은 몰랐을까요?"

많은 사람들이 의아해했던 부분이다. 아버지는 타고난 건강 체질이었다. 한겨울이 되어도 감기 한번 걸리지 않았다. 술을 무척 즐겼으나 술에 지는 법이 없었다. 퇴직 후에 이따금 소화가 잘 안 될 때가 종종 있었으나 그저 술 때문이겠거니 생각했다. 워낙 병원 출입을 싫어하셨기 때문에 종합진단을 받을 기회가 없었다. 지난 6월 소화불량이 너무 오래 계속되자 아버지는 혼자서 친구 병원인 윤내과를 찾았다. 진찰한 그 친구는 아버지 병세가 심상치 않자 정밀검사를 받도록 했다.

나는 아버지의 병이 알려지게 된 과정과 평소 아버지 생활까지 자세히 설명했다. 시청 국장직을 끝으로 공직 생활을 마친 아버지는 재임 기간 동안 모범적인 공무원이었다. 맡은 일에는 성실하면서 자신의 문제에 대해서는 상당히 소홀한 편이었다.

"부친께서 혼자 사셨다니 참 이해하기 어렵네요."

사내는 내 표정을 유심히 살폈다.

"아마, 돌아가신 어머님을 너무 사랑하셨나 봅니다. 그리고……"

나는 그 문제에 대해서는 간단히 설명할 수 없어서 말을 얼버무려버렸다. 사내는 빙긋이 웃으면서도 내 말을 곧이듣지 않는 듯했다.

"저희도 어린 마음에 아버지의 재혼을 극구 반대하였지요. 또 아버지께서도 열세 살부터 세 살까지 자식을 셋이나 둔 홀아비에게 올 여자가 있을까 생각하셨겠지요. 아마 저희가 자라서 어머니 없이도 살아갈 나이쯤 되면 재혼하려고 했을 겁니다."

사내는 재혼을 하지 않은 아버지 일에 문제가 있다고 생각하는 것 같았다.

"그렇기는 하겠네요. 사실 재혼이라는 것이 말같이 그렇게 쉽겠어요. 아마 인연이 닿지 않았겠지요. 이해됩니다."

나는 사내의 말에 마음이 조금 놓였다.

"그런데 말입니다. 큰누님, 인영 씨도 미혼이시죠?"

"예. 그 누님은 어머님을 대신해서 집안 살림을 하시느라 혼기를 놓쳤습니다."

"야간 상고를 다니셨던데요? 그만큼 집안이 어려웠나요?"

"경제 사정 때문이 아니라, 집안 살림 때문에 누님이 원해서 그렇게 되었지요. 어머님이 돌아가셨을 때 큰누님은 초등학교 육 학년이었는데, 제 보모 노릇부터 집안일을 다 해냈지요."

"참, 훌륭한 분이시네요. 요즈음 세상에 찾아볼 수 없는 일이지요. 그런데 누님이 혹시 식구들에 대해서 어떤 피해의식 같은 것을 갖지 않았을까요? 가족들 때문에 제 인생이 큰 손실을 입었다는 식으로 말입니다."

사내의 목소리가 다소 딱딱하게 느껴졌다.

"누님은 모든 것을 운명으로 받아들였어요. 오히려 식구들이 부담 갖는 것을 꺼리실 정도로……"

"큰누님은 매우 미인이시고 졸업 때에는 전체 수석을 할 정도로 재원이셨으니까 혼처도 많았을 텐데요? 은행에도 몇 달 다녔다는 말을 들었습니다."

사내는 큰누님에 대해 많은 것을 알고 있는 듯했다.

"제 누님에게 무슨 일이 있었나요?"

나는 다그치듯 물었으나, 사내는 입가에 미소를 흘리면서 대답을 피했다. 아버지 죽음을 되살리는 것도 우울한데, 누님까지 화제에 올려놓는 그의 저의가 궁금했고 불쾌했다.

"그러면 오늘은 이만 듣겠습니다. 언제 다시 만나 차나 한잔하시죠. 저는 머리가 복잡할 때마다 이 찻집에 와서 저 소리를 들으면서 잠시 쉬지요."

마침 자지러진 남도창가락이 흘러나오고 있었다. 사내는 시계를 보더니 서둘러 자리에서 일어났다.

"무슨 일이 있나요? 제 누님에게……"

찻집 문을 나서서 내가 다시 물었으나 사내는 대답도 않고 먼저 발길을 돌려버렸다. 나는 멍청히 그의 뒷모습을 바라보다가 통인동 집으로 향했다. 아버지가 돌아가신 후 종일 빈집을 지키는 큰누님을 만나고 싶었다.

2

아버지와 큰누님 사이에 깊게 팬 애증의 골은 범상한 사람의 생각으로는 가늠할 수 없을 것이다. 자기 운명을 담보로 두 분은 서로를 아끼고 사랑했고, 그것은 결국 자신과 상대를 묶어두는 사슬이 되었다. 피차 경쟁이나 하듯이 상대의 인생 속에 자신을 옭아매어놓고는, 자신이 그 안에 적응할 수 있는지 시험하

드실 수 있도록 모든 것이 다 준비되어 있다.

이 하자. 난 요즈음 매일 밤 아버지 어머니와 함

런데 어머님은 나를 꾸짖으시는 거야. 내가 아버

뜨렸다고……"

거리더니 양주잔을 단숨에 비웠다.

외로움에 찌든 아버지를 가만두었겠나?"

이 계속되었다. 나는 그 마음을 안다. 그러나 이

분들의 추억에 얽매어 살고 싶지는 않다. 그것은

람으로 족하다.

때였지. 어머님은 너를 낳은 후 산후 조리가 잘

름시름 앓으시더니 결국 자리에 눕고 말았다. 여

았으나 별 도리가 없었지. 너를 난산으로 낳는

후에 할아버지께서 돌아가셔서 대사를 치르시느라

지. 병명도 확실치 않았고 이따금 병원 나들이를

차도가 없었다. 그즈음이었다."

이야기다. 내가 세 살 때였다니까 기억에 남을 리

들었기 때문에 어느 사이에 내 기억에 자리 잡게

학년인 누나가 친구네 집에서 공부하다가 밤늦게

오는데, 옛 중앙청 청사 서쪽 문 건너에 있는 다방

고 짙게 화장한 여자가 아버지와 어울려 있는 것을

에 아버지 친구들도 취해 있었다.

듯이 살아왔다. 그러한 관계는 신비한 힘을 낳아 두 분의 생활을 유지시켰고, 그것은 주위 사람들에게는 매우 아름다운 것으로 보였다. 그러나 이제 생각하니 두 분은 그것 때문에 결국 불행했다. 나는 집이 보이는 골목길로 들어설 때까지 수없이 반복했던 아버지와 누님의 관계를 다시 생각했다.

아버지께서 어디에 서 계시다가 불쑥 나타나실 것만 같았다. 내 발걸음이 조심스러워졌다. 대문 앞에서 나는 한참 머무적거렸다. 아버지는 그림자로도 나타나지 않았다. 나는 초인종을 조심스럽게 눌렀다. 새로 들어온 집 보는 아주머니가 문을 열어주었다. 혼자 있는 누나를 위해 아버지 떠난 다음에 사람을 썼다. 잘 가꾼 정원과 단아한 화강암 이층집은 그간에 주인을 잃어서인지 너무 낡아 곧 허물어질 듯했다. 사람은 떠났는데, 그 자리에 기억은 더 짙고 단단한 몸집으로 바위처럼 남아 있다. 나는 집으로 들어설 때마다 혼란스러웠다. 사람들은 순서를 무시하고 이 집에서 떠나갔다. 제일 오래 집에 남아 있으리라고 생각했던 어머니가 먼저 떠났다. 그다음에는 둘째누나가, 그리고 세 번째로 내가, 그리고 2주일 전에 아버지가 떠났다. 제일 먼저 떠났어야 할 큰누나는 지금 마흔다섯의 노처녀로 이 집을 지키고 있다.

꽤 재력가였던 할아버지가 아버지를 분가시키면서 마련해준 집이다. 나는 5년 전에 결혼하고 1년 동안 이 집에서 살다가 아파트로 이사했다. 외아들인 나는 애초부터 분가할 생각이 없었는데, 홀아비인 시아버지와 나이 찬 시누이와 함께 살아야 하는 며느리 고생을 옆에서 보고 싶지 않다면서 아버지가 우리를 내몰다시피 했다. 아들보다는 오랫동안 살아온 딸이 더 편했던 모양이다.

큰누나는 2층 아버지 서재에 있었다. 이 방은 아버지가 어머니를 먼저 보낸 이후 계속 썼던 방이다. 그러나 시간으로 따져 보면, 아버지보다는 누나가 이 방에서 더 오래 시간을 보냈을 것이다. 야간 상고를 다닐 때부터 아버지가 출근하면 누나는 집안 청소와 정리를 끝내고서는 이 방에서 공부했다. 그리고 아버지가 생활하는 데 불편하지 않도록 모든 것을 완벽하게 준비해 두기 위해 이 방에서 오래 머물렀다. 지금도 누나는 아버지 귀가를 기다리다가 잠시 쉬고 있는 듯했다.

방 안에는 담배 연기가 자욱했다. 누나의 손가락 사이에는 긴 담배가 타고 있었다. 책상 위에는 낡은 대학 노트가 몇 권 흩어져 있었다. 아버지는 난에 취미를 두었고, 서예도 즐겼고, 거의 매일 일기를 썼다. 어머니가 떠난 후 고인에 대한 애틋한 정을 글로 남기다가 어머니 없이 장성하는 자식들 모습에 관심을 가지면서 일기 쓰기가 익숙하게 되었다. 언젠가 둘째누나가 근무하던 출판사에서 그 일기를 책으로 내자는 것을 아버지가 거절했다. 아버지를 묻고 온 후부터 누나는 아버지 일기를 읽으면서 시간을 거슬러 헤매고 있을 것이다. 거기에 짙게 드리워진 누나 자신의 모습도 보고 있을 것이다.

"윤 마담, 우리 성 주사 잘 봐줘요. 요즈음 어부인이 몇 달 몸져누워서 옹색하다고. 허허허."

"언제라도 시간만 내주시면 저야 뭐 즐겁게 받아들이지요. 호호호."

아버지 친구들 말에 여자는 깔깔거리며 응수했다.

그날 저녁, 누나는 취하고 돌아온 아버지께 심하게 따졌다. 아버지는 변명할 말이 없었다. 그저 사무실 가까이 있는 다방이라 직원들과 어울려 자주 드나들었을 뿐, 그 마담과는 별 특별한 사이가 아니었다. 그러나 그런 사정을 이제 겨우 열세 살 된 딸은 이해할 수 없었다. 넉 달 후에 어머니가 세상을 떠났다. 그런데 큰누나는 그날 밤 아버지의 취한 모습이 얼른 사라지지 않았다. 가장 멋지고, 어머니에게 자상한 아버지에게서 전혀 생각할 수 없이 추하고 일그러진 모습을 보았던 것이다.

삼우제를 지내고 집에 돌아왔을 때 누나는 대담하게 아버지께 다짐을 받았다.

"아버지 재혼하시지 마세요. 제가 어머니를 대신해서 집안일을 다 하겠어요."

아버지는 재혼 문제까지 생각할 여유가 없던 때였고, 더구나 열세 살 난 딸이 동생들과 아버지를 걱정하는 것이 기특했다.

"그래. 나는 네 어머니를 사랑했고, 앞으로도 영원히 사랑할 것이니, 재혼은 안 하겠다."

아버지는 아주 쉽게 대답해버렸다.

그때 시골 외가에서 가정부 겸 보모로 일할 여자를 구해 올려보냈다. 그래도 아버지 뒷바라지는 큰누나 몫이었다. 어머니는 돌아가시기 전에 누나에게 집안 살림에 대한 것을 꼼꼼히 적어서 남겨주었다. 식사를 준비하는 일에서부터, 동생들 옷과 학용품을 챙겨주는 일, 아버지 출근 때에 입을 옷과 넥타이, 양말, 속옷 등을 건사하는 일, 사계절 옷 관리에서 빨래, 집안 청소와 살림, 일가친척 집 대소사에 이르기까지 세세한 것을 다 기록해서 남겨주었다. 아마 어머니도 아버지가 당장은 재혼할 수 없다는 것을 알았던가? 아니면, 무의식적으로라도 남편이 재혼하지 말고 자기를 생각하며 일평생 살아주기를 기대했던가. 그 가정부는 겨우 2년을 견디고 나갔다.

나는 가정부가 나가는 것을 반대했는데, 큰누나가 고집을 꺾지 않았다. 다섯 살인 나는 가정부에게 정이 들었다. 여자는 나를 자식처럼 잘 돌봐주었고, 누나들에게도 잘해주었다. 까다로운 큰누나의 눈총도 잘 견뎠다. 그런데 왜 누나가 그녀를 내보내었고, 아버지도 누나를 만류하지 못했는지 모른다. 그런데 가정부가 나간 다음 아버지에 대한 누나의 배려는 마치 어머니가 살아서 돌아온 것처럼 더 철저했다. 그때 누나는 중학교 2학년이었다.

누나는 아버지 와이셔츠에 때가 묻게 두지 않았고, 동생의 도시락이며, 유치원에 드나드는 나까지 완벽하게 돌봤다. 어느 때는 수업 받는 교실에까지 나를 데리고 갔다. 누나는 공부를 듯이 살아왔다. 그러한 관계는 신비한 힘을 낳아 두 분의 생활을 유지시켰고, 그것은 주위 사람들에게는 매우 아름다운 것으로 보였다. 그러나 이제 생각하니 두 분은 그것 때문에 결국 불행했다. 나는 집이 보이는 골목길로 들어설 때까지 수없이 반복했던 아버지와 누님의 관계를 다시 생각했다.

아버지께서 어디에 서 계시다가 불쑥 나타나실 것만 같았다. 내 발걸음이 조심스러워졌다. 대문 앞에서 나는 한참 머무적거렸다. 아버지는 그림자로도 나타나지 않았다. 나는 초인종을 조심스럽게 눌렀다. 새로 들어온 집 보는 아주머니가 문을 열어주었다. 혼자 있는 누나를 위해 아버지 떠난 다음에 사람을 썼다. 잘 가꾼 정원과 단아한 화강암 이층집은 그간에 주인을 잃어서인지 너무 낡아 곧 허물어질 듯했다. 사람은 떠났는데, 그 자리에 기억은 더 짙고 단단한 몸집으로 바위처럼 남아 있다. 나는 집으로 들어설 때마다 혼란스러웠다. 사람들은 순서를 무시하고 이 집에서 떠나갔다. 제일 오래 집에 남아 있으리라고 생각했던 어머니가 먼저 떠났다. 그다음에는 둘째누나가, 그리고 세 번째로 내가, 그리고 2주일 전에 아버지가 떠났다. 제일 먼저 떠났어야 할 큰누나는 지금 마흔다섯의 노처녀로 이 집을 지키고 있다.

꽤 재력가였던 할아버지가 아버지를 분가시키면서 마련해준 집이다. 나는 5년 전에 결혼하고 1년 동안 이 집에서 살다가 아파트로 이사했다. 외아들인 나는 애초부터 분가할 생각이 없었는데, 홀아비인 시아버지와 나이 찬 시누이와 함께 살아야 하는 며느리 고생을 옆에서 보고 싶지 않다면서 아버지가 우리를 내몰다시피 했다. 아들보다는 오랫동안 살아온 딸이 더 편했던 모양이다.

큰누나는 2층 아버지 서재에 있었다. 이 방은 아버지가 어머니를 먼저 보낸 이후 계속 썼던 방이다. 그러나 시간으로 따져보면, 아버지보다는 누나가 이 방에서 더 오래 시간을 보냈을 것이다. 야간 상고를 다닐 때부터 아버지가 출근하면 누나는 집안 청소와 정리를 끝내고서는 이 방에서 공부했다. 그리고 아버지가 생활하는 데 불편하지 않도록 모든 것을 완벽하게 준비해두기 위해 이 방에서 오래 머물렀다. 지금도 누나는 아버지 귀가를 기다리다가 잠시 쉬고 있는 듯했다.

방 안에는 담배 연기가 자욱했다. 누나의 손가락 사이에는 긴 담배가 타고 있었다. 책상 위에는 낡은 대학 노트가 몇 권 흩어져 있었다. 아버지는 난에 취미를 두었고, 서예도 즐겼고, 거의 매일 일기를 썼다. 어머니가 떠난 후 고인에 대한 애틋한 정을 글로 남기다가 어머니 없이 장성하는 자식들 모습에 관심을 가지면서 일기 쓰기가 익숙하게 되었다. 언젠가 둘째누나가 근무하던 출판사에서 그 일기를 책으로 내자는 것을 아버지가 거절했다. 아버지를 묻고 온 후부터 누나는 아버지 일기를 읽으면서 시간을 거슬러 헤매고 있을 것이다. 거기에 짙게 드리워진 누나 자신의 모습도 보고 있을 것이다.

"여행이나 다녀오세요. 그렇게 무리하면 나중에 고생해요."

화장도 하지 않은 누나의 얼굴은 매우 수척해 보였다. 지난 1년 남짓 누나는 전혀 딴 세상 사람처럼 살았다. 퀭하게 들어간 눈자위와 핏기 없는 얼굴을 대하는 순간 울컥 연민이 솟구쳤다.

"청승맞게 혼자 여행은? 이럴 줄 알았으면 아버지 모시고 아무 데나 다녀오는 건데."

누나는 그답지 않게 후회하면서, 피우던 담배를 청동 재떨이에 비벼 껐다.

"경찰서에 다녀오는 길이에요."

말하지 말까 하다가 누나가 알아야 할 것 같아서 어렵게 꺼내었다.

"나도 다녀왔는데, 공연히 남의 이야기를 즐기려는 사람들 구미에 맞추어줄 필요 없어."

누나는 벌써 내가 경찰에 다녀올 것을 미리 알고 있었다는 듯이 말했다.

"내가 다 알아서 처리할 테니, 다음부터는 오라고 해도 나가지 마."

누나는 단정적으로 말했다. 경찰서 이야기는 더 계속되지 않았다.

"내가 아버지께 못할 짓을 했다."

잠시 후 누나는 휴우 한숨을 내쉬더니 냉장고에서 양주병과 안줏감을 꺼내 소반에 술상을 차렸다. 서재에는 아버지께서 마음대로 약주를 드실 수 있도록 모든 것이 다 준비되어 있다.

"술 한잔 같이 하자. 난 요즈음 매일 밤 아버지 어머니와 함께 마신다. 그런데 어머님은 나를 꾸짖으시는 거야. 내가 아버지 인생을 망가뜨렸다고……"

누나는 중얼거리더니 양주잔을 단숨에 비웠다.

"암세포가 외로움에 찌든 아버지를 가만두었겠나?"

누나의 탄식이 계속되었다. 나는 그 마음을 안다. 그러나 이제 돌아가신 분들의 추억에 얽매어 살고 싶지는 않다. 그것은 큰누나 한 사람으로 족하다.

"네가 세 살 때였지. 어머님은 너를 낳은 후 산후 조리가 잘못되었는지 시름시름 앓으시더니 결국 자리에 눕고 말았다. 여러 병원을 찾았으나 별 도리가 없었지. 너를 난산으로 낳았는데, 두 주일 후에 할아버지께서 돌아가셔서 대사를 치르시느라고 무리를 했지. 병명도 확실치 않았고 이따금 병원 나들이를 하셨으나 별 차도가 없었다. 그즈음이었다."

자주 듣던 이야기다. 내가 세 살 때였다니까 기억에 남을 리 없지만, 종종 들었기 때문에 어느 사이에 내 기억에 자리 잡게 되었다.

초등학교 6학년인 누나가 친구네 집에서 공부하다가 밤늦게 집으로 돌아오는데, 옛 중앙청 청사 서쪽 문 건너에 있는 다방 입구에서 젊고 짙게 화장한 여자가 아버지와 어울려 있는 것을 보았다. 주위에 아버지 친구들도 취해 있었다.

"윤 마담, 우리 성 주사 잘 봐줘요. 요즈음 어부인이 몇 달 몸져누워서 옹색하다고. 허허허."

"언제라도 시간만 내주시면 저야 뭐 즐겁게 받아들이지요. 호호호."

아버지 친구들 말에 여자는 깔깔거리며 응수했다.

그날 저녁, 누나는 취하고 돌아온 아버지께 심하게 따졌다. 아버지는 변명할 말이 없었다. 그저 사무실 가까이 있는 다방이라 직원들과 어울려 자주 드나들었을 뿐, 그 마담과는 별 특별한 사이가 아니었다. 그러나 그런 사정을 이제 겨우 열세 살 된 딸은 이해할 수 없었다. 넉 달 후에 어머니가 세상을 떠났다. 그런데 큰누나는 그날 밤 아버지의 취한 모습이 얼른 사라지지 않았다. 가장 멋지고, 어머니에게 자상한 아버지에게서 전혀 생각할 수 없이 추하고 일그러진 모습을 보았던 것이다.

삼우제를 지내고 집에 돌아왔을 때 누나는 대담하게 아버지께 다짐을 받았다.

"아버지 재혼하시지 마세요. 제가 어머니를 대신해서 집안일을 다 하겠어요."

아버지는 재혼 문제까지 생각할 여유가 없던 때였고, 더구나 열세 살 난 딸이 동생들과 아버지를 걱정하는 것이 기특했다.

"그래. 나는 네 어머니를 사랑했고, 앞으로도 영원히 사랑할 것이니, 재혼은 안 하겠다."

아버지는 아주 쉽게 대답해버렸다.

그때 시골 외가에서 가정부 겸 보모로 일할 여자를 구해 올려보냈다. 그래도 아버지 뒷바라지는 큰누나 몫이었다. 어머니는 돌아가시기 전에 누나에게 집안 살림에 대한 것을 꼼꼼히 적어서 남겨주었다. 식사를 준비하는 일에서부터, 동생들 옷과 학용품을 챙겨주는 일, 아버지 출근 때에 입을 옷과 넥타이, 양말, 속옷 등을 건사하는 일, 사계절 옷 관리에서 빨래, 집안 청소와 살림, 일가친척 집 대소사에 이르기까지 세세한 것을 다 기록해서 남겨주었다. 아마 어머니도 아버지가 당장은 재혼할 수 없다는 것을 알았던가? 아니면, 무의식적으로라도 남편이 재혼하지 말고 자기를 생각하며 일평생 살아주기를 기대했던가. 그 가정부는 겨우 2년을 견디고 나갔다.

나는 가정부가 나가는 것을 반대했는데, 큰누나가 고집을 꺾지 않았다. 다섯 살인 나는 가정부에게 정이 들었다. 여자는 나를 자식처럼 잘 돌봐주었고, 누나들에게도 잘해주었다. 까다로운 큰누나의 눈총도 잘 견뎠다. 그런데 왜 누나가 그녀를 내보내었고, 아버지도 누나를 만류하지 못했는지 모른다. 그런데 가정부가 나간 다음 아버지에 대한 누나의 배려는 마치 어머니가 살아서 돌아온 것처럼 더 철저했다. 그때 누나는 중학교 2학년이었다.

누나는 아버지 와이셔츠에 때가 묻게 두지 않았고, 동생의 도시락이며, 유치원에 드나드는 나까지 완벽하게 돌봤다. 어느 때는 수업 받는 교실에까지 나를 데리고 갔다. 누나는 공부를 잘하는 모범생이었기에 모두가 이해해주었다.

고등학교 진학을 앞두고 누나는 야간 상업학교를 고집했다. 학교 다니는 동생이 둘이나 되고, 아버지도 시청으로 자리를 옮겨 바빠지게 되자, 낮에는 집안일을 보고 밤에 학교를 다니겠다고 고집을 부렸다. 아버지가 큰누나를 설득하는 것이 아니라, 오히려 큰누나가 아버지를 설득했다.

"제가 아버지와 동생을 돌보겠다고 어머니와 약속했어요. 그 약속은 지켜야죠. 인후가 중학교에 들어갈 때까지, 그때쯤이면 아버지는 재혼하셔도 됩니다. 저도 결혼하겠어요."

아버지는 너무 완벽하게 생각하는 딸 앞에서 손을 들 수밖에 없었다. 그렇게 당당하게 말하던 열여섯 누나의 얼굴은 지금도 선하다. 그런데 이제는 너무 늙어버렸고, 패기도 시들해버렸다.

누나는 세번째 술잔을 비웠다. 나는 누나의 주량을 알지만, 몸이 너무 허약한 때라서 걱정이 앞섰다.

아버지가 자리에 눕게 되자 누나는 혼자 마실 때가 많았다.

"너는 모를 거야. 나는 아버지를 자유롭게 해드릴 기회가 두 번이나 있었는데, 내 고집 때문에 모두 놓쳐버렸다. 그 후부터 나는 아버지를 더 단단한 쇠줄로 꽁꽁 묶어버렸으니, 이런 불효가 어디 있니? 내가 너무도 세상을 몰랐다."

누나는 자조적으로 말하면서 술을 단숨에 들이켰다. 세상을 정직하게 바라보고 자신 있게 살아온 누나 입에서 이런 한탄이 튀어나오다니 의외였다.

“두 번이라니요?”

“내 고집 앞에서 아버지는 차츰 모든 사태를 운명적으로 받아들이면서 점점 허약해지기 시작하셨지. 첫번째는 가정부를 내보낸 사건이었는데……”

누나의 쉰 목소리가 내 가슴을 파고들었다.

그날 한밤중에 창문이 거칠게 흔들리는 소리에 잠이 깨었다. 비가 내리고 바람도 불고 있었다. 나는 가정부를 깨울까 하다가 위층으로 올라갔다. 그런데 불 꺼진 아버지 방에서 인기척이 들렸다. 지금까지 전혀 듣지 못하던 소리였다. 아버지 신음 소리 같은데, 그 틈에 여자의 음성이 끼어서 들렸다. 나는 두려워서 어쩔 바를 몰라서 그냥 2층 계단을 의지해서 가만히 서 있었다. 집안 사람들을 깨울 수도 없고, 그렇다고 아버지 방문을 열어볼 수도 없었다. 잠시 후에 방문이 열리더니 가정부가 나왔다. 어두운 가운데서도 흐트러진 그녀의 옷매무새를 알 수 있었다. 나는 여자와 남자가 한방에서 무엇을 했는지 짐작되어서 얼굴이 달아올랐다.

다음 날 생각하니 가정부를 용서할 수 없었다. 그 여자와 아버지가 부부가 된다는 것은 상상할 수 없었다. 나는 아버지께 그 여자와 결혼할 것이냐고 따졌다. 아버지는 내가 가정부와의 은밀한 사이를 눈치챈 것을 알고는 아무 말도 하지 않았다. 사실 아버지 입장에서는, 순박한 시골 여자를 아내로 맞이해야 아이들을 위해서도 좋을 것이라고 생각했다. 자식이 셋이나 딸린 사내에게 올 여자가 어디 있으며, 설사 온다고 해도 전 부인의 자식들을 자기 자식처럼 대해줄까 걱정되었다. 그런데 함께 지내는 동안 그 여자는 막내에게 잘해주었고 성격도 무던하고 순박해서 호감을 가졌다. 하지만, 내가 반대하자 아버지는 별 도리가 없었지.

두번째는 내가 중학교를 졸업하고 고등학교로 진학할 그 즈음이었다. 상처한 지 이미 4년이 지났고, 막내도 초등학교에 들어가게 되었으니 재혼을 한다 해도 흉 될 것은 없었다. 더구나 외가에서 아버지 재혼을 적극 권했고, 마침 좋아하는 여자도 나타났다. 그런 사정을 알아차린 나는 야간 상업고등학교를 가겠다고 배수진을 치고서 아버지 재혼을 막았다. 그때 아버지는 정말 한 여자를 사랑하게 되었다. 어머니는 현숙한 여인이었지만, 아버지에게 달콤한 사랑을 주지 못했다. 그런데 이번에 만난 여자는 달랐다.

말을 마친 큰누나는 아버지 일기장 중에 한 권을 내게 내밀었다. 나는 그 일기장을 거들떠보지도 않았다. 허물어진 아버지의 인생의 피맺힌 기록들인데, 어떻게 읽을 수 있을까.

야간 고등학교에 진학한 큰누나의 모습은 완전히 달라졌다. 새벽에 일어나 학교에 가는 오후 4시까지 한 집안의 주부로서 열심히 일했다. 일만이 아니었다. 아버지에 대한 배려는 보통사가 부인들 빰칠 정도였다. 아버지는 나와 작은누나를 양손에 거느리고 출근하였다. 앞치마를 두른 큰누나도 큰길까지 따라 나오면서 아버지 옷매무새를 살폈고, 우리의 책가방과 학교 생활에 대한 것을 되풀이 환기시켰다. 이따금 나는 돌아가신 어머니가 다시 살아왔는가 착각할 때가 많았다.

내가 학교를 파하고 집으로 돌아올 때면, 누나는 골목길에서 아니면 현관에서 기다리다가 맞아주었다. 어머니를 여읜 막내의 텅 빈 가슴에 늘 풍성한 정을 채워주려고 애썼다.

"전 누님을 보면 무서워요. 언젠가 외할머니께서 오셨다가 누님 하는 것을 보시고는 얼마나 우셨는지 아세요? 어머니 몫까지 살아가는 누님이 애처로웠던 것이지요. 어머니가 돌아가셨지만, 누님이 어머니 그 자리에 앉았으니까요."

나는 네번째 누나 잔에 술을 따르면서 지금까지 하지 않았던 말을 했다.

"그랬어. 내가 인후에게는 어머니를 대신해줄 수 있었다니 다행이고 고맙다. 그런데 말이다. 난 너희보다는 아버지께 더 정성을 다해서 열심히 해드렸는데, 아버지께는 내가 어머니가 될 수 없었던 거야. 그걸 내가 몰랐지. 왜 그렇게 내가 멍청했을까?"

누나는 잔을 든 채 나를 물끄러미 쳐다보다가 훌쩍이면서 울기 시작했다.

"내가 그렇게 정성을 다해 열심히 했는데도 아버지께서는 늘 재혼을 생각하신다는 것을 알았지. 그래서 아버지 곁을 떠나야 하겠다고 생각했는데, 이미 늦었어. 그때부터 내 의식 속에는 아버지를 사랑하는 감정과 그것을 받아주지 않는 아버지를 미워하는 감정이 복잡하게 엉클어져 있었지."

누나의 실패한 인생 고백을 듣는 기분이어서 괴로웠다. 그 순간, 문득 누나의 그 일그러진 초상에는 내가 아주 깊숙하게 끼어들어 있다는 것을 알게 되었다.

일가 집안 어른들은 아버지의 재혼이 누나 때문에 성사되지 않는다는 것을 알았다. 그즈음에 누나는 야간 상고를 졸업해서 은행에 취직을 했다. 졸업 성적이 좋았으니 취직도 어렵지 않았다. 아버지는 큰딸이 집 울타리를 벗어나 생활하다 보면 좋은 사람을 만나게 될 것이고, 집안 식구들을 향한 집착도 느슨해질 것으로 믿었다. 그런데 누나가 은행에 다닌 지 두 달쯤 지났을 때였다. 집안에 작은 일이 일어났다. 막내인 내가 폐렴을 앓게 된 것이다.

"사람에게는 운명이라는 게 있지. 그때 난 내 운명을 어렴풋이 보게 되었다. 아버지 운명의 틀은 내가 조종을 했고, 내 운명은 나와 어머니를 너무나 사랑한 아버지가 조종했지. 너 기억하니? 네가 폐렴이 걸렸을 때 내가 출근도 하지 않고 이틀 밤을 꼬박 새운 것도 일종의 오기였다. 내가 잘못해서 저지른 실수처럼 생각했기 때문인데……"

누나는 내가 폐렴에 걸린 일이 자신의 허술함 때문이라고 자책하고는 직장을 그만두었다. 아버지가 만류해도 듣지 않았다. 그 후부터 집안일은 큰누나가 완전히 주도하게 되었다. 아버지는 차츰 말이 적어졌고, 그즈음부터 술이 늘었다. 누나는 이따금 서재에서 아버지와 대작하기도 했다.

누나도 남자를 사랑한 적이 딱 한 번 있었다. 은행을 그만둔 누나는 집안일을 보면서 야간 대학을 다녔다. 아버지로서는 오히려 잘된 일이라고 생각했다. 대학 4학년 때에 누나는 한 청년을 사랑하게 되었다. 눈치를 챈 아버지는 누나의 결혼을 서둘렀다. 아버지뿐만이 아니라 일가친척들도 나서서 서둘렀다.

그런데 이번에는 내가 누나의 결혼을 반대했다. 그때 나는 중학교 2학년이었고, 둘째누나는 대학교 1학년이었다. 나는 큰누나가 시집을 가서 다른 사람의 아내가 된다는 것을 상상할 수 없었다. 내게는 누나가 어머니였고 누나였고 친구였다. 그래서 누나에게 내가 고등학교에 들어갈 때까지만 기다려달라고 사정했다. 누나는 어렵지 않게 응했다. 아버지는 이 일에 완전히 구경꾼이었다. 앞으로 2년, 아직 대학 졸업 전이니까, 2년을 기다리는 것도 어렵지 않겠다고 누나와 나는 생각했다.

그런데 문제가 생겼다. 남자가 누나를 이상하게 생각했다. 동생 때문에 결혼을 미루는 여자, 이성인 동생에게 지나치게 집착하는 것은 정상이 아니다. 혹시 동생을 사랑하는 것이 아닌가. 더구나 홀로된 아버지의 재혼도 딸이 막아서 성사되지 않았다니 문제가 있는 여자임에 틀림없다. 이렇게 생각한 그 사내는 결국 누나로부터 떠나가버렸다.

누나는 그 일 때문에 상처를 받지 않았다. 편견을 가지고 세상을 보는 사람과 더 이상 관계가 지속되지 않게 되어서 다행이라 생각했다. 상처받은 쪽은 오히려 아버지였다.

"제가 누님의 일생을 바꿔버렸어요. 그때 저는 너무 철부지였어요."

누나는 내 말을 잠잠히 듣기만 했다. 나에게는 지금도 그 일이 큰 부담으로 남아 있다. 그때 누나가 결혼했으면 아버지도 재혼했을 것이고, 집안은 정상으로 회복되었을 것이다. 그런데 내 욕심이 결정적으로 집안 식구들의 살아가는 길을 뒤틀리게 만들어버렸다. 나는 누나를 사랑했고, 누나도 나를 아꼈고 사랑했다. 그래서 내 청을 물리치지 못했다. 그런데 결과는 어떻게 되었는가. 나는 문득 누나의 흐트러지고 여윈 모습에서 그 사랑을 다시 생각하게 되었다.

3

경찰서에 다녀온 나흘 후에 그 예의 바른 사내로부터 다시 전화를 받았다.

"제가 요즈음 소설을 쓰는데, 성 형께서 좀 도와주시죠. 바쁘시지 않으시면 퇴근길에 그 찻집에서 만났으면 합니다만……"

사내는 일부러 한가한 척했으나, 내 느낌으로는 꼭 만나야 할 일이 있는 것 같았다. 누나는 되도록 경찰서 사람들을 만나지 말라고 했지만, 막상 전화를 받고 보니 그럴 수 없었다.

"바쁘신데 번번이 미안합니다. 제가 쓰는 소설이 그만 중도에서 막혀버렸습니다. 성 형께서 좀 도와주셔야 이야기가 트일 것 같습니다."

겨우 두 번 만났는데도 오래 사귄 사이처럼 익숙하게 느껴졌다. 나는 그 이유가 무엇인지 생각하다가 '소설 쓴다'는 말에 약간 긴장했다.

"소설이라니요?"

"성 형 부친의 죽음이 타살이라는 제보가 들어왔거든요. 지난번에 들었습니다만, 의사는 육 개월 정도 더 견디실 것이라고 했다는데, 일 년 사 개월을 사셨으니, 새삼스럽게 타살이라는 점이 어울리지 않아서 말입니다."

사내의 말이 정말 소설처럼 들렸다.

"아버님은 돌아가시기 한 달 전부터 상태가 아주 나빠 사경을 헤맸습니다. 모두들 임종 시간을 기다리고 있었는데, 무슨 타살이란 말입니까?"

이런 문제로 만나자는 사내의 의도가 마음에 거슬렸다.

"어째서 이런 애매한 사건이 수습 형사에게 돌아왔는지 이해할 수 없습니다. 저도 한때 소설 공부를 했거든요. 그 사실을 아신 과장님의 특별 배려인지는 모르지만. 그런데 말입니다,

이것은 비단 성 형 부친의 경우가 아니더라도, 고통스럽게 사경을 헤매는 환자에게 소위 안락사라는 것을 생각할 수도 있지 않겠습니까?"

"글쎄요?"

나는 '안락사'라는 말이 몹시 불쾌했다.

"참, 누님 한 분이 더 계시죠? 그분은 언제 결혼을 했습니까?"

둘째누님은 대학을 졸업하는 그해 가을에 결혼했다. 매형은 학교에서 만난 학과 커플이었다.

"아버지도 재혼을 미루고 언니도 집안 사정 때문에 결혼을 못했는데, 둘째누나는 상당히 현실적이었군요?"

"사랑하는 사람을 만났으면 결혼하는 것이 자연스러운 일 아닙니까? 어쩌면 그 누나는 아버지와 언니가 그렇게 살아왔기 때문에 더 서둘러 결혼을 했을 겁니다. 그래야만 집안의 분위기도 좀 달라지지 않겠습니까?"

"언니와는 사이가 안 좋았었나요?"

"아니요."

나는 유도 심문하듯 묻는 사내의 물음이 불쾌했다.

"자매간에 사이가 안 좋았다는 말이 있던데요?"

"사람 사는 데 사이가 좋을 수도 있고 안 좋을 수도 있겠지요. 그러나 우리 누나들은 서로 안 좋을 이유가 없어요."

나는 누가 남의 집 사정을 엉뚱하게 말했는지 궁금했다. 그런데 누나들 사이가 사내와 무슨 관계가 있는가?

"궁금한데요? 아버지 죽음에 대해서 무슨 문제가 발생했나요?"

내가 참다못해 물었다.

"참, 그것을 말하지 못했군요. 큰누나가 아버지를 안락사시켰다고 경찰서에 와서 자수했어요. 듣고 보니 엉뚱한 이야기인데, 사건으로 접수되었으니 조사하지 않을 수 없지요. 저도 이렇게 만나서 사정을 듣고 보니 참 곤혹스럽군요."

큰누나가 아버지를 안락사시켰다. 나는 새로운 사실 앞에 생각이 꽉 막혔다. 더구나 그 사실을 본인이 자수했다니 상상할 수 없는 일이다. 그러면 큰누나가 자수한 것이 아니라 작은누나가 추측으로 말했을지도 모른다.

"그것은 아버지 죽음에 대한 자책감 때문일 겁니다. 사실 육십 평생을 사시면서 종합검진 한번 제대로 받지 않으셨고, 위암 선고를 받은 후에도 우리 자식들은 병을 치료하는 데 아무 일도 못하면서 어쩌면 돌아가실 날만 기다리는 형편이 되었으니까요. 아버지 일을 생각하면 저도 부끄러워 얼굴을 들 수 없습니다."

나는 솔직한 심정을 털어놓았다.

"치료를 포기한 것은 아버지 뜻이었나요?"

"아니, 의사의 권유였습니다. 처음 치료를 받았던 윤내과 원장이신데요. 아버지의 절친한 친구이십니다. 그러니까 터놓고

말할 수 있었지요. 그래도 자식으로서는 최선을 다하려고 했는
데요……"

"세 자녀 모두가 아버님의 병 치료에 대해서 같은 생각을 갖
고 있었나요?"

사내의 질문은 집요했다. 아버지 병에 대한 진단이 나왔을
때, 세 남매의 반응은 각각이었다. 큰누나는 아주 망연자실하여
넋을 잃었고, 나는 아무런 대책도 없이 그저 두 누나들 얼굴만
쳐다보았다. 오직 둘째누나만이 의사가 그렇게 권한다고 해도
자식으로서는 최선을 다해야 하지 않겠느냐고 고집을 부렸다.
그래서 수술이 어렵다면 방사선치료라도 받도록 아버지를 설득
했다.

아버지는 의사의 권고를 그대로 받아들이고 싶어 했다. 그래
서 친구의 소개로 강원도 정선 산골에 한 1년 머물 집을 얻고
거기서 지낼 계획을 세워놓고 있었다. 그런데 둘째누나가 강력
하게 나오는 바람에 방사선치료를 받기로 했지만, 결국 치료를
받지도 않고 돌아와버렸다.

병원 진료실 복도에서 치료를 받고 나오는 많은 환자들을 만
나면서부터 아버지는 고개를 흔들었다. 창백하고 핼쑥한 얼굴
에 머리털이 거의 빠져서 모자를 깊숙하게 눌러쓴 외모며, 특히
치료에 대한 확신이 없는 그 불안한 눈길이 처참하게 보였다.
아버지는 옆에 앉아 있는 나에게 치료를 받지 않겠다고 단호하
게 말했다. 그것은 의논이 아니라 일방적인 통고였다. 최근 들

어 그렇게 당신의 생각을 강력하게 주장한 적이 없었다. 나는 아무 말도 할 수 없었다. 아버지는 내게 아들로서의 위치를 인정하고 통고를 하였는데도, 나는 아버지 결단에 대해 아무런 대답도 하지 못했다. 그때 옆에 있던 큰누나가 나섰다.

"아버지께서 결정하신 대로 우리도 따르겠어요. 항암치료를 받는 그 고통은 우리가 조금이라도 대신해드릴 수 없으니까요."

큰누나는 곧 아버지의 뜻에 동조했다. 결국 처음부터 방사선 치료를 원하지 않았던 아버지는 치료를 포기하고 돌아와버렸다. 그 소식을 듣고 집에 달려온 막내누나가 큰누나를 공박했다.

"아니 어찌 그러실 수 있어요? 아버지께서 안 받으시겠다고 하셔도 자식들이 나서서 권유해야지. 기다렸다는 듯이 그대로 모시고 와요? 넌 아들로서 뭘 하는 거야?"

누나는 나를 통해서 언니를 추궁했다. 큰누나는 듣기만 할 뿐 아무 대답도 하지 않았다. 난 그때 큰누나의 태도가 매우 의아했다.

"네가 아버지의 고통을 그 백분지 일이라도 대신 아파할 수 있어? 자식의 도리를 다했다는 것을 보이기 위해 아무 효과도 없는 줄 빤히 알면서 아버지를 그 고통 가운데로 몰아넣을 수 있어?"

동생의 비난을 받던 큰누나는 겨우 한마디 했다. 이상했다. 지금까지의 두 누나의 태도로 본다면, 오히려 둘째누나가 항암 치료를 반대하고 큰누나가 받도록 권유할 것인데. 아버지 병에 대한 이러한 누나들의 차이는 간병하는 과정에서도 나타났다. 큰누나는 병원 입원까지도 포기하신 후에 조용하고 공기 좋은 곳에서 지내고 싶다는 아버지 뜻을 전적으로 따랐다. 그래서 강원도 산골에서 두 주 동안 지내다가 돌아와서는 아예 그곳으로 이사를 가기로 했다. 그런데 작은누나의 반대로 아버지는 서울을 떠나지 못했다. 작은누나는 언니를 비난했다.

"언니는 도대체 아버지를 저 지경으로 만들어놓고, 이제는 왜 구경만 하시겠다는 거예요. 산속에서 사시다가 갑자기 일이라도 생기면 어떻게 하시려고 그러세요. 언니는 지금까지 아버지 뜻을 거스르고, 언니 고집대로 아버지 삶을 망가뜨려놓고서는, 이제야 아버지 뜻을 따릅네 하면서 언니의 과오를 탕감하려는 건가요? 안 됩니다. 병원에 입원하셔서 치료를 받으셔야 해요."

작은누나의 주장에 큰누나는 한마디도 대꾸하지 않았다.

결국 아버지는 시골행을 포기했다. 그 대신 예전보다 더욱 열심히 생활했다. 친구들을 자주 만나 점심을 샀고, 우리 형제 식구들을 불러 외식도 하곤 했다. 더구나 은퇴 후에 시작한 서예와 난에 더욱 열심이었다. 난우회에 가입해서 명품을 찾아 다녔고, 변산반도 쪽으로 춘란을 캐러 가신 적도 몇 번 있었다. 그렇게, 움직일 수 있을 때까지는 환자임을 잊고 건강한 사람들과 다름없이 열심히 살았다.

큰누나도 말없이 아버지 뒷바라지에 전념했다. 이따금 내가 집에 들렀을 때 혼자 있는 큰누나를 만나면 그녀는 전혀 딴사람으로 변해 있었다. 말이 없었고, 어깨는 축 처졌고, 화장도 하지 않은 얼굴은 표정이 없었다. 아버지와 동행하거나 은행이나 시장에 다녀오는 일 외에는 외출도 하지 않았다. 철저하게 아버지 곁에서 지냈다. 나는 누나의 변한 모습에서 우리 집안의 정황을 대하는 것 같아서 몹시 불안했다.

"아버지 병을 대신 짊어질 수 없는 것이 한스럽구나. 나는 내가 아버지를 위해 무엇인가 마음만 먹으면 해드릴 수 있고, 아버지 인생까지도 대신 살 수 있다고 생각했었는데, 그게 다 미련한 생각이었다. 나는 아버지를 위해 아무것도 할 수 없음을 너무 늦게 알았구나. 지금까지 삼십 년 넘게 아버지를 위한다고 생각해서 한 일들은 아버지를 위한 것이 아니고 내 자신을 위한 것이었다. 이 값을 어떻게 아버지께 갚아야 하겠니? 이제 저렇게 막다른 상황에 처해 있는 아버지를 위해서 내가 무엇을 해드릴 수 있니? 슬프고 허망하고 내 자신이 저주스럽다."

이따금 큰누나는 흐트러진 모습으로 내게 호소하곤 했다.

집을 나와 사는 작은누나와 나는 이따금 아버지를 뵙고는 병세를 묻고 호들갑을 떨면서 아버지 건강을 걱정했다. 그럴 때에도, 큰누나는 우리 곁에서 동생들 말을 조용히 듣기만 했다.

돌아가시기 한 달 전부터는 병세가 급격하게 나빠지면서 육신의 고통이 하루가 다르게 심해지기 시작했다. 그렇게 악화되어도 아버지나 큰누나는 동생들에게 알리지 않았다. 나중에 그 사실을 안 작은누나가 다시 한번 소란을 피우면서 큰누나를 탓했으나 큰누나는 그저 묵묵히 듣기만 했다.

"어찌 그러실 수 있어요? 우린 자식 아닌가요? 왜 안 알리셨어요?"

"알린다고 내 병세가 덜해지겠냐? 공연히 너희만 더 걱정하지. 그리고 네 언니를 타박하지 마라."

아버지는 철부지인 우리를 달래었다.

작은누나가 우겨서 결국 아버지는 병원에 입원하게 되었다.

입원했으나 별다른 치료는 받지 않았다. 이미 위 전체에 암이 퍼져서 음식물이 장으로 내려가는 통로가 막혔고, 그래서 고작 링거를 맞는 정도였다. 통증이 심하기 때문에 링거에 안정제를 이따금 주사했으나, 그것도 계속할 수 없었다. 더구나 환자는 병실이 낯설어 괴로워했다. 모든 것이 자기 자리와는 다른 자리에 있고 침대나 침구 하나라도 친숙지 않아서인지 밤중에 잠이 깨면 병실을 휘둘러보면서 불안해했다.

이따금 집 난실에 있는 난을 걱정했고, 병원으로 찾아오는 친구들을 반기면서도 그들에게 진 신세를 갚지 못할까 마음 썼다. 나와 작은누나는 하루에 한 번씩 찾아가 길어야 한 시간, 바쁜 때는 2~30분 정도 머물다 오면서 자식의 도리를 다하는 것처럼 생각했다. 그러한 마음을 아시는 아버지는, 우리가 병실로 들어서는 그때부터 바쁠 테니 어서 가보라고 재촉하였다. 비록 낳은 자식이지마는, 늙고 병들어 소멸되어가는 자신의 약하고 초라한 육신을 보이고 싶지 않았을 것이다.

아버지는 병원에서 겨우 1주일을 견디다가 집으로 돌아왔다. 나와 작은누나는 극구 반대했으나, 이번에는 당신이 고집을 굽히지 않았다. 담당 의사도 본인이 원하는 대로 하도록 했다. 입원해 있어도 의사가 해줄 수 있는 것은 아무것도 없었다.

나는 되살리고 싶지 않은 이야기였지만, 돌아가시기 직전까지 아버지의 정황을 사내에게 자세히 설명했다. 아버지의 죽음에 대해 달리 생각하는 그의 생각을 바꿔놓고 싶었다.

"큰누님은 보통 분이 아니군요. 그렇게 자기 고집을 굽히지 않고 사셨으니 세상 물정에도 통달했겠습니다. 세상살이가, 상식으로 생각할 수 없는 부분이 얼마나 많습니까. 아마 인후 씨나 작은누님은 상식선에서 세상을 살고 사물을 판단하였겠지만, 큰누님의 경우는 다르지 않겠습니까?"

사내는 내 말을 수긍하는 척하면서도 묘한 여운을 남겼다. 상식으로 생각할 수 없는 부분이라니, 그것이 큰누나의 삶이었다면, 큰누나와 아버지 죽음 사이에 무슨 관계가 있다는 말인가?

"참, 큰누나께서 언젠가 어버이날 행사 때 대통령 표창을 받으셨더군요."

사내는 잊을 뻔했다는 듯이 수첩을 뒤적이다가 얼굴 가득 웃음을 띠면서 말했다.

"받으시지는 않았습니다. 아버님이 계시던 직장에서 집안 사정을 아시고는 추천해서 표창을 받게 되었는데, 그때 마침 큰누나는 아버지를 향한 지금까지 자신의 처신에 대해 회의하고 있던 때라 감히 그런 표창을 받을 정황이 아니었지요."

나는 그때 일을 다시 장황하게 설명했다. 시청에서 수상하게 되었다는 소식을 듣고서, 큰누나는 방문을 걸어 잠그고 며칠 동안 바깥출입을 하지 않았다. 거부하겠다는 의사를 정식으로 시청 측에 전했으나, 시청에서도 난감한 모양이었다. 대통령 표창을 거부하다니 있을 수 없는 일이었다. 그래서 차선책으로 시청 측과 타협하여, 표창을 거부하지 않는 대신, 그것을 받는 자리에는 나가지 않을 것이며, 그 격려금은 시청에서 알아서 불우한 사람을 도와주는 데 쓰도록 했다. 그런데 일이 묘하게 돌아가서, 그런 일이 더욱 큰 화제를 만들어내어 누나를 곤혹스럽게 만들었다. 격려금을 불우이웃돕기에 기부했다는 그 사실이 부풀려지면서 이야깃거리를 만들었다.

그 일 때문에 누님은 더욱 말수가 적어졌고, 외부 사람들과 접촉하는 것을 차츰 꺼리게 되었다.

"그러면 큰누님께서는, 참 이런 말 이상하게 들릴지 모르겠습니다만, 노이로제 증상 같은 것으로 고생하지 않았나요?"

사내는 내 얼굴을 찬찬히 바라보면서, 내가 말하지 않은 그 어떤 부분을 놓치지 않겠다는 듯이 말했다.

"그런 생각 추호도 하지 마시오. 우리 누님은 아주 정상입니다. 너무 정상적이어서 비정상적으로 세상을 살아가는 사람들에게는 이상하게 보이죠."

나는 그 한마디로 잘라 말하고는 일어나버렸다. 다시는 이 사내를 만나지 않겠다고 단단히 생각했다.

"물론 그러시겠지요."

사내는 내 말을 수용했다.

4

나는 묘한 정황에 휩싸여 며칠을 보내었다. 그 사내로부터 전화가 걸려올까 두려워하면서도 한편으로는 기다려지기도 했다. 사내 말대로 큰누나가 아버지를 안락사시켰다는 자수 자체가 소설처럼 의심스러웠다. 그는 소설 이야기를 했을 것이다. 그렇지 않고는 어떻게 감히 상상조차 할 수 없는 아버지 타살 이야기가 나왔을까? 나는 생각하기조차 꺼려지면서도 혹시 작은누나 짓이 아닐까 의심했다. 작은누나가 큰누나를 의심해서 말을 퍼뜨린 것이 아닐까? 그러나 이런 생각을 하는 것도 두렵고 떨렸다.

회사에서 막 퇴근을 하려는데 사내로부터 전화가 걸려왔다. 나는 긴장해서 다음 말을 기다렸다.

"그동안 마음고생 많으셨죠. 잘 처리되었습니다. 소설은 쓰다가 그만두었지요. 그동안 저와 몇 번 만났다는 말 두 누님께나 집안 분들에게도 비밀로 하십시오. 안녕히 계십시오."

사내는 자기 할 말만 하고서 통화를 끝내었다.

사무실을 나왔으나 사내의 목소리가 자꾸 귓가에 쟁쟁거렸다. 결국 그는 나에게 더 많은 의혹을 뿌려놓고 사라져버렸다. '잘 처리되었다'니 어떻게 되었다는 말인가? 사내가 썼다는 소설의 내용도 궁금했다. 소설을 빗대어 우리 집안일을 드러내려고 했을 것이다. 무슨 비밀이 있단 말인가? 큰누나를 만나고 싶었다.

거리는 완전히 가을이었다. 누나는 텅 빈 아버지 서재에서 동편 창을 통해 박물관 주변 늙은 가로수 잎들이 떨어지는 것을 보고 있을 것이다. 누나는 벌써 인생의 가을 문턱을 넘어선 여인이다. 지난 시간은 모두 잊어버리고 오직 다가오는 인생에 승부를 걸도록 충동질하려 마음을 단단히 먹었다. 우선 결혼을 하도록 권해야겠다. 아니면 사업이라도 하든지. 지금까지 내가 진 빚을 생각하면 무슨 일을 하든지 뒤에서 밀어드릴 용의가 있다. 그런 생각을 하다 보니 사내의 이야기가 잊혀졌다. '그래. 해결이 잘되었다면 잘되었겠지.' 어서 잊어버리고 싶었다.

지나가는 택시를 세웠다. 걸어도 갈 만한 거리인데도 어서 큰누님을 만나 환한 이야기를 나누고 싶어서였다.

집으로 들어가는 골목에 이르러 차에서 내렸다. 산보하시던 아버지가 골목 어귀에서 나를 맞을 것만 같았다. 나는 고개를 흔들면서 아버지 환영에서 벗어나려 발걸음을 빨리했다. 그리

고 얼른 대문을 열고 들어섰다. 며칠 안 들렀는데 정원은 가을
로 가득 차 있었다. 그런데 갑자기 아버지의 신음 소리가 어디
선가 들려왔다. 나는 정원 한가운데서 꼼짝할 수 없었다. 아버
지 신음 소리가 점점 크게 들려왔다. 그 환청에서 아버지께서
마지막 세상을 떠나던 정황이 눈앞에 아른거렸다.

숨을 거두기 사흘 전부터 아버지는 혼수상태에 빠졌다. 의식
을 잃어서가 아니라 정신은 맑은데 육신의 고통을 견디느라 애
를 쓰다가 탈진한 것이다.

소식을 듣고 달려온 식구들이 2층 서재에 누워 있는 아버지
주위에 둘러앉아 훌쩍이고 있었다. 아버지는 너무 고통이 심해
서 겨우 눈을 뜨고 찾아온 얼굴들을 한번 쳐다보다가 긴 한숨을
토하곤 하였다. 큰누나가 가제로 보리차를 축여 입안에 넣는데,
그때 나는 아버지 입술에 피멍이 들어 있는 것을 보았다.

"다치셨어요?"

밤중에 위가 고통스러우면 혼자서 화장실을 찾아가 몽땅 토
하셔야 조금 통증이 가라앉았다. 큰누나가 옆에서 거들어준다
해도 아버지는 손을 내저으면서 혼자 처리하셨다. 그것이 딸과
아버지의 관계 때문인가 생각해서 큰누나는 그 일을 혼자서 하
시도록 내버려두었다. 나는 피멍이 든 입술을 보는 순간 화장실
을 출입하시다가 다치셨는가 짐작하고는 큰누나를 쳐다보았다.
누나는 내 생각을 알고는 말없이 고개를 내저었다. 아버지는 그
전까지만 해도 고통이 심하면 입술을 깨물면서도 소리 한번 크

40

게 지르지 않았다. 암 환자들의 마지막이 고통스럽다는 말을 듣기는 했으나, 그 고통을 내 체험으로 확인한 것은 아니었다. 그런데 그날 저녁, 아버지의 고통을 어느 정도 실감하게 되었다. 당신은 신음을 토하다가 눈을 슬며시 뜨더니 방 안을 한번 둘러보고는 머리맡에 있는 시계를 쳐다보시고는 입술을 잘근잘근 깨물면서 눈을 감았다. 그러나 겨우 5분이나 길면 10분쯤 눈을 붙였다가 신음을 토하면서 눈을 떴다. 그리고 다시…… 입술을 깨물고 방 안을 휘둘러보고, 시계를 보고, 몸을 비비틀면서 비명을 지르고…… 그렇게 반복되는 동안에 날이 밝았다. 그러나 아버지에게는 새날이 아무 의미도 없었다.

나는 출근하기 위해 집을 나섰고, 밤새 지켜 앉았던 작은누나도 아이들을 학교로 보내기 위해 일찍 집으로 돌아갔다. 점심 시간에 잠시 시간을 내어서 아버지 집에 들렀다. 아버지는 큰누나 손을 잡은 채 고통을 참느라 끙끙 신음을 토했다. 이집트 박물관에서 본 미라처럼 뼈에 가죽만 씌운 바싹 마른 체구, 해골이 그대로 드러난 얼굴에 퀭하게 뚫어진 눈자위, 거기에 눈물이 흥건히 고여 있었다. 큰누나는 아무 말도 하지 않았다. 밤새 잠을 못 자서 꺼칠하고 핏기 없는 야윈 얼굴은 마치 중병 환자였다.

아버지는 딸의 손을 맞잡고 밤새 울었던가. 누나가 앉은자리 옆에는 구겨진 냅킨 조각들이 널려 있었다. 아버지는 완전히 탈진해 있었다. 그러다가 갑자기 발작하는 통증을 이기느라 누운 몸을 비비틀면서 비명을 질렀다. 이제는 자식들 앞에서 자신을 지키려는 그 마지막 오기도 잃어버렸다. 누나는 그 비명 소리가 마음 쓰이는지 손수건으로 아버지 입 언저리를 쓰는 척하면서 그 소리를 막으려고 했다. 그러다가 한 손으로 아버지 손을 잡은 채 두 다리를 세워 그 사이로 고개를 떨어뜨려 흐느꼈다.

잠시 방 안에 정적이 흘렀다.

그때 아버지가 몸을 비틀면서 다시 비명을 질렀다. 지금까지 전혀 듣지 못했던 짐승의 소리였다. 아버지는 두 손을 허우적거리다가 방바닥을 치면서 발광하기 시작했다.

"인후야, 저 윤내과 선생님께 좀……"

나는 아래층으로 뛰어내려갔다.

윤 박사를 모시고 방으로 들어왔을 때, 아버지는 숨을 거둔 후였다. 윤 박사는 청진기로 가슴을 짚어보고 눈동자를 들여다보더니 임종했다고 말했다. 큰누나는 작은누나에게 알리도록 내게 지시하고는 가제로 아버지 입가에 흐른 침들을 닦고 덜 감긴 눈을 위에서 아래로 쓸어 감기게 했다. 아버지 눈이 편안한 모습으로 감기자 누나는 한숨을 내쉬었다. 그리고 이불을 덮더니 무릎을 꿇고 잠시 눈을 감았다.

나는 이불을 걷어 편안히 잠자고 있는 아버지 얼굴을 들여다보면서 이제야 안식을 얻겠구나 생각했다.

─죽음이란 참 편안한 것이구나. 혼자 가는 낯선 길이라서 조금은 외롭고 두렵고 망설여지기는 하겠으나, 그 세계에도 한번 들어가면 그곳 사정에 익숙하게 되겠지. 이제 땅 위에서 맺

었던 아버지와 나와의 관계는 이렇게 끝나는구나.

슬픔에 목이 메었다.

아버지 죽음의 기억은 그날 이후로 조금씩 엷어져 갔다. 나는 시간의 흐름에 따라 그 엷어지는 두께를 확인하면서 언젠가는 아주 잊혀버릴 것이구나 생각했다.

누나는 아버지 서재에도 없었다. 집 보는 사람에게 물었더니, 아침에 며칠 여행을 떠난다면서 나갔다고 했다. 여행? 며칠 전에 그렇게 권하였는데도 전혀 내색을 않던 누님이었다. 예감이 이상했다.

아버지 서재는 예전 그대로 잘 정리되어 있었다. 잠시 외출 나갔던 아버지가 돌아올 것을 기다리는 방이었다. 동편 창가에 있는 난초 잎이 싱싱했다.

아버지 책상 위에 봉한 편지 한 통이 내 눈을 사로잡았다. 큰누님이 내게 쓴 편지였다.

—그날, 나는 고통을 못 이기는 아버지를, 내 손으로, 그 신음을 토하시는 입을 막아버렸다. 한 5분 정도쯤 지났다. 아버지 일그러진 얼굴에 평온이 감돌았다. 나는 그제야 안심했다. 장례를 치르고 난 직후에 나는 경찰서를 찾아가 사실을 말했다. 그러나 믿으려 하지 않았다. 이제 나는 이 집을 떠난다. 이 집을 떠남으로 지금까지 나를 옭아매었던 내 모든 것으로부터도 자

유로울 수 있을 것 같다. 나는 아버지 임종 때까지 내 뜻대로 하다가 결국 아버지를 죽이기까지 했다. 결국 나는 아버지를 억압한 폭군이었다. 이제야 그것을 깨달았으나 사죄할 길이 없다. 내가 어디로 가야 할지 정하지 않았다. 가다가 갈 곳이 없으면 아버지를 따라갈 수밖에 없겠지. 아버지는 나를 보시고 어떤 표정을 지으실까 두렵고 궁금하다. 그래도 나는 아버지를 사랑했다. 그 사랑이 아버지를 괴롭게 만들었더라도……

벽

○
○
○

관계 7

1

　면회실로 들어온 그는 창살 너머에 있는 나를 보더니 의외란 듯이 안내해온 교도관을 쳐다보았다. 미결수복을 입었을 뿐이지 그의 표정은 매우 안정되어 있었다. 함 목사의 고별식장에서 만났을 때 굳고 날카로운 인상과는 전혀 다른 모습이었다.

　"소장님의 특별 배려이시니까 하고 싶은 말을 해도 좋아."

　교도관의 친절에도 그는 시선을 내리깔고 내게 전혀 관심을 보이지 않았다.

　"어찌 된 일인가?"

　그가 양아버지인 함 목사 살해범이라니 도저히 믿어지지 않았다. 그는 말없이 한참이나 나를 쳐다보더니 입가에 묘한 미소를 흘렸다.

"바쁜데 뭣 하러 왔어. 하여튼 고맙네."

겨우 한마디 하고는 시선을 내게서 거두었다.

"변호사를 선임했나? 내가 뭐 도와줄 일이라도?"

그의 뒤를 봐줄 사람이 없다는 것을 나도 잘 안다. 고아원에서 자라다가 함 목사의 양자로 들어왔으니 형제나 가까운 친척도 없었다. 부인은 오래전부터 별거 중이다.

"변호사는 필요 없네."

그는 짧게 한마디 하였다.

"자네가 그런 일을 저질렀으리라고 믿지 못하겠네. 또……"

"그만해두게."

그는 버럭 소리를 지르면서 내 말을 가로막았다.

"혹, 말하지 못할 사연이 있더라도 사실은 밝혀야지. 그러니까……"

그가 변호사를 선임해서 적극적으로 대응해나갔으면 했다. 그는 지금 주위 사람들로부터 불신을 받고 보니, 자신을 보호하려는 의지를 잃어버린 것 같았다.

혼자 기도원에서 생활하던 함 목사의 죽음은 단순한 사고사로 처리되었다. 이미 그는 모교 의과대학병원에 시신 기증을 약속한 터라, 작년까지 시무했던 교회에서 고별 예배를 마쳤다. 그런데 함 목사의 외동딸인 경혜가 아버지의 죽음이 석연치 않다면서 진정함에 따라 수사가 시작되었고, 결국 양아들 함경천이 살해 혐의를 받고 피의자로 구속되었다. 수사 과정에서 함 목사가 죽기 직전에 경천이가 기도원에 다녀갔다는 사실이 밝혀지자, 처음에는 완강하게 혐의를 부인하던 피의자가 결국 사실을 인정했다.

그런데 나는 그가 함 목사를 살해했다고 믿어지지 않았다.

"내 일로 명 목사가 나서지 말게. 목회자 입장에서 내게 너무 집착하는 것은 교인들 보기에도 안 좋아. 혹, 고인의 주위 사람들에게도 오해 받을 우려도 있고……"

그는 입회 교도관을 쳐다보면서 면회를 마칠 뜻을 전했다.

"마음을 단단히 먹게. 또 오겠네."

나는 그 뜻을 알겠노라고 고개를 끄덕이면서 일어났다. 그는 뒤도 안 돌아보고 면회실을 나가버렸다.

나는 침착하고 안정된 듯한 그의 표정이며 어투에 안심이 되면서도, 그 점이 오히려 마음에 걸렸다. 그는 구치소에 들어와서 많이 변한 듯했다. 우리는 고교 3학년 때부터 교회에서 만나서 20여 년을 우정을 나누며 살아왔다. 함 목사의 양아들이 된 후부터 그는 좋은 환경에서도 표정이 늘 딱딱하고 어두웠다. 말수가 적었고, 말을 할 때에도 사람을 바로 쳐다보지 않았다. 어쩌다 눈길이 마주치면 당혹한 표정으로 얼른 외면하였다. 영리하고 성실한 그는 가깝게 어울리는 친구는 없었으나 공부는 남보다 앞섰다. 그래도 나와는 잘 어울렸고 서로 속마음까지 드러내놓는 처지였다.

함 목사의 갑작스런 죽음은 사람들에게는 큰 충격이었다. 더구나 양아들이 피의자로 구속되자 더욱 그랬다.

"정말 그가 함 목사를 살해했을까?"

나는 구치소를 나오면서 생각을 되풀이해보았다. 면회소에서 나를 대하는 그의 태도도 이상했다. 뭔가 할 이야기가 있는데도 숨기는 것 같았다.

나는 애초부터 함 목사 사건에 대한 신문 보도를 믿지 않았다. 그가 자백했고 기소되어 구치소에서 재판을 기다리고 있으나, 애초부터 나는 그가 범인이 아니거나, 자백하였다 하더라도 그렇게 된 데는 뭔가 세상 사람들이 이해할 수 없는 사연이 있으리라고 생각되었다. 그런데 오늘 그를 만나고 나서 그러한 생각이 더해졌다.

2

새벽 기도회를 마치고 교회 사택으로 돌아왔을 때였다. 마침 나를 기다리고 있었다는 듯이 책상 위에 두고 간 핸드폰이 요란스럽게 울었다. 나는 손목시계를 봤다. 오전 6시 30분. 이른 봄이라 아직은 새벽이다. 맞은편 809동 아파트 건물 뒤로 어둠이 희미하게 드리워져 있었다. 나는 전화 받을 엄두가 나지 않았다. 이 시간에 걸려온 전화라면 대부분 교인들의 부고이다. 계속해서 세 번 신호가 울렸다. 내가 집에 들어오기 전에도 전화 신호음이 저렇게 울렸을 것이다. 나는 불안스러워하면서 전화를 받았다.

"명 목사, 나 경혜인데, 새벽부터 죄송해요."

함 목사의 외동딸 경혜의 전화였다. 누님처럼 지내는 사이였다.

"아버님이 돌아가셨어. 기도원에서…… 살림을 챙겨주는 동네 아주머니가 발견하고 병원으로 옮겼으나……"

전화를 받았으나 목사의 죽음은 사실로 받아들여지지 않았다. 나는 시신이 안치되어 있는 병원으로 차를 몰면서도 마치 함 목사를 문병하러 가는 마음이었다. 병원에 도착해서도 그의 죽음은 받아들일 수 없었다. 사람에게는 믿을 수 없는 일이 너무 많이 일어나는구나. 그동안에도 함석영 목사는 믿을 수 없는 많은 일들을 종종 만들어놓더니 결국 죽음에 이르기까지 그렇게 가는구나. 그의 죽음이 어떤 배신처럼 느껴지면서 그가 살아온 일생이 토막토막 펼쳐졌다.

내가 최근에 함 목사를 만난 것은 지난 설 때였다. 설 다음날에 세배를 드리려고 그 아들 경천의 집으로 전화를 했더니, 어제 내려오셨다가 기도원으로 올라가셨다고 했다. 혹시나 딸네 집에 계신가 해서 경혜 누나네 집에 전화를 했더니 같은 대답이었다. 정초 며칠도 자식들 집에서 쉬지 않고 기도원으로 올라간 그 처지가 궁금하고 안타까웠다.

나는 아내와 함께 기도원으로 가면서도 생각이 복잡했다. 경춘 국도를 벗어나자 눈 쌓인 겨울 산과 들이 아름다웠다. 상록수들의 청량한 푸른 빛깔에 눈이 시원했다. 문득 함 목사 모습이 저럴 것이라고 생각되었다. 아직도 일할 나이인데 초연하게 모든 것을 다 털어버리고 살아가는 그의 마음이 세상 사람 생각으로는 미치지 못하는 먼 곳에 있는 것 같았다.

마석에서 좌회전해서 가다 보면 수동 유원지가 나오는데, 거기에서 조금 산속으로 더 들어간 산자락에 기도원이 있다. 기도원이라기보다는 전원주택이었다. 마침 목사는 혼자 마당에 나와서 눈 쌓인 겨울 산을 바라보다가 자동차 소리에 뒤로 돌아섰다.

"아니! 명 목사?"

그는 우리 내외의 손을 한 손씩 잡으면서 무척 반가워했다. 아무리 세상일에 초연하여 살아가는 처지라고 하지만 사람을 만나는 즐거움은 숨기지 못했다. 나는 반가워하는 그의 표정에서 짙은 외로움을 느껴서 목이 메었다. 한복 차림에 뒷짐을 지고 눈 덮인 산을 바라보는 그의 뒷모습은 헐벗은 낙엽송처럼 쓸쓸하면서도 완강하였다.

"눈이 내리니 정말 무릉도원이 따로 없습니다."

나는 목사에게 손을 잡힌 채 집 안으로 들어가면서 한마디 했다.

"그래? 허허."

그의 웃음소리가 공허하게 들렸다. 아름다운 자연에 마음을 두지 않는 모양이다. 원래 그는 자연을 즐기려 이 외진 곳에 온 것은 아니었다.

그는 한국 교계에 새로운 목회 바람을 불러일으킨 장본인이었다. 그것은 전적으로 자신을 바쳐 일한 결과였다.

"자기를 부인하면서 동시에 초월하려는 적극적이고 혁명적인 삶이 아니고서는 목회는 어렵네."

그는 만날 때마다 제자이면서 후배인 나를 격려하며 권고했다.

그는 교계에서뿐만이 아니라, 사회에서도 명망 있는 인물이었다. 1970년대와 80년대 정치 사회적으로 어두웠을 때에는 과감하게 정치적 압제에 대항하여 선지자로서의 언어를 잃지 않았다. 그렇다고 가벼운 정치 세력에 끼어 하찮은 이름을 팔기에 급급하지도 않았다. 그의 발언은 목사로서 양식과 틀에서 벗어나지 않았다. 교회 젊은이들은 그의 인격을 먹고 마시면서 자랐다. 나와 경천이도 그랬다. 그는 양아들로서가 아니라 스승이요 목회자로서 함 목사를 존경하고 사랑했다. 내가 신앙을 가다듬고 목회자로서 세상에서 일할 수 있게 된 것은 모두 함 목사의 가르침 덕분이었다. 그 점을 나는 행복으로 생각해왔다. 그런데 정월 초이튿날 냉방에서 대하는 그에게서 지난날 그 당당하던 기품은 찾아볼 수 없었다. 왠지 왜소해 보이는 그의 모습에 나는 혼란스러웠다.

지난해 7월이었다.

나는 함 목사의 부름을 받고 교회 사택 아파트로 찾아갔는데, 그 자리에서 사임하겠다는 말을 했다. 30대 초반에 개척해서 오늘날 8천여 명이 출석하는 성공한 목회의 본으로 인정받는 교회였다. 아직도 은퇴하기까지는 7년이나 남았다. 온 교인들이 그를 참 목회자로 존경하고 따르고 있다. 사임할 아무런 이유도 없었다.

"쉬고 싶어. 지금까지 나에게 너무 소홀했어."

그의 사임 이유는 간단했다. 나는 단호한 그의 태도에 아무 말도 하지 못했다.

그 후에 몇 주 동안 그의 사임 의사는 교인들의 완강한 반대에 부딪쳤다. 나도 목사의 마음을 돌리려 했다. 그 문제로 목사와 단 둘이 만났다.

"그동안 내가 자신에게 너무 무심했어. 좀 쉬고 싶은데 사람들은 그것도 받아주지 않으니 떠나면서도 마음은 편하지 못하겠군. 내가 평소에 덕이 모자라서 그런가 봐."

함 목사는 답답한 마음을 털어놓았다. 사모님이 없는 집 안이라 분위기도 썰렁했다.

"집사람이 그 일을 당한 이후부터 사임을 생각해왔네. 이제는 양을 치는 일보다는 내가 양이 되어야 하겠다는 생각을 했지."

목사는 자신의 처지를 털어놓았다. 지난해 봄에 부인이 교통사고로 세상을 떠난 이후부터 생각해온 일이라고 했다. 나는 아무 말도 하지 못했다. 그도 인간이기에, 세상 사람들이 모르는 아픔을 간직하고 있을 것이다. 나도 그의 처지를 모른다.

"명 목사, 사람이 자신에게 배려가 부족했다는 것은 결국 주님에 대해 진정한 배려를 하지 않았다는 것이네. 그러니까, 겉으로는 풍요하지마는 속은 늘 허해서 외로웠네. 나는 요즈음에야 외로움의 정체를 알았는데, 그것은 자기에 대한 배려가 부족할 때 찾아오는 것이었어. 그때가 언제냐면 주님으로부터 내가 떠나 있을 때지. 이제 나는 이 교회를 떠나서 내 몸 안에 자리 잡고 있는 주님의 교회에서 내 자신을 목회하겠어."

나는 그 말뜻을 얼른 이해할 수 없었다. 사모님을 보내고 나니 너무 외로우신가 보다, 그 정도로만 생각했다.

"그런데 내가 교인들의 만류를 받아주지 않으니까 별별 이야기가 떠도는데, 허허허."

그는 공허하게 웃었다. 나중에 알게 된 이야기이지만, 사람들은 그가 사임하려는 것은 재혼 문제 때문이라고 생각했다. 교인들이 그의 재혼을 정서적으로 받아주지 않을 것을 알고 목사는 교회를 사임한 후에 재혼을 하고 얼마간 쉬다가 더 큰 교회로 가게 될 것이라는 것이었다. 물론 나중에 사실이 아니라는 것이 확인되었지만, 교인들은 자신들의 이기심 속에 목사를 가두어놓고 그것을 존경과 사랑으로 포장했던 것이다.

아직도 사람들 중에는 그의 돌연한 사임 뒤에는 피치 못할 은밀한 사건이 숨어 있다고 생각하고 있다.

사임한 목사는 또 사람들을 당혹하게 만들었다. 담임 목사로서 20년 이상 한 교회에 시무하였으면 사임 후에도 그 교회의 원로 목사로 추대되어 재임시와 꼭 같은 대우를 하는 것이 교회의 관례이다. 그런데 그는 원로 목사도 사양했다. 그 바람에 교회에는 적지 않은 퇴직금으로 그 몫을 대신해주었는데, 그 퇴직금 중에 절반 이상을 교회에 헌금하고는, 나머지 돈으로 시골로 내려가 기도하고 책 읽을 집이나 한 칸 마련하기로 결심을 굳혔다. 난감한 것은 교회 쪽이었다. 교회 기도원에 따로 집을 마련해서 사용하도록 권했으나 받아주지 않았다. 결국 교인 중에 한 장로가 소유하고 있는 별장을 개조해서 쓰시도록 사정해서 겨우 승낙을 얻었다. 그래서 함 목사가 이 기도원에서 생활하게 된 것이다.

사임 뒤에 얼마 동안은 종종 교인들이 떼 지어 찾아가기도 했다. 그가 그들을 노골적으로 반기지 않자, 더는 찾아가는 사람이 없었고, 이따금 일 보는 부인네가 드나들 뿐 거의 혼자서 지내고 있었다.

건평 40여 평쯤 되는 2층 벽돌 건물은, 아래층은 주방과 방이 몇 개 마련되어 있고, 2층 열댓 평은 거실 겸 소집회실로 쓰도록 되어 있다. 처음에 목사는 이따금 선배 원로 목사들을 초청해서 숙식을 같이하면서 이야기나 나누는 재미로 지내겠다고 했다. 그러나 집 안을 둘러보니 그런 흔적이 전혀 없었다.

집 안은 바깥이나 다름없이 냉기로 꽁꽁 얼어붙어 있었다. 목사는 마루에 있는 가스난로를 방으로 옮겨다 불을 지폈다.

"보일러 시설이 되어 있는데, 내가 요즈음 추위에 견디는 훈련을 하느라고……"

나는 그동안 동네에서 살림 잘하는 부인이 매일 집안일을 돌봐줘서 생활하기에 불편이 없다고 들었는데, 사실은 그렇지 않은 것 같았다.

세배를 드리고 나자 목사는 차를 준비하겠다고 일어섰다. 아내가 만류하고 주방으로 가더니 얼마 후에 인삼차를 들고 들어왔다. 아내의 표정이 떨떠름했다.

"아마 요즈음에 설 때라서 출입하는 동네 아주머니보고 며칠 쉬라고 했는데……"

목사는 재빨리 아내의 눈치를 살피면서 변명처럼 궁색하게 말했다.

"명 목사도 아시겠지만, 난 이때까지 고생이라는 것을 모르고 살았어. 배고픔이나 추위가 얼마나 고통스러운 정황인지 모르고 목회를 했으니 그동안 한 일이 다 거짓이었지. 주님이 세상에서 당하셨던 그 고통과 외로움을 전혀 모른 채 주님의 종으로 행세했으니 부끄럽기 그지없네. 허허허. 그래서 늦은 감은 있지만, 내가 요즈음 의도적으로 그 훈련을 받는다네. 그러나 그것도 형식뿐이지. 없어서 배고픈 것과 있으면서 배고픈 경우는 차이는 크니까."

목사는 얼어붙은 방 안을 휘휘 돌아보면서 이렇게 살고 있는 이유를 설명했다. 우리 내외는 잠시 말을 나누다가 '건강하십시오' 하는 인사만을 남기고 기도원을 나왔다. 돌아오면서도 나는 목사의 생활을 도무지 이해할 수 없었다.

"목사님, 저러시다가 큰일 나겠어요. 경혜 언니에게 이야기해서 대책을 세워야지. 한밤중에 병이라도 나시면 어떻게 해요? 집 보는 사람이 상주하도록 해야 돼요. 주방이나 냉장고에도 먹을 것이 없었어요. 아마 일부러 목사님께서 그렇게 사시는 것 같아요."

아내는 잠시 둘러본 집 안 정황을 말했다. 나는 대강 짐작되었다. 우리는 마을로 나와서 기도원 일을 맡아본다는 아주머니를 만났다. 아내는 언젠가 경혜 누나와 함께 여기에 들렀다가 그 부인을 만난 적이 있었다.

50줄에 들어선 중년 부인은 그 기도원에 안 다닌 지 벌써 몇 달 되었다고 했다. 처음 한 달은 매일 다녔고 그 다음 달부터는 사흘에 한 번씩, 그렇게 한 달을 다니고서 오지 말라는 소리를 들었다는 것이다. 그래도 혼자 사는 노인이 측은해서 이따금 지나다가 들르는데, 사는 형편이 말이 아니라고 혀를 찼다.

그 부인의 말은 모두 사실이었다. 우리는 함 목사의 형편을 가족들과 교회에 전했다. 그러고서 언제 다시 찾아간다고 생각하고 있는데, 결국 부음을 받았다.

병원에 모여든 교회 관계자와 가족이며 일가친척 들은 또다시 목사가 남겨놓은 충격적인 사건 앞에 무슨 큰 배신을 당한 것처럼 어리둥절하고 있었다. 목사는 이미 그 시신을 그의 모교 대학병원에, 그리고 남아 있는 얼마의 돈은 그가 신학을 공부한 신학대학교 장학금으로 모두 내놓았다. 아들과 딸은 살아가는 데 어려움이 없도록 경제적인 틀이 잡혀 있어서 고인의 뜻을 이의 없이 받아들였다. 그러나 나는 함 목사가 마지막까지 세상 사람들을 배반하는 것을 도저히 수용할 수 없었다.

나는 고별식장에서 그가 이 땅에서 살아온 내력을 보고하는 순서를 맡게 되어서 한없이 곤혹스러웠다. 그는 정말 빈 몸으로 와서 자기 육체까지 남에게 주어버리고 빈 몸으로 떠나간 사람이었다.

유복한 집안 둘째아들로 태어나서 명문 대학을 졸업할 때까지 세상 귀천 모르게 살았고, 다시 신학대학에 들어갔을 때에도 주위에서는 졸업 후에 유학을 가서 신학자가 되기를 기대했다. 그는 명석한 두뇌와 빈틈없는 성실함과 경제적 여건을 두루 갖추었기 때문에 학문의 길에 정진할 수 있는 처지였다. 그러나 그는 주위 기대를 저버리고 빈민 목회를 자청하였다. 얼마 동안 훈련을 쌓은 다음에 단독 목회를 하기 위해 교회를 개척했다.

그는 부모에게서 물려받은 적지 않은 재산을 교회에 헌금했다. 그는 목회자들이 그렇게 좋아하는 박사학위는 물론 석사학위 하나도 받지 않고 오로지 목회에만 전념했다. 그러한 결과로 개척해서 5년 만에 1천 명 교인이 모였다. 그제야 교회를 신축했다. 그리고 그 이후에도 교인 수가 5백 명이 더 증가할 때마다 교회를 개척해서 교인들까지 떼어 내보내곤 했다. 그렇게 개척한 교회가 다섯 개나 되었고, 내가 시무하는 교회도 그중에 한 교회이다.

그런데 그에게 큰 시련이 닥쳐왔다. 교회를 신축하고 입당 예배를 본 지 1주일 만이었다. 고등학교 1학년인 외아들 경준이가 불의의 사고를 당했다. 학교에서 늦게까지 공부하다가 귀가하기 위해 학교 부근 버스정류장에서 기다리는데, 옆 골목 어귀에서 중학생쯤 되는 학생들이 싸우고 있었다. 한 학생이 같은 또래 두 학생에게 일방적으로 얻어맞고 있었다. 의협심이 강하고 체력이 탄탄했던 그는 그 싸움을 만류했다. 그런데 상대방이 휘두른 칼에 맞아 병원으로 옮겨졌고, 워낙 급소였기에 소생하지 못했다.

가해자는 부근 중학교 3학년이었는데 고아원에서 생활하는 학생이었다. 아들 장례를 치른 함 목사는 그 가해자를 양아들로 받아들이기로 작정했다. 가해자는 소년원 생활을 하고 있었는데, 목사가 관계 기관에 탄원하여 2년 만에 출소하였다. 그리고 그를 아들로 맞아들였다.

"너를 아들로 맞은 것은 내가 아니고 주님이시다. 이제부터 나와 내 아내에게 부담 가질 필요가 없고, 대신 주님께 감사하고 일평생 그분을 공경하며 살아가도록 해라. 아들아, 너는 이제부터 새사람이 되었다. 우리 집 식구로서 한가족이 되었음은 물론이요, 주님의 가족으로서 구원을 받은 새 가족이 되었다. 그런 의미에서 네 이름을 함경천으로 개명했다."

함 목사는 식구들과 친척들 앞에서 경천을 아들로 삼은 것을 선언했다. 경천은 소년원에서 이미 함 목사와 자주 만나 그를 통해서 주님을 영접한 이후여서 새 가정생활에 어려움이 없었다. 그는 소년원에서 이미 고입 검정에 합격하였으므로 출소 후 고등학교에 바로 입학했다. 우리가 친해진 것은 고3 때였다. 우리는 모두 원하는 대학에 진학했고, 교회에서 청년 활동도 열심히 했다.

교인들은 이러한 함 목사를 존경했다. 함 목사 본인은 조심스럽게 처신했는데도 소문이 세상으로 퍼져나가서 목사는 화제의 주인공이 되었다. 그러나 그는 그 사실을 제 입이나 글로써 누구에게도 말한 적이 없었다. 경천이가 열심히 공부하고 교회와 집안에 잘 적응해서 목사 내외는 아들 잃은 슬픔에서 어느 정도 헤어날 수 있었다.

나는 그가 살아온 인생을 극히 피상적으로 조문객들에게 전했다. 지금까지 공식석상에서 알려지지 않은 일들이었지만, 마지막 지상에서 맺은 그와의 인연을 청산하는 자리여서 모두 말해버렸다. 듣는 경천의 마음이 좀 어려웠을 테지만, 이미 사전에 의논했다.

“인간 함석영 목사는 땅에서 그 생명 유지하던 62년 7개월 동안 온몸으로 세상을 살았습니다. 그러나 이제 그분이 우리 곁을 떠날 때에는 아무것도 지니지 않고, 모두 남은 사람들에게 주고서 떠났습니다. 오히려 그는 조상으로 받은 유산까지 교회에 바쳤습니다. 그뿐만 아니라, 그는 땅에 남아 있는 우리에게 주님의 사랑이 무엇인가를 마지막까지 일깨워주셨습니다. 그분은 죽음으로 살아 있는 우리들을 가르쳐주셨습니다. 모든 것을 다 버림으로 사랑을 남길 수 있었습니다. 한동안 그는 교회를 떠나 혼자 산골에서 사시면서 지금까지 당신이 체험하지 못했던 육신의 아픔을 체험하려고 노력도 하셨습니다. 저는 설 다음 날 그분을 뵙고서 그것을 느꼈습니다……”

나는 눈물 때문에 더 말을 잇지 못하고 그의 이야기를 마쳤다.

고별 예배 후 사흘째 되는 날이었다. 고인의 딸 경혜로부터 전화 연락을 받고 만났다.

“명 목사, 아무래도 아버님 죽음이 이상해. 처음에 발견한 그 아주머니에게 들은 이야긴데, 집에 들어가 보니까, 누군가 집에 다녀간 흔적이 있었다는데, 현관에 신발 자국이 있고, 마당에 자동차 바퀴 자국이 있고. 그래서 내가 아버님에 대해 다시 조사를 해달라고 경찰에 진정했어. 그렇게 알아둬.”

경혜는 평소에 건강하고 지병도 없던 부친이 계단에서 쓰러질 이유가 없다고 생각하던 차에, 부친의 유품을 정리하러 기도원에 갔다가 그 아주머니로부터 그런 사실을 들었다고 했다.

"이미 돌아가신 분이신데, 그 문제로 다시 목사님 이름이 세상 사람 입에 오르내리면……"

나는 경혜의 말이 부담스러웠다. 이제 함석영 목사의 일은 이 세상에서 사라졌는데 다시 일을 만든다면, 잘못하면 그가 다시 사람들에게 어떤 배신을 안겨다 줄지도 모른다고 생각되었다.

"난 아직도 아버님 죽음이 믿어지지 않아. 그렇게 돌아가실 분이 아니야. 사실을 밝혀야지."

아버지 죽음을 전혀 믿을 수 없으며 마치 실종한 아버지를 찾는 기분이라고 했다.

그런데 수사가 시작되어서 이틀 만에 양아들인 경천이가 사고가 나던 날 기도원에 들렀다는 것이 밝혀졌다. 그러나 그는 절대로 아버지를 살해하지 않았다고 버텼다. 그는 아버지를 살해할 이유가 없었다. 퇴직금으로 받은 돈도 문제가 안 되었다. 평소에도 부자지간에 아무런 갈등이 없었다. 그런데 구속되어 나흘 만에 결국 그는 아버지를 살해했다고 자백했다. 그런데 석연치 못한 점이 드러났다. 2층에서 목을 졸라 숨이 끊어지자 계단으로 떠밀었다고 진술했다. 시신을 기증받은 대학병원 측에서는 시체에 목 졸린 흔적은 없었다는 것이다. 수사관이 다시 추궁하자 경천이는 입을 다물었다. 당황한 것은 수사관이었다. 자백은 했으나 살해 동기나 과정은 석연치 않았고 증거도 불충분했다.

나는 그러한 사실을 친구의 친구인 담당 검사로부터 대강 들어 알고는 경천이가 함 목사를 죽이지 않았다고 생각했다. 우선 담당 변호사를 선임하기 위해서 경혜 누님의 집으로 찾아갔다.

"목사님을 위해서도 그렇게 아끼던 경천에게 살해당했다는 것을 받아들일 수 있어요? 제 생각에는 뭔가 의아한 점이 있는데, 경천이는 입을 다물고 있으니, 변호사를 선임해서 진실을 밝힐 필요가 있지 않겠어요?"

경혜는 내 제의에 잠잠하더니,

"경천이는 전부터 아버님과 어머님을 원망하고 있었어. 이유는, 자신을 양아들로 삼았기 때문에 그 죄책감에서 영원히 벗어날 수 없게 되었다는 것이었지. 작년부터 아내와 불화가 심해지면서 최근에 그런 생각이 더한 거야. 그는 겉으로는 아주 얌전한 척하지만 속에는 깊고 복잡해. 아버님이 신학을 공부하라는 권유를 받아들이지 않는 것도 그 때문이야. 신학을 한다면 경준이를 죽인 그 자책감에서 더 고통을 받을 것이 빤하니까 그랬겠지."

나는 처음 듣는 이야기였다.

"그렇지 않아요. 제가 경천이를 압니다."

그는 나에게 목사님 내외에 대한 섭섭함이나 양아들로서의 갈등을 내비친 적도 없었다.

"명 목사는 몰라. 어머님이 경천의 문제로 얼마나 어려워하셨는데. 아버님이 경천이를 받아들임으로 오늘에 일이 이렇게 벌어진 거야. 나는 최근에야 어머님의 일기장을 보고서 그 사실을 알았어. 그런 어머니 마음을 경천이가 몰랐겠어?"

경혜는 눈물을 글썽이면서 말했다. 나는 처음 듣는 말이었다. 일기장이라니? 혹시 함 목사의 일기나 메모 노트라도 남아 있는가? 지금까지 수사는 그러한 문제에 관심을 두지 않았다.

"어머님의 교통사고도 모두 경천이에게 원인이 있어."

함 목사 부인은 죽은 아들 생일날 차를 몰고 혼자서 아들 묘소에 다녀오다가 트럭에 치였다. 평소에 남편을 대신해서 차를 몰고 다닐 정도로 운전에 능숙했고, 또한 매사에 신중한 성격인데, 신호등을 무시하고 사거리를 횡단하다가 변을 당했으니 이해할 수 없는 일이었다.

사고가 일어나자 함 목사는 아내가 아들의 묘소에 성묘를 갔다는 것부터가 마음에 걸렸다. 경천이가 혹 마음의 부담을 갖지 않을까 해서였다.

"어머니는 얼마나 괴로웠겠어. 목회자 아내로서 양아들에 대해 전혀 애정을 가질 수 없었으니, 그 아들을 대할 때마다 그의 칼에 찔려 피로 얼룩진 경준의 모습이 떠오르는데, 어떻게 경천이를 사랑할 수 있겠어. 어머님은 아버지보다도 더 솔직한 분이셔서 자신의 진실을 숨기고 살아가기가 힘드셨지."

"그런 말씀 마세요. 돌아가신 분에 대한 예의가 아니잖아
요?"

나는 경혜의 말을 듣기가 거북했다.

"명 목사, 이걸 읽어봐."

경혜는 안방으로 들어가더니 대학 노트 몇 권을 들고 나와 내
앞으로 내밀었다.

그것은 경혜 어머니가 틈틈이 쓴 비망록 겸 일기장이었다. 그
날그날 중요한 사항을 기록해놓았는데, 그중에는 생활에 대한
감정을 자세히 엮어놓은 경우도 있었다.

경혜는 노트 중에 접어놓은 곳을 펼쳐서 내게 보여주었다.

——경천이가 대학에 합격했다. 불현듯 경준의 생각에 가슴이
미어질 듯하다. 주여, 제게 긍휼을 베풀어주옵소서. 아직도 제
아집에 매어 있는 저를 용서해주시옵소서. 어서 속히 제가 경천
이를 받아들일 수 있도록 제 마음을 열어주십시오.

또 다른 노트에는,

——경준의 스물두번째 생일날이다. 목사님은 일부러 이날을
잊은 듯하다. 이미 천국에 가서 하늘나라 잔치에 참여하고 있으
니 땅 위에 살 때 생일이 무슨 의미가 있을까마는 오늘따라 경
준의 생각에 일이 손에 안 잡힌다. 왜 내가 목회자의 부인이 되

었는지 후회가 된다. 그이가 신학을 하겠다고 했을 때 왜 적극적으로 반대하지 못했던가? 사랑에 눈이 멀었던가? 우리가 대학에서 만나 겨우 두 해 되었을 때였으니까. 목회자 부인이 아니었으면 경천이를 받아들이지 않았을 것이다. 그에 대한 미움을 사랑으로 포장해서 사람들에게 내보인다는 것이 무척 고통스럽다. 차라리 경천이가 말썽을 부리고, 내 눈 밖에 나버렸으면 좋겠다. 그는 참 착한 아들이다. 그러기에 더욱 난 괴롭다.

—주님! 이 죄인의 사악한 마음을 용서해주옵소서. 왜 제가 이렇습니까? 저는 괴롭습니다. 어떡해야 이 미움의 사슬에서 해방되어 경천이를 제 자식으로 받아들일 수 있습니까?

—경천이 결혼 날짜가 잡혔다. 그가 우리 식구가 되어 이제 결혼까지 하게 되었으니, 주님, 감사합니다. ……오늘 며느리 예물을 사러 백화점으로 나갔다가 경준의 결혼식이었다면, 하는 생각을 했다. 그동안 잊었던 감정이 복받쳐오른다. ……세상 사람들은 함 목사를 성자 같다고 추앙한다. 그런 말이 두렵다. 그것은 아들을 죽인 자를 아들로 삼은 그 넓은 마음 때문이다. 함 목사는 나처럼 경천에 대해 갈등이 없을까? 돌과 같은 사람, 그가 밉고 가증스러울 때가 있다. 솔직한 감정을 죽이면서 살아가는 그가 두렵다. 주님, 이 짐은 제가 지기에는 너무 무겁습니다. 주님! 제 짐을 덜어주시옵소서.

한 달에 한두 번은 경천에 대한 갈등으로 채워져 있었다. 나는 비망록을 읽으면서 가슴이 떨렸다. 항상 잔잔한 미소를 띠고 수녀처럼 우리 앞에 나타나던 사모님 마음이 그렇게 갈피를 못 잡고 있었다니. 이 노트가 정말 사모님의 것인가.

"경천이가 들어온 후 어머님은 아마 매일 경준이를 생각했던 것 같아. 죽어서 사라져버린 것이 아니라, 대신 다른 아들이 곁에 있으니 경준의 생각이 더하셨겠지. 항상 그러는 것은 아니지만, 경천이를 대할 때마다 그가 경준이로 떠오르니, 그에 대한 미움이 솟아나고, 그 감정을 억제하기 위해 더 고통을 참아야 했고, 더하여 그럴 수밖에 없는 자신의 한계에 대한 미움까지 겹쳐 어머님은 이중 삼중의 고통을 감당하셨어."

경혜는 울먹이기 시작했다.

"어머님이 교통사고 당하시던 날에도 아마, 경준의 묘소를 성묘하고 나오면서 온통 정신이 헷갈렸을 거야. 그러니까 횡단로에서 신호등이 제대로 보일 리가 없었겠지."

읽고 보니 사모님 정황도 이해되었다.

"이 노트를 목사님도 읽었을까요?"

나는 그 사실이 궁금했다.

"어머님이 돌아가신 후에 아버님께서 어머님 유품을 정리하시다가 찾아내신 것이니까 보셨겠지. 내가 아버님께 받았으니까……"

"뭐라고 말씀 안 하셨어요?"

"어머님의 다른 유품과 함께 내게 넘겨주셨는데, 아버님께서

68

이 일기장을 읽으셨다고 해도 내게 뭐라고 하시겠어. 아버님도 비로소 어머님의 진실을 아셨으니까 고통스러워하셨겠지."

"목사님께서 교회를 사임하시기로 결심하신 것도 사모님 일기와 관계가 있는가요?"

"전에도 좀 쉬고 싶다는 말씀을 종종 하셨지. 어머님과 마음 놓고 여행 한번 못하였으니……"

경혜는 당시 두 분의 살아가는 정황을 알 것 같다고 했다.

나는 문득 사임과 동시에 기도원에서 수행하듯이 생활했던 일들이 모두 사모님의 죽음과 그 진실을 알게 된 데서 연유되지 않았나 생각되었다. 그리고 경천이도 이러한 함 목사 부부의 정황을 어느 만큼은 알고 있었을 것이다.

경천이를 만나고 싶었다.

4

오늘 세번째 경천이를 면회하였다. 면회실로 들어오던 경천이가 나를 보더니 미소를 지으면서 고개를 끄덕였다. 예전보다 부드러워진 그의 모습이 반가우면서 다행이라 생각되었다.

"여러모로 애써줘서 고맙다. 난 요즈음 마음이 편하니 너무 걱정하지 마라."

그는 내 얼굴을 바로 보면서 푸근한 어조로 말했다. 그런데

'요즈음 마음이 편하다'는 그 말이 이상하게 들렸다. 그렇다면 구치소에 들어오기 전에는 고통스럽게 지냈다는 말인가?

"참 사람 마음이란 모르겠더군. 이거 이상하게 들릴지 모르지만, 작년에 돌아가신 사모님의 유품 가운데 일기장이 나왔는데……"

나는 비망록 이야기를 은근히 내비쳤다.

"어머님은 대단하신 분이셨다. 그래도 인간이시니까, 아들을 죽인 나를 아들로 삼으시면서 얼마나 고통스러웠겠어. 명 목사가 그 점은 나보다 더 잘 아실 테지만……"

그는 이미 그 일기장의 내용을 다 알고 있는 듯했다.

"혹시 자네도 사모님의 그 일기장에 대해 알고 있나?"

그는 대답하지 않고 창 쪽으로 눈을 돌려버렸다. 그가 일기장 내용을 다 알고 있을 것 같았다. 함 목사가 혹시 그 내용을 알렸을지도 모른다. 그러나 그런 사정을 물을 수 없었다. 내 예측을 그의 입을 빌려 확인하기가 두려웠다.

"이제 두 분이 가셨으니까, 우리는 좀 자유롭게 말할 수 있겠지? 난 자네의 진실을 알고 싶은 거야. 목사님과 한식구로 살아오는 동안 자네가 겪은 고통을 누군들 짐작할 수 있으랴만 그래도 나는 조금은 알고 있네."

나는 그의 마음이 순수해지기를 바라면서 이야기를 꺼냈다.

"명 목사는 사모님 일기장 이야기를 혹시 누님으로부터 들은 적이 있나?"

그가 불쑥 물었다. 나는 얼른 대답을 못하고 머뭇거리다가 고개를 끄덕였다.

"읽었으니 알겠지만, 거기에 나타난 어머님의 마음을 오해하지 마라. 오히려 그 점에서 아버님보다는 훨씬 인간적이시니, 난 그분을 존경하고 사랑해."

"자네도 읽었어?"

나는 가슴이 쿵 내려앉았다. 만약 경천이가 그 비망록을 읽었다면, 그는 검찰 기소대로 함 목사를 살해했을지도 모른다.

"직접 읽지는 않았지만, 아버님께 들어서 그 내용을 대강 알고 있지. 아버님이 사임을 결정하시기 전에 나와 의논하는 자리에서, 어머님이 나로 인해 괴로워하셨다고 말씀하셨어. 그러시면서 당신도 어머님의 진실을 아시고는 더 이상 목회를 계속하실 수 없다고 하셨지. 제 아내 한 사람 제대로 위로하지 못하면서 7천 명 넘는 그 많은 양들을 먹이겠다는 것은 욕심이거나 아니면 만용이라 말씀하시더니, 결국 사임 의사를 교회에 밝히셨어."

나는 그 말에 눈앞이 뽀얗게 흐려졌다. 함 목사님의 그 솔직함에 다시 한 번 놀랐다.

"나는 그 말씀을 듣는 순간 정말 아버님은 훌륭한 분이시라는 것을 다시 확인했지. 이따금 어머니 얼굴에서 이상한 분위기를 느낄 때가 있었는데, 훗날 그것이 나에 대한 감정을 이기지 못하셨기 때문이란 것을 알았지만, 아버님에게서는 전혀 그러한 경우가 없었어. 더구나 사임 문제를 내게 의논하실 때에, 나는 함 목사의 아들이라는 것을 새삼스럽게 확인하게 되었어."

나는 말없이 들으면서도 이들의 진실 앞에 심장이 떨렸다.

"목사님은 그런 사모님의 마음을 아시고는 마음고생이 많았겠지. 그러나 이제는 모두들 우리 곁에서 떠나셨어. 자기를 숨기고 살아간다는 것이 얼마나 고통스러운 일인가를 자네도 알았으니, 이제는 자네도 숨기지 말고 다 말해주게. 경혜 누님이나 나는 자네가 목사님을 살해했으리라고는 생각지 않네. 그렇다면 무슨 사연이 있을 것 같은데……"

내가 다소 조급해지자 그는 빙긋이 웃더니 이야기를 시작했다.

"나는 아버님이 교회를 사임하시겠다는 말을 듣고 집에 와서 곰곰이 생각하는 중에, 이상하게 아버님이 차츰 미워지기 시작했네. 참 묘한 심사였어. 그것은 내 개인의 사정과 얽혀져서 그랬는지 몰라. 명 목사도 아는 일이지만, 나는 지금 아내와 별거 중이네. 어머님 상례를 치른 후에 아버님의 사임이랑 여러 일이 겹쳐서 밖에 나타나지는 않았지만. 내가 이곳에 온 후에도 아내는 한 번도 면회오지 않았어. 별거 사유는, 내가 함 목사의 양아들이란 점을 숨겼다는 거야. 자네도 아는 일이지만, 우리 부부는 부모님께서 정해주셨어. 얼마 동안 교제하고 나서 결혼을 했는데, 막상 이런 일을 당하고 보니, 두 분이 왜 내 사정을 미리 알리지 않았는가 의아해지더군. 아버님은 어머님 일로 자책을 받으셨다면 왜 자식인 내 일에 대해서는 자책감도 없이 신부

될 사람을 소개했고, 그 집안에 내 사정을 말하지 않았던가? 그렇게 생각하자 상당히 섭섭하게 느껴졌지. 그런데 말이다. 아버님의 사임이 어머님 일이 원인이었다면, 그것은 뭔가 자연스럽지 못하게 느껴졌어. 뭐랄까, 주님 앞에서 선하려고 하는 그 믿음의 결벽증 같은 것, 자기 부인 한 사람을 주님의 은혜와 사랑 가운데 살도록 인도하지 못하면서 수천 명 넘는 교인들에게 안식과 평안을 주려는 아버님의 목회 자세는 과욕이거나 만용이라고 생각되었거든. 그러자 갑자기 슬퍼지기 시작했어."

그는 이미 준비했던 것처럼 거침없이 말하다가 내 표정을 보더니 갑자기 말소리를 낮췄다.

"사실은 내가 이렇게 말하는 것도 어디까지나 느낌일 뿐이니까, 돌아가신 분들에 대한 예의는 아닌데, 자네를 보니 생각지도 않았던 말을 하게 되는군. 자네도 알다시피 나는 두 분에게 인간으로 최고의 사랑을 받고 살았으니까 감사할 뿐이지. 그 사랑 속에 진실과 허위가 어떻게 뒤섞여 있는지는 누가 구분하겠어? 하나님만이 판단하실 일이지만……"

그는 여유까지 보이면서 말꼬리를 흐려버렸다. 나는 그 말에 신뢰를 느꼈다. 처음 그가 함 목사 부부에 대해 비난 투로 말했던 것이나, 이해하는 말이 모두 진실인 것 같았다.

"나는 두 분의 죽음에 원인 제공자야. 내가 양아들이 되지 않았다면, 그분들은 지금쯤 경준의 죽음에서 벗어났을 것이었는데……"

그는 쓸쓸하게 웃으면서 천장을 하염없이 바라보았다.

"공연한 생각이야. 자네를 택한 것은 목사님였으니까, 너무 두 분에 대해 지나치게 부담 갖지 말게."

그 말을 하고 나자 홀가분했다.

나는 그가 양부모에 대해 어떤 생각을 가졌는지 모르지만 살해하지 않았다는 것만은 틀림없다고 심증을 굳혔다.

5

첫 재판은 인정 심문만으로 끝났다. 사흘 후에 면회를 가서 나는 판사 심리 때에는 사실만을 말하도록 권유했다. 2차 공판은 2주 후에 있었다.

나는 담당 변호사를 만나서 그동안 면회하면서 그와 주고받은 내용을 그대로 전했다. 변호사도 그가 함 목사를 살해하지 않았다는 심증을 갖고 있었다. 단지 사망 시점 직전에 피의자가 기도원에 다녀간 것만은 확실한데, 거기에서 두 사람 사이에 무슨 일이 있었는지 경천이는 끝내 입을 다물고 있다. 검찰에서는 그가 의도적으로 물적 증거가 남지 않도록 교묘한 방법으로 함 목사를 살해하였다고 판단하고 있었다.

2차 공판 이틀 전, 그날은 월요일이었다. 목회자에게 월요일은 특별한 일이 없는 이상 쉬는 날이다. 나는 아침부터 약간 들뜬 기분이었다. 경천이가 이번 사건에서 결정적인 대답을 회피하는 이유를 짐작해내었기 때문이다.

아침을 먹고 집을 나서려는데 경혜 누님의 전화를 받았다.

지금 막 면회하기 위해 구치소로 가는 길이라니까, 그전에 만나자고 했다. 우리는 서울구치소 못 미쳐 과천정부종합청사 역 옆에 있는 호텔 커피숍에서 만났다.

"명 목사가 이번 사건에서 경천이에 대해 그렇게 관심을 갖는 이유가 뭐지?"

경혜는 만나자마자 추궁하듯 물었다.

"경천이가 진실을 숨기고 있는 것 같아서요. 또 그 친구가 가련하기도 하고."

"돌아가신 분은 어떻고?"

경혜는 노골적으로 내 처신이 섭섭하다고 말했다. 나는 의아스러웠다. 경천의 진실이 밝혀지는 것이 고인들에게 누라도 끼치는 일이 된단 말인가?

"명 목사는 사정을 몰라서 그래? 우리 집안을 이 지경으로 만든 원인 제공자가 누구야? 경천이가 우리 집에 들어오지 않았다면, 아무 일도 없었지 않겠어?"

"그거야, 목사님의 뜻이었지 경천이가 선택한 일이 아니지 않아요. 사실 경천의 입장에서도 만약……"

나는 말을 하려다가 경혜의 놀란 눈빛에 주춤하고 입을 다물어버렸다.

"경천의 입장에서는 어떻다는 거지?"

그녀는 내 얼굴을 쏘아보면서 날카롭게 물었다. 나는 지난 번 경천이가 한 말이 떠올랐으나 그대로 말할 수 없었다.

"그가 양자가 되지 않았으면 훨씬 자유로웠겠다는 말이지. 소년원 생활을 마치고 나왔다면 어떻게 되었을까? 자유롭기는 하였겠지만, 인간 쓰레기 생활에서 벗어나지 못했을 거야. 안 그래?"

"누님, 말씀이 너무 심해요. 누님이 보여준 사모님 일기장대로라면, 경천이가 들어옴으로 사모님도 이중 삼중 마음고생을 당하셨던 것처럼, 경천이도 속 좁은 사람이 아니라, 어른들에 대한 죄의식으로 마음 편하게 살 수 있었겠어요? 오히려 법적으로 죗값을 치르고 난 후라면 마음 부담이야 덜하지 않았겠습니까? 그런 의미에서 하는 말이지요."

나는 솔직하게 말했다.

"더 자유로웠을 거라는 말을 경천이가 하더냐?"

"아니에요. 경천이는 두 분에 대해 감사하고 있어요. 설사 사모님이 그를 완전하게 받아들일 수 없었다 하더라도, 그럴수록 경천이는 두 분을 이해하려고 노력했고 또 사랑했어요."

"사랑하였기에 아버님을 돌아가시게 했다는 말인가?"

그녀는 격한 감정을 참느라 입술을 떨었다.

"경천이가 정말 목사님을 살해했겠어요?"

"살해하지 않았다면, 왜 살해했다고 자백을 해."

"살해할 만한 이유가 있어요? 누님은 집안 사정을 잘 아시지 않습니까?"

그녀는 잠잠했다. 이유가 없다면, 경천이가 살해했다고 자백한 것은 거짓일 것이다.

"물론 자신이 살해자라고 자백해야 할 만한 이유가 있겠지요. 저도 그걸 밝히라고 권유했어요."

"아버님에 대한 원한일 거야. 일생 동안 죄책감을 갖고 살게 했다고 생각하고 있었으니까."

"원한이라고요?"

나는 가슴이 섬뜩했다. 혹시 경천이가 그러한 감정을 갖고 살아왔는지도 모른다. 그렇다 하더라도 홀로 외롭게 지내는 함 목사에게 어떻게 그런 일을 저지를 수 있을까?

"어떻든 우리 집안을 이 지경으로 만든 원인 제공자는 경천이야. 어쩌다가 우리 집이 이 지경이 되었지!"

경혜 누님은 감정이 격해서 흐느끼기 시작했다.

나는 구치소로 가면서도 마음은 복잡했다. 경천의 처지를 생각하면 막막했다. 그는 부인과도 이혼 직전 상태이고, 양부모도 세상을 떠났다. 경혜도 그를 곱게 보지 않으니, 설사 그에게 무죄가 선고된다 하더라도 그는 더 큰 자책감과 자괴감에서 벗어날 수 없을 것이다. 그는 일평생 지상의 지옥에서 살게 될 것이다.

그를 만나고 보니 표정은 밝았다. 나는 경혜 누나를 만난 이
야기를 하지 않았다. 무슨 말로 그의 입을 열게 할까 궁리하는
데 그가 먼저 말문을 열었다.

"한 사람이 다른 사람을 사랑하고 이해한다고 해도, 상대가
그것을 받아주지 않는다면 그 사랑과 이해가 오히려 상대방에
게는 증오와 불화의 원인이 될 수밖에 없다는 것을 나는 요즈음
에야 깨달았네."

나는 그가 정말 이제 하려는 말을 하는구나, 하고 긴장했다.

"나는 자네와 변호사를 만나면서, 나와 아버님과 어머님 관
계를 생각했네. 한쪽에서는 사랑하고 이해하려고 했는데, 한쪽
에서는 그것을 받아줄 준비가 되어 있지 않았으니까, 상대의 그
것이 공연히 자기를 옭아매는 사슬로만 생각되었고, 그래서 늘
불안했고, 그 불안의 원인이 사랑해주는 사람 편에만 있다고 생
각했으니, 그럴수록 불안은 다시 증오로 변하였고……"

나는 그의 말이 진심에서 한 말이 아니라는 것을 곧 알았다.
함 목사 부부와 경천이 사이에 설사 그러한 관계가 이루어졌다
하더라도, 지금 말은 진실이 아닐 것 같았다.

"그보다 나는 아버님이나 어머님도 평범한 사람이라는 사실
을 모르고 마치 하늘에서 내려온 천사처럼 생각하였기 때문에,
내게 모든 것을 베푸시는 그분들의 진심을 그대로 받아들일 수
없었던 거야."

그는 깊은 숨을 내쉬었다.

"결과야 어떻든 간에, 난 자네에게만 말하는 것이지만, 그 말이 혹시 고인에 대해 누가 된다면 어떻게 하지? 그래도 말할 수밖에 없네만."

그는 헛기침을 하고서 남의 이야기처럼 그때의 정황을 말하기 시작했다.

경천이는 토요일 오후에 오랜만에 아버지를 만나러 기도원을 찾아나섰다. 그동안 어버지가 기도원으로 떠난 후에 별로 마음을 쓰지 못했다. 그는 아내와 별거 상태였고, 그 일 때문에 아버지도 부담을 갖고 있어서 어쩐지 만나는 것이 쉽지 않았다.

신입사원 연수회가 청평 부근 콘도에서 열리고 있는데, 그가 영업 실무 강좌를 맡게 되었다. 마침 한 시간 남짓 시간 여유가 있어서 그는 잠깐 얼굴이라도 뵙자고 기도원에 들렀다.

그러나 막상 그 집에 이르렀을 때에 너무나 자신이 아버님께 무심했음을 알았다. 이른 봄 산골 날씨는 쌀쌀했고, 주위에 벌거벗은 나무와 얼어붙은 산은 황량하게 보였다. 사람 왕래가 없는 탓인지 낮은 울타리로 둘러싸여 있는 집은 폐가처럼 을씨년스러웠다.

마당으로 들어섰으나 집 안은 조용했다. 두어 번 헛기침을 했으나 인기척이 나지 않았다. 현관문은 열려져 있었다. 그는 가만히 안으로 들어갔다. 아래층 방은 비어 있었다. 그는 조심스럽게 위층으로 난 계단을 올라가는데 중얼중얼 기도 소리가 들렸다. 경천이도 2층 복도 앞에서 기도를 드리려고 손을 모으고 눈을 감았다. 그때 기도 소리가 들려왔다.

"주님, 제 죄를 용서해주시옵소서. 저는 지금까지도 진정으로 경천이를 사랑하지 못하고 있습니다. 그를 제 품에 껴안고 있지 못하고 있습니다. 주님께서 제게 주신 그 귀한 말씀에 의지해서 제 혈육을 살해한 그를 제 아들로 삼고 살아왔습니다만, 아직도 저는 그를 아들로 사랑하지 못하고 있습니다. 주 성령님이시여, 이렇게 사악하고 사랑 없는 저를 용서해주시고, 제 굳어진 마음을 깨뜨려주시옵소서. 제가 그 아들을 진정으로 사랑하도록 주님과 같은 긍휼을 제게 허락해주시옵소서. 흑흑……"

아버지의 흐느끼는 기도 소리가 그의 가슴을 찔렀다.

경천은 숨이 가빴다. 지금까지 허위의 옷을 입고 사랑의 화신처럼 살아온 아버지에 대한 배신감에 어쩔 바를 몰랐다. 어머니 일기장에서 그 마음을 알았을 때보다도 더했다. 강단에서 주님의 거룩한 말씀을 유창한 말로 전하던 그 모습이 떠오르면서 그것이 허위의 탈을 쓴 능란한 연기처럼 생각되었다. 생각할수록 분하고 억울했다. 그런 것도 모르고 자신은 아버지의 사랑을 그대로 받아들이지 못하는 죄책감에 눌려 살아왔다. 그의 연극에 빠져 속아 살아왔다.

경천은 자기도 모르게 방문을 와락 밀치고 방으로 들어갔다. 기도하던 목사가 뒤를 돌아봤다. 자기를 쏘아보는 경천의 핏발 선 눈에서 살의 같은 것을 느꼈다.

"허위의 탈을 쓴 배신자!"

경천이가 고함을 지르면서 함 목사에게 대들었던가? 기억이 확실치 않았다. 그가 아버지를 쏘아보다가 헉헉 가쁜 숨을 몰아쉬면서 뒤돌아서는데, 등 뒤에서 "경천아" 하는 비명 같은 소리가 들려왔다. 그러나 그는 뒤도 안 돌아보고 경사가 심한 계단을 뛰어내려왔다. 그때 다시 뒤에서 부르짖는 듯한 소리가 나더니 이어 '쿵' 하는 둔탁한 소리가 들렸다. 그러나 그는 뒤를 돌아보지 않고 집을 뛰쳐나와 차를 몰았다.

그날 저녁 늦도록 술을 마시고 집에 들어갔을 때 아버지의 부음을 받았다.

말을 마친 경천이는 평온한 얼굴로 눈을 지그시 감았다.

"아마 내 뒤를 급히 따라오시다가 계단에서 넘어지셨을 거야. 내 부릅뜬 눈을 보는 순간 당황하고 놀라셨겠지. 그러니 내가 죽인 거나 마찬가지지."

나는 그렇게 듣고 싶어 했던 진실을 들었으나 할 말이 없었다. 주님 앞에 드렸던 함 목사의 진실을 경천이는 받아들일 수 없었다. 받아들일 수 없었겠지. 인간이니까.

나는 면회실을 나오면서 심한 오한을 느꼈다. 시샘하는 꽃샘 추위 때문인가? 한세상 외로움과 고통 가운데 살다가 간 함 목사와 그 부인의 모습이 미결수복을 입은 함경천의 얼굴 위에 겹쳐졌다. 모두 노약한 인간이기에 진정한 진실을 감당하기에는 너무 벅찼을까. 주여. 저희에게 긍휼을 베푸소서. 이게 고작 목회자로 살아가는 나, 명 목사의 기원일 뿐이다. 문득 벌거벗은 나뭇가지에 위태롭게 앉아서 하늘을 올려다보는 날개 부러진 새처럼 외로움이 몰려왔다.

우리 빗물이 되어 바다에서 만난다면

관계 8

문병 왔던 친척들이 하나둘 자리를 뜨자 병실에는 아내와 막내고모만 남았다.

"얘, 조카야, 오늘일랑 집에서 좀 쉬어라. 그리고 성님, 오래만에 샛아들이영 같이 지내십서."

막내고모는 TV에서 9시 뉴스가 시작되자 며칠 동안 병실을 지켰던 아내를 일으켜 세웠다. 어머니는 좀 전에 맞은 주사 때문인지 편안하게 누워 있다가 흐릿한 눈길로 미소를 지으면서 인사를 차렸다. 나는 복도로 나와 고모와 아내를 배웅하고 다시 들어가는데, 좀 전까지 떠들썩하던 병실이 너무 조용해서 멈칫했다. 어쩌면 이 밤이 이 지상에서 어머니와 마지막 밤이 될 것이라는 생각이 들었다. 순간, 다가올 죽음 앞에 아무 방어도 없이 서 있는 어머니에게 아무것도 해드릴 수 없다는 무력감이 온

몸을 옭아매었다. 부모 자식 간의 관계란 마지막 밤을 함께하는 정도로구나.

지난 월요일에 어머님이 다시 병원에 입원했다는 전화를 형님으로부터 받았다. 그날 아내가 먼저 내려갔고, 나는 오늘 오후에야 왔다. 여든다섯이면 장수를 누리시긴 했는데, 마지막 가시는 걸음이 너무 고통스러운 것이 안타까웠다. 장례 준비는 다 되었으니 그리 알라. 형님은 저녁식사 자리에서 약주를 한잔하시면서 아픈 마음을 그렇게 내비쳤다. 나는 할 말이 없었다. 그저 며칠 동안 병실을 지키던 아내를 대신해서 하룻밤 어머니와 함께 지내기로 했다. 그것밖에 내가 할 수 있는 일이 없었다.

작년 2월 말이었다. 고등학교 교사 시절 제자인 자혜병원 송원장으로부터 전화를 받았다. 의례적인 안부를 나누고 나서,

"선생님, 요즈음 고향에 내려오실 기회가 없으십니까?"

원장은 뜸을 주더니 어려운 청을 할 듯 물었다. 나는 친지의 주례나 부탁하려는가 해서, 자네가 내려오라면 안 내려갈 수 없지, 하고 여유 있게 대답했다.

"자당께서 오늘 오후에 저희 병원에 들르셨는데 말입니다. 상태가 아주 안 좋았습니다. 내일쯤에 선생님 백씨 되시는 분께 연락을 하려고 합니다만, 그 전에 선생님께만…… 아마 자당께서 자식들에게 걱정을 끼치게 될까 혼자 병원에 들르셨던 모양입니다. 누구에게도 병원 다녀갔다는 말을 하지 말라고 하셨습

니다만, 그렇게 급하지는 않으니까 언제 내려오실 기회가 있으시면……"

통화를 끝내고 생각하니 예감이 이상했다. 일부러 전화까지 하는 것을 보면 보통 병은 아닌 것 같은데, 급하지 않다니, 그렇다면 가망이 없다는 말이 아닌가?

그동안 나는 어머니의 건강에 너무 무심했다. 이따금 형님께 안부 전화를 하는 중에, 감기 기운으로 누워 계신다거나, 관절염으로 고생을 하시지만 나이 병인데 나을 수 있겠나, 하는 정도의 안부를 듣곤 했다. 어머니 건강에 대한 자식들의 관심은 그 정도였다. 직접 어머니에게 전화로 안부를 물으면, 너희나 몸조심해라. 이 에미야 이제 다된 몸인데 뭐, 못 견디면 전화하겠다. 오히려 병약하여 병원 신세를 자주 지는 나를 걱정하면서 당신의 건강에 대해서는 전혀 내색하지 않으셨다.

다음 날 항공편으로 제주에 내려와서 송 원장을 만났다.

"손쓸 정도는 지났습니다. 이제 나이도 그런데 수술을 받으신다고 해야 그렇고, 방사선치료를 받으셔도 고생만 하실 겁니다. 그저 편안히 돌아가시게 하시는 것밖에는 방법이 없습니다. 서울에 큰 병원으로 가면 수술을 받으라고 할 겁니다만, 제 생각에는 앞으로 길어야 육 개월, 수술을 받는다 해도 그 나이에는 별 도리가 없습니다. 벌써 위 전체에 퍼졌고, 다른 장기에도 전이가 되었을 가능성이 많은데. 그런데 말입니다. 저 정도가 될 때까지 모르셨다니 이상합니다. 뭐 이따금 속이 더부룩하고

소화가 안 되어도 늙었으니까 그렇게 되려니 생각하셨다는 겁
니다.”

원장은 진단 결과를 사진을 통해 자세히 설명했다.

“어머님은 아시나?”

“모르십니다. 약을 일주일분 지어드렸고요. 약이 떨어지거나
더 심하게 아프시면 다시 찾아오시도록 그랬지요.”

“면목이 없네.”

나는 자식으로서 어머니 병세가 저렇게 되도록 모르고 있었
던 것이 부끄러워 얼굴을 들 수가 없었다.

“자당께서는 시골집에 혼자 지내신다면서요. 자식 집에 사시
는 것이 불편하셔서 그러시겠지요. 제 모친도 의사인 아들에게
병을 숨기십니다. 다 천성이지요. 조금만 이상한 증세가 나타나
면 집안 떠들썩하게 자식과 조카와 동생 들을 동원하여 병원 나
들이를 하는 노인이 있는가 하면, 되도록 아무에게도 알리지 않
으시는 분도 계시죠. 그러니까, 그런 경우에 병을 알아내기가
어렵지요.”

“어떡하면 되지?”

“소화 잘될 음식을 잡수시고, 소화제나 이따금 진정제나 드
시면서 암을 달래는 겁니다. 그놈과 대결할 생각하다가는 더 고
생을 하게 됩니다.”

나는 어머니 병보다는 자식으로서 체면이 안 서는 것에 더 마
음을 썼다. 신학대학 교수요 목사라는 사람이 어떻게 제 홀어머

니에게 이토록 무심할 수 있을까? 그렇게 생각하는 것 같았다. 의사 말대로 어머니는 암을 달래면서 1년 4개월을 견디셨다.

원장이 들어왔다. 뒤따라온 간호사가 어머니가 맞고 있는 링거 병에 주사약을 혼합했다. 원장은 링거 주사액이 떨어지는 것을 확인하고는 어머니 눈동자를 작은 손전등으로 비춰 봤다.

"할머니, 아프시지 않으시지예. 오늘 밤에는 서울 아드님 오셨으니 기분이 좋으실 겁니다. 오랜만에 이야기도 많이 허십서. 우리 선생님 제주에 오셔서 할머님과 같이 지낼 때 드물지예. 워낙 바쁘신 분이라서. 저도 이거 몇 년 만에 만났습니다. 다 할머니 덕택입니다."

원장의 격의 없는 말에 어머니는 고개를 끄덕이더니 깊은 주름을 펴면서 미소를 지었다.

나는 이따금 고향에 내려올 기회가 있어도 고향 집에 잠깐 들러 어머님께 인사나 드리고 잠은 호텔을 이용할 때가 많았다. 굳이 형님 댁을 마다하고 옛집을 지키면서 사시는 어머니 형편에 아들을 위해 식사 한 끼 마련하시는 것도 번거로울 것이라 생각했다. 그리고 나는 어머님보다 살아가는 데 필요해 꼭 만나야 할 사람들이 더 많았다.

"아들이 옆에 있으니 아프지도 않고 마음이 편안허여."

어머니는 내 손을 잡으면서 의사에게 고마운 인사를 했다.

"그렇다고 선생님이 노상 옆에 계시지는 못합니다."

　원장은 공연히 노인이 아들을 붙잡으려고 떼를 쓸까 봐 미리부터 의사로서 권위를 내세워 한마디 하는 것이었다.
　"내일은 가라고 해서. 옆에 있으나 마나 병이 나을 것도 아니고."
　"잘 생각허셨습니다. 병이 나으시면 서울 아들네 집에 가셔서 오래오래 사십서."
　원장은 다시 링거 주사액이 떨어지는 것을 확인하고는 자리를 떴다. 어머니는 그 말에 무심했다. 나는 어머니 얼굴에 짙게 드리워져 있는 체념을 보았다.
　"안정제를 주사했으니 좀 편안히 주무실 겁니다. 혹시 밤중에 고통이 심하시면 연락하십시요."
　원장은 복도로 따라 나온 나를 안심시켰다. 앞으로 더 며칠을 견디실 수 있을까 물으려다가 입을 다물어버렸다. 마치 어서 돌아가시기라도 바라는 것처럼 들릴까 두려웠다.
　병실로 들어오자 어머니는 내게 눈을 좀 붙이도록 말하시고는 눈을 감으시더니 곧 잠이 드셨다. 나는 그 얼굴을 보면서, 세상일에 휘말려 바쁘게 살면서 어머니에 대해 별로 마음을 쓰지 못했던 지난 시간들이 새삼스럽게 안타까웠다.

　"따르릉."
　저녁을 먹고 헤어진 형님의 전화였다. 나는 휴대 전화기를 들고 병실을 나왔다.

"동생이냐? 어떻게, 견딜 수 있겠냐? 한밤중에는 어머님이 고통이 심하셔서 혼자서는 감당하기 어려울 것인데, 옆에서 보고 있어도 속만 상할 거여."

동생이 하룻밤 환자의 병실을 지킨다는 것이 형님에게는 가당찮게 보였을 것이다. 무슨 품 갚는 식으로 죽음을 앞둔 노인 옆에서 하룻밤 지낸다고 환자의 고통이 덜할 것도 아니다. 저녁 식사 자리에서, 내가 어머니 병실을 지키겠다고 했을 때에, 형님은 뭐 그럴 필요가 있느냐고 만류했는데, 사실은 체면이나 치르려는 동생의 처신이 마음에 거슬렸을 것이다. 괜찮습니다. 어머님 병간으로 늘 고생하신 형님과 형수님도 계신데 뭐, 하룻밤쯤이야 어렵겠습니까? 나는 형님의 마음을 알면서도 고집을 세웠다. 이 지방 유지로서 세상살이에 빈틈이 없는 형님은 정작 어머님 병이 이 지경에 이르도록 자식들이 몰랐다는 점에 대해 친척들이나 주위 사람들에게 면목이 서지 않았다. 자식 3형제가 다들 남부럽지 않게 살면서, 얼마나 부모 일에 무심했으면 그 정도가 되도록 몰랐던가. 주위 사람들로부터 이런 비난을 받는다 해도 변명할 수 없었다. 그래서 당신이 당하는 그 무안을 동생에게 좀 돌려주고 싶었던 것이다.

"미국에서 전화가 왔더라. 어머니 병이 그 지경인데 그냥 두고만 보시렵니까 하고 항의조였다. 제가 어머님 모셔다가 미국 병원에서 진단을 받아보겠다는 거야. 그런 일 할 테면 진갑 팔순 다 넘기기 전에 한 번 초청해서 해야지. 제가 미국에 가서 살게 된 것이 다 뉘 덕인데." 언젠가 형님은 미국 동생에 대한 불만과 섭섭함을 전화로 털어놓았다. 바쁘다는 구실로 어머니에 대해 소홀한 나에 대한 마음을 간접적으로 전하는 것임을 나는 알았다. 아버지 없는 집안에 동생이 유학까지 갈 수 있었던 것은 형님의 이해와 뒷바라지 덕분이었다. 유학을 마치고 이름 있는 미국 회사에서 많은 연봉을 받으면서 살아가는 동생에 대해, 집안을 지키는 장손으로서의 섭섭함을 말하면서 나도 들으라는 것이다.

어머니 병이 사람들에게 알려지자, 친척이나 주변에서는 말들이 많았다. 의사의 권유에 따라 나와 형님은 어머니 치료를 조심스럽게 포기하였다. 그리고서 오히려 형제들은 어머니 병 치료보다는 자기 입장 세우기에 더 마음을 썼을지도 모른다. 그런 와중에도 막내는 어머니를 초청해서 구경도 시켜드리고, 암 전문 병원에서 종합검진도 받도록 했다. 결과는 길어야 6개월이라는 것이었다. 막내는 어머니가 이렇게 되도록 형님들은 무엇을 했느냐고 울면서 항의를 했으나, 형들은 아무런 변명도 할 수 없었다. 나는 더 할 말이 없었다.

나는 생각하다가 어머니를 서울로 모셔다가 몇 달 같이 지내고 싶어서 어머니 의향을 타진했다. 어머니께서도 흔쾌히 승낙하시면서 미국에서 돌아오시는 길에 서울에 들르시겠다고 약속했다. 그러나 결국 그 약속을 이행하지 않았다. 집을 하도 오래 비워두어서 미뤄둔 일이 많기 때문에 여름이나 지나면 오시겠다고 했다. 그런데 여름이 지나자, 늙고 병든 처지에 집을 떠나 다니다가 무슨 변이라도 당하면 둘째 아들에게 흉이 될 것이 두렵다고 서울행을 거절하셨다. 나는 섭섭했으나, 그 대신 2주일에 한 번씩 아내가 내려와서 한 이틀 머물다 올라오곤 했다. 나중에는 며느리가 오는 것까지 부담스러우니 그만두라고 고집을 세우셨다.

"그래. 고생해라. 무슨 일이 있으면 연락하고."

형님과의 긴 통화를 끝내고 나니 허전했다. 병실에 들어와보니 어머니는 깊은 잠에 빠져 있었다. 나는 어머니 얼굴 위로 귀를 가까이 가져갔다. 숨소리가 내 심장으로 스며들었다. 텅 빈 내 가슴에서 나는 바람 소리를 들으며 간이침대에 반듯하게 누웠다. 어머니와 함께 잠을 자고 싶었다.

2

잠깐 잠이 들었던가, 눈을 뜨자 어둑한 병실이 낯설었다. 모든 것이 정지된 듯한 정적에 가슴이 철렁 내려앉았다. 나는 벌떡 상체를 일으키며 어머니 얼굴을 찾았다. 어머니는 반듯하게 누운 채로 눈을 내리감고 있었다. 주검을 보는 것 같아서 덜컥 겁이 났다. 얼른 담요 밖으로 나온 노인의 손을 잡았다. 따스한

체온에 살아 있음을 확인하였다. 잠에 묻혀 있는 어머니의 얼굴을 내려다보다가, 그 얼굴이 내 기억에 남아 있는 어머니 모습과 다르다는 것을 알고는 놀랐다. 누렇게 변색된 살갗에는 검버섯이 듬성듬성 나 있고, 뼈 위에 살갗을 씌운 것처럼 안면 골상이 그대로, 흉하게 드러나 있다. 곡기를 끊은 지 한 달이 넘었고, 그동안 제대로 음식물을 섭취하지 못했으니 육체는 이름뿐이었다. 생소한 그 모습에 모자의 관계가 전혀 다르게 설정되고 있음을 알았다.

한때 어머니는 절대로 죽지 않고 나도 죽지 않아서, 어머니와 나는 늘 함께 살게 된다고 믿었던 때가 있었다. 그런데 지금 나는 어머니 곁에 있는데, 어머니는 전혀 다른 사람이었다.

어머니에 대한 첫번째 기억은 아마 세 살 때였을 것이다. 세 살 때 기억이 남아 있을 리 없지만, 그 후에 그때 일을 주위에서 자주 환기했기 때문에 지금도 세 살 때 기억으로 생생하게 살아 있다. 내가 남달리 장난을 심하게 하고 말썽을 부릴 때마다 어머니는,

"너는 네 살까지 젖을 먹었다. 제 동생 것까지 욕심부려 먹더니……"

하고 유별난 나를 탓하셨다. 젖을 먹는 데도 나는 유난스러웠다. 그 기억은 지금도 남아 있다. 내가 어디에서 놀다가 외출하셨던 어머니가 마당으로 들어서면 얼른 대청 툇마루 위에 올라서서는 젖을 달라고 졸랐다. 애야, 좀 있으면 젖을 주마. 어머

니가 이렇게 말해도 나는 울면서 어머니를 내 앞으로 오도록 했
다. 그리고 댓돌 아래 어머니를 세우고 그 가슴을 헤집어 툇마
루에 선 채로 젖을 빨았다. 앉아서 먹어라. 그렇게 사정하듯 말
해도 나는 듣지 않았다. 그런데 어느 날이었다. 내가 툇마루에
서서 어머니 젖을 욕심내어 빠는데, 머리에 물방울이 떨어졌는
지 섬뜩했다. 나는 젖을 문 채 고개를 처들어 어머니 얼굴을 쳐
다보았다. 어머니는 눈물이 잔뜩 고인 눈으로 나를 내려다보고
있었다. 왜 울고 있을까? 나는 그 이유를 생각지 못했는데, 열
세 살 때에 중학교를 가기 위해 어머니 품을 떠나게 되어서야
그 사연을 알게 되었다. 동생을 낳고 백일이 못 되어 잃어버린
어머니는 젖이 불 때마다 동생 생각에 가슴이 아팠다. 다행히
욕심쟁이 아들이 그 젖을 먹어줘서 젖이 불지는 않았으나, 젖을
먹일 때마다 잃어버린 아기에 대한 생각으로 견디기 힘들었다.

"그렇게 젖에 욕심낼 때부터 장차 에미 품을 떠나 살 팔자라
는 것을 알았다."

어머니는 열세 살 나를 떠나보내던 전날 밤에 그 젖 이야기를
다시 꺼내시면서 모자지간에 가로놓인 운명을 말하였다. 그 후
에도 이따금 고향에 들러 어릴 때 이야기가 나오면 어머니는 내
게 그 심술궂게 젖 먹던 일과 어머니 품을 떠나 살게 된 아들에
대한 안타까움을 말하곤 했다.

전쟁으로 제주에 피난 와서 우리 집 뒤 칸 방에 한 1년 살았
던 청년이 있었다. 그가 마을에 교회를 세웠고, 나는 그를 삼촌

처럼 따랐다. 대학생은 서울로 올라가면서 나를 데려가겠다고
집안 어른들께 양해를 구했다. 그것은 내가 원했기 때문이다.
잡혀간 아버지는 끝내 돌아오지 않았고 홀로 사는 어머니 처지
에 서울 유학을 보낼 형편이 아니라는 것을 알면서도 나는 고집
을 부렸다.

　나는 그때 고향이 싫었고 특히 아버지가 안 계신 집안이 싫었
다. 아버지 없는 자식의 설움도 감당하기 어려웠지만, 그 아버
지가 '폭도'였다는 사실을 어렴풋이 알았을 때, 날마다 학교에
서는 '공산당을 때려잡자'고 공부했고, 이따금 거리로 나와 태
극기를 흔들며 궐기대회를 하는 판이었다. 나는 어느 날 학급
아이들로부터 '중학교 선생인 네 아버지가 산 폭도였다며?' 하
고 추궁을 받았다. 너무 끔찍한 이 사실을 누구에게도 물어볼
수가 없었다. 그 사태가 진정될 동안 어머니가 우리 3형제를 뿔
뿔이 흩어놓아 키웠던 일이며, 지서나 군인들 앞에서는 고개를
들지 못하던 할아버지 모습이 선명하게 떠올랐고, 그럴 수밖에
없었던 집안 형편을 조금은 알게 되었다. 학교에서 나는 외톨이
가 되었다. 또, 집안은 두 할아버지의 엄한 눈길과 유독 깐깐하
게 대하는 어머니 때문에 늘 칙칙한 분위기였다. 나는 그런 집
이 싫었다. 어느 날 피난 온 청년이 나를 데리고 교회에 갔다.
나는 교회에서 육친의 아버지가 아닌 하늘에 계신 다른 아버지
를 찾을 수 있었다. 그 '아버지'란 말이 감전하듯이 나를 휘어잡
았다. 하나님은 영원한 아버지이시다.

대학을 다니기 위해서 고향을 떠난다면 모르지만, 중학교부터, 그것도 아무런 학비 조달 방책이 없이, 마음씨 좋은 청년을 따라 서울로 올라가겠다니, 이것은 유학이 아니라 가출이었다. 그래도 나는 가출이 좋았다. 좁은 섬, 갑갑한 집안, 항상 늪처럼 어머니 한숨이 고여 있는 집이 싫었다. 그런데 그러한 내 선택이 결국 어머니에 대한 배신이었음을 알게 된 것은 어른이 된 후였다.

나는 종갓집 독자로 태어났으면서 집안일을 외면하고 혁명을 생각했던 아버지를 이해할 수 없었다. 집을 떠났던 내 무의식에 잠재해 있던 그 가출의 욕망은 아버지와 닮았다고 생각하면서, 그것은 둘째아들의 속성이긴 하지만 아버지와 동류의식이 아니라 오히려 그 반대였다.

그 이후부터 나는 어머니 밥을 먹을 기회가 차츰 줄어들면서 어머니에 대한 내 관심도 엷어지기 시작했다. 고향을 떠난 이후 시간이 지날수록 내 기억의 창고에는 어머니 일보다는 친구와 서울 생활의 외로움에 대한 것이 더 많이 쌓여갔다. 더 나이를 먹으면서 친구나 애인이나 아내나 자식에 대한 기억이 내 세월의 창고를 온통 차지하였고, 어머니 기억은 한편 구석에 희미하게 남아 있을 뿐이었다. 그것도 순수한 것이 아니라, 부모와 자식 간의 윤리적 관계에서 빚어진 딱딱한 것이었다. 내가 이 밤에 일부러 어머니 곁에서 하룻밤을 보내려는 것은 이미 빛바랜 내 기억의 창고에 어머니 추억을 하나 새로 마련해놓고 싶은 마음 때문이었을 것이다. 이제 마지막 어머님과의 육신의 인연을 청산하면서 나는 그 잡동사니로 꽉 차 있는 내 기억의 창고에서 어머니 기억이 너무 보잘것없음을 뒤늦게 알았다. 그러고 보면, 이 밤을 어머니와 같이 지내려는 것은 전적으로 내 자신을 위한 일이었다.

나는 잠이 오지 않았다. 지나간 그 긴 시간이 뒤범벅되어 내 상념을 흩뜨려놓기 시작했다. 창가로 갔다. 한눈에 들어오는 시내가 모두 잠 속에 묻혀 있어서 적막했다. 병원 마당은 보안 등 불빛에 진공 상태처럼 누워 있다. 그 공간 안에서 영원으로 이어지는 무한대의 시간이 죽음을 안고 다가옴을 느꼈다. 그 순간이었다. 유리창에 얼굴을 바짝 가까이 대고 바라보니 수은등 주위로 미세한 벌레들이 날아들다 떨어지고 있었다. 잠깐 왔다 가버리는 하루살이의 삶이 너무나 치열하게 벌어지고 있었다.

"애야, 눈 좀 붙여라."

눈을 뜨신 어머니는 멍청하게 밖을 내다보고 있는 나에게 나지막하게 말했다.

"예, 어머님 주무실 때에 저도 좀 잤수다."

나는 벽에 걸려 있는 시계를 보면서 어머니를 안심시켰다.

"이렇게 아들이 왔는데 내가 저녁 한 끼도 못해주고, 저녁을 어디서 먹었냐?"

어머니는 내 식사를 걱정했다.

"이때까지 어머니 해주시는 밥을 먹고 자랐는데, 아직도 밥

지어주실 걱정이십니까?"

나는 어머니 걱정에 가슴이 아려서 일부러 짜증을 내었다.

"그래. 자식도 어미 밥솥에서 떠나면 마음도 떠나게 되는 거다. 네가 3형제 중에 이 어미 밥을 제일 덜 먹었다."

어머니 한마디에 나는 갑자기 과거의 기억으로 되돌아가게 되었다. 내 기억에서 어머니가 나타났다. 그 어머니는 지금 병상에 누워 있는 어머니가 아니었다. 왜 낯이 설까? 누가 말했듯이 세상 떠나기 전에 세상에 남은 사람과의 인연을 끊기 위해 전혀 딴 모습으로 나타났는가? 그런데 왜 특별히 내게만 그러시는가? 가슴이 저미어지는 것같이 아팠다.

최근에 어머니가 지어주는 식사를 했던 것은 송 원장의 전화를 받고 고향에 내려온 그날 저녁이었다. 저녁을 대접하겠다는 송 원장의 청을 물리치고 그의 기사가 모는 차를 얻어 타고 어머니 댁으로 향했다. 그런데 정작 무엇을 사들고 갈까 하니 생각이 막혔다. 어머니는 이제 맛있는 아무것도 잡수실 수 없다. 결국 빈손으로 가기로 했다. 무너져내리는 아픈 마음을 다른 무엇으로 위장하여 피하고 싶지 않아서였다.

서울에서 내려오는 즉시 어머님께 전화를 드렸다. 저녁은 꼭 집에 와서 먹으라고 당부하시면서 요즈음 아무것도 먹지 못하니 빈손으로 오라는 말도 덧붙였다. 그러나 빈손으로 어두워지는 시골 마을로 들어서는 기분은 참담했다. 나의 빈손에서 어머니의 부재가 확인되는 것 같았다. 어머니 댁으로 들어가는 긴 골목길 어귀에 어머님이 나와 계셨다. 나는 목이 메어 운전기사에게 변변한 인사도 못했다. 평소에도 약간 등이 굽은 듯한 어머니는 주위가 어두워서 그런지 더 자그맣게 보였다. 안방으로 들어가 인사를 드리는데, 울음을 참느라 애를 먹었다. 아직도 당신의 병에 대해 전혀 모르시는 어머니 앞에서 내 감정을 털어놓을 수 없었다.

어머니는 내가 좋아하는 옥도미 미역국에 소라젓을 반찬으로 저녁상을 차려 내놓았다. 나는 어렸을 때에 툇마루에 서서 어머니 젖을 탐내어 빨듯이 맛있게 먹었다. 어머니는 내 식사하는 모양이 퍽 마음에 드셨는지, 식사를 마칠 때까지 오도카니 밥상머리에 앉아서 지켜보았다.

"마침, 누가 날 먹으라고 옥도미 몇 마리를 갖고 왔던데, 난 요즈음 먹어도 소화가 안 되니 갈 때에 갖고 가서 냉장고에 놔뒀다가……"

나는 가슴에서 치밀어오르는 슬픔을 참느라 대답을 하지 못했다. 나는 어머니로부터 멀어졌으나 어머니는 예전 그 자리에 그대로 있었다.

"이제부터랑 내려오면 꼭 에미 집에서 식사하고 잠을 자거라. 난 너를 볼 때마다 철없을 때부터 집 떠나 살면서 남의 눈칫밥 먹으면서 살아온 것을 생각하면 마음이 아프고……"

그러시면서 한때 내가 위장병으로 고생한 것도 객지생활 해서 제때에 식사도 못했기 때문이라고 그 이유를 당신에게 돌리셨다.

어머니는 건강해서 여든이 넘으실 때까지 병원에 입원하는 일이 없었고 세상살이에도 매사에 자신을 갖고 살았다. 종갓집에 며느리로 들어와 그 험한 시국에 남편을 잃고 청상과부로 살면서도 아들 3형제를 잘 키웠으니 남에게 꿀릴 일도 없었다. 그러한 어머니의 당당함과 지혜로움을 생각나게 하는 하나의 기억이 있다.

읍내 중학교 관사에 살 때였다. 한밤중인데 방 안이 소란스러워 잠이 깨었다. 건장한 청년 둘이 신을 신은 채 방으로 들어와 아버지 양팔을 끼고 나가고 있었다. 나는 그들의 뒷모습만 보았는데도 무서워 꼼짝할 수 없었다. 그런데 막 문지방을 넘던 아버지가 고개를 뒤로 돌리시더니 누구를 찾았다. 어머니가 이불 속에 얼굴을 파묻고 있던 나를 흔들어 깨웠다. 아버지께 인사드려라. 나는 꿈에서처럼 어머니의 나지막한 그 소리를 들었다. 그 순간 이불 속에서 튀어나온 나는 청년의 다리를 붙잡았다. 우리 아버지 데려가지 마라. 으앙. 소리 내어 울면서 청년의 다리를 놓지 않았다. 아니 이 자식이! 중얼거리며 청년은 어깨에 멘 소총을 내게 들이대었다. 애야! 아버지는 내일 아침에 돌아오신다. 어머니는 비명을 지르면서 그 총구를 밀치고 나를 껴안았다. 나는 어머니 비명 소리에 그만 맥이 풀려 청년의 다

리를 놓아버렸다. 청년은 총구를 거두고서 어머니 얼굴을 쏘아
봤다. 어머니는 나를 꼭 껴안고 있었다. 그 어머니 품은 편안하
고 따스했다.

그리고 며칠 뒤, 할아버지가 우리를 데리러 와서 형과 갓난
동생 네 식구는 어머니를 따라 고향 마을로 돌아왔다. 그로부터
두어 달 지나서 가을이었다. 한밤중에 어머니가 나를 깨웠다.
주위가 조용했다. 동생도 형도 보이지 않았다. 대청마루 건너에
있는 증조부님 방에도 불이 꺼져 있었다.

"애야, 일어나라. 외할아버지 댁에 가자."

몸뻬 차림의 어머니는 일본 군인들이 쓰던 불룩한 배낭을 어
깨에 메고, 내게는 책을 싼 보자기를 허리에 동여매어주었다.
마당으로 나왔는데, 할아버지가 거하시는 사랑채에도 불이 꺼
져 있었다. 초가을 밤공기는 찼다. 약간 찌그러진 달이 중천에
떠 있었다. 어머니는 내 손을 꼭 잡고서 아무 말도 없이 밤길을
걸어갔다. 10리 밖 외갓집에 당도했을 때에 외할머니가 우리를
맞았다. 그리고 졸음에 겨운 나는 어머니 품에 안겨 외할머니
옆에 잤는데, 다음 날 일어나보니 어머니는 안 보였다.

"애야, 잠시 동안 너는 우리와 같이 살아야 한다. 밖에 나다
니지도 말고, 되도록 집 안에서만 지내라. 누가 와서 어디서 왔
느냐 물으면, 외할아버지 집에 다니러 왔다고만 해라. 학교도
뒤숭숭해서 다닐 수 없으니, 나하고 천자문이나 읽자."

외할아버지는 울적한 나에게 근엄한 목소리로 당부했다. 그

렇게 외갓집에서 몇 달을 지내었다. 어머니와 형이 궁금했으나 누구도 집안 식구에 대해서 말해주지 않았다. 다음 해 봄에 외할아버지가 나를 데리고 읍내로 갔다. 거기서 어떤 큰 기와집 뒷방에서 어머니와 형과 동생을 만났다. 어머니는 나를 껴안으시더니 느껴 우시기만 했다. 아버지는 영영 그 후에 소식이 없었다.

"야, 뭘 마시고 싶다. 저기 봐라. 미음이 어디 있을 거다."

어머니는 갑자기 식욕이 당기는 모양이다. 내 손을 꼭 잡으시더니 목이 마른 듯이 침을 삼켰다.

"목이 마르시죠?"

나도 내 손으로 어머니 입안에 뭔가 한 숟갈 떠 넣고 싶었다. 어머니 젖을 받아먹고 자란 자식으로서 어머니에게 찬물 한 숟갈 드린 적이 없었다.

어머니는 냉장고 위에 있는 보온병을 가리켰다. 그 안에 미음이 있었다. 나는 그것을 종이컵에 반쯤 따라놓고 숟가락 반쯤 떠서 어머니 입으로 가져갔다. 어머니는 그것을 혀를 핥아 입안에 넣고는 오래도록 혀로 굴리는지 오목한 볼우물이 꿈틀거렸다. 나는 그 모습을 차마 볼 수 없었다. 잠시 후에 볼우물이 움직이지 않자 다시 한 숟가락으로 떠 넣었다. 어머니는 이번에는 입술로 미음을 거두셨다. 그리고 세번째는 조금 틈을 덜 주어 그것을 삼키었다. 그렇게 세 번을 드시고는 한숨을 푸 내쉬었다.

"네가 떠주어서 그런지 맛이 유별나구나."

어머니는 입가에 미소를 지었다. 나는 어머니 입가에 묻은 미음 흔적을 가제로 닦으면서 이것이 어머니와의 마지막 식탁이 아닌가 생각했다. 그날 밤에도 어머니는 밥상머리에 앉아서 내 식사하는 것을 지켜보시다가 내가 민망해하는 기색을 알고는 얼른 일어나 숟가락을 가져다가 식사를 같이했었다.

"샛아들아, 이 에미가 네게 미안한 일이 두 가지 있다. 하나는 너랑 샛며느리가 그렇게 소원하는데도 느네 집에 가서 단 며칠이라도 살지 못한 것이고, 다른 하나는……"

말을 하시던 어머니가 갑자기 몸을 비틀며 고통스러워했다. 링거 바늘이 꽂혀 있지 않은 손으로 가슴을 쓸어안으면서 깊은 신음 소리를 내고 주름진 얼굴에는 경련이 일었다.

연락을 받은 간호사가 들어와서 사정을 듣더니 침대 밑에 있는 변기를 내놓았다. 어머니는 고개를 가로저으면서 일으켜달라고 손짓했다. 여기에 하세요. 간호사가 딱하다는 듯이 어머니에게 변기를 내밀었다. 어머니는 계속 고개를 가로저으면서 일어나시겠다고 했다. 나는 어머니를 부축하여 침대에서 내려오게 했다. 간호사가 주사대에 걸려 있는 링거 병을 들고 따라나섰다.

"야, 아들은 거기 있으라."

방 한구석에 있는 화장실로 들어가면서 나를 말렸다. 간호사가 웃으면서 눈짓하고는 어머니 뒤를 따랐다. 화장실에서 엑엑 토하는 소리가 나더니 이어 어머니의 탁한 신음 소리가 들렸다. 나는 그 미음을 떠드린 일을 후회했다. 그제야 어머니 병세를 구체적으로 알 수 있었다. 미음 한 숟갈을 받아들일 수 없는 내장, 그것은 세상의 모든 것을 거부하는 몸짓인지도 모른다. 그 거부의 대상에는 나도 끼어 있을 것이다. 모든 것을 거부할 수밖에 없는 육체만이 아니라 그 마음은 얼마나 고통스러울 것인가?

어머니가 화장실에서 나왔다. 나는 간호사가 들고 있는 링거 병을 받았다. 누구의 부축도 받지 않고 등을 굽히고 움직이는 어머니의 체구는 아주 작았다. 도저히 예전의 어머니 모습은 찾을 수 없었다. 어린이 만화에 나오는 마귀할멈 모습이었다. 나는 멍청하게 노파의 얼굴을 바라보는데, 애야, 아들이 잠을 자두어야 내일 아침 올라가서 일을 볼 텐데. 어머니는 혼잣말로 중얼거리면서 침대 쪽으로 걸어갔다.

"아무것도 먹지 않지만 하루에도 몇 번씩 이렇게 토해내어야 시원하다."

분비되는 위산이 위에 고여 못 견디게 한다고 어머니는 스스로 진단을 내려서 말했다.

간호사가 링거 병을 바꾸어놓았다. 잠시 후에 어머니는 조용히 눈을 감으시면서 편안해졌다. 간호사가 바꾸어놓은 주사가 무엇인가를 어렴풋이 짐작하고는 눈앞에 뽀얀 안개가 몰려오듯이 초점이 흐려졌다. 나는 어머니가 저렇게 주무시다가 혹시 영원히 소생하지 못할 수도 있다는 위기감에 가슴이 답답했다.

3

고모가 병실로 다시 돌아온 것은 10시가 조금 넘어서였다.

"가서 생각해보니, 아무래도 조카만 남겨두고 편안히 잠잘 수 없을 것 같아서 왔다. 성님 성질에 밤중에 토하거나 변이라도 보게 되면 조카가 불편할 것이고, 성님 그 고집에 혼자 허시겠다고 허실 테니, 또 나도 성님과 하룻밤 같이 지내고 싶기도 허고, 조카에게 할 말도 있어서……"

고모는 되돌아온 것이 내게 퍽 미안한 것처럼 말했다. 나는 조금 전에 미음을 드셨다가 토했다는 말을 하고서, 혼자서도 간병하는 데 별 어려움이 없으니 그냥 돌아가시라고 말했다. 고모는 내 말에는 전혀 관심이 없는 듯이 어머니 모습을 물끄러미 내려다보고는 내 곁에 앉았다. 긴한 이야기를 할 듯한 표정이었다.

"아이고, 저승 차사님도, 성님처럼 고정하고 부지런히 한평생 살아온 어른을 왜 이다지도 고생시키고 데려가려는고?"

고모는 탄식을 하더니 눈시울을 붉혔다. 나보다 여덟 살 더 많은 막내고모는 할머니가 일찍 돌아가셔서 어머니와 친자매처럼 지내면서 서로 가슴에 숨겨둔 말이 없는 처지였다.

"종갓집 큰며느리로 들어와 서른다섯에 청상과부가 되어 집안을 지키면서 그래도 자식 공부 잘 시켜 남부끄럽지 않게 만들었고, 그 많은 기일, 제사, 명절을 일 년에도 열댓 번 치렀으니, 말이 그렇지 하루 두 끼니도 어렵던 그 시절에 생각을 좀 해봐라. 어머니는 일 년 열두 달 하루 건너 맷돌에서 손 뗀 적 없이 살았다."

고모가 훌쩍이며 집안 내력을 말하기 시작했다. 선도라는 이상한 허깨비 종교에 미친 증조부님이 그 좋다는 재산 다 날려버리자, 할아버지 내외가 독자 장손인 아들만 장가들여 집안 살림을 맡겨놓고 세 딸을 남겨둔 채 일본으로 떠났다. 그때 아버지 나이 스물여섯인가, 농사일이나 세상일에 전혀 관심이 없는 할아버지 할머니를 모시면서 세 동생들을 거느려 가난한 집안 살림을 맡아 했다. 보통학교에서 교편을 잡던 아버지는 그 월급으로 어른들 모시고 동생들을 키웠다. 어머니는 그때부터 종갓집 기일 제사를 차리기에 바빴다. 해방이 되어 할아버지가 귀국했으나, 한번 물려받은 조상 제사는 아버지가 계속 맡았다. 그런데, 그 사태 때에 중학교 교원으로 자리를 옮겼던 아버지가 경찰에 잡혀가 돌아오지 않았다. 홀로된 어머니가 시할아버지 내외와 시부모를 모시면서 그 제사 명절을 다 맡아 했다.

"어머니 보통 어른이 아니여. 도회지에 나서 학교나 다녔으면……"

나는 모르지만, 여든다섯에 돌아가신 증조할아버지 내외 시부모, 그리고 어머니 친정 두 어른이 돌아가시자 각각 3년상을 다 치렀고, 시동생들을 다 시집보내는 일을 어머니 혼자서

했다.

"네 어머니가 일생에 큰일을 몇 번 치렀느냐 하면, 할아버지 할머니, 아버지, 어머니 그리고 오라버니, 외할아버지, 외할머니, 그분들이 돌아가시자 각각 3년상을 치렀고, 그리고 우리 형제 셋과 아들 삼 형제를 장가보내시냔, 모두 합계 스물세 번인가 치렀다. 맨 마지막으로 미국 사는 막내아들 장가보낸 것으로 그 큰일을 끝내었는데, 그전에는 매년, 어떤 때는 한 해에 두 번씩 큰일을 치렀다. 그 어려운 시절에 그렇다고 우리 친정이 그렇게 부자도 아니고, 일 년 사계절 뼈 빠지게 일해야 겨우 제 밥이나 먹는 살림이고 보면, 네 어머니 심장에 쇠판을 아니 깔고서야 어떻게 견딜 수 있겠느냐?"

나는 처음 듣는 말이다. 관혼상제 큰일을 수없이 많이 치렀다는 것을 대강 알고 있으나, 고모 말대로 계산을 해보고 실제로 따져보니 실감이 났다. 요즈음에야 많이 달라졌지만, 특히 제주 종갓집에서 혼례와 상례를 치르는 것은 큰일 중에 큰일이었다. 어머니는 일생 동안 그런 일 치르시느라고 한평생을 보내셨던 것이다.

"어머님은 종갓집 며느리로 타고나신 분이시다. 그 많은 일을 하시면서도 팔자타령 한번 들은 적이 없다. 오히려 그것을 보람으로 사셨다. 그렇지 않고야 누가 그 일을 감당하겠니? 야밤에 줄행랑을 쳤지. 남편도 없는 집안에 층층시하 어른들과 시누이는 왜 그리 많은지, 안 그러겠냐?"

그럴지도 모른다. 어머니는 타고난 종갓집 며느리다. 그 처지를 보람으로 생각했을 것이다.

"생각을 해봐라. 그 위태로운 시국에 성님은 너희 세 형제를 각각 따로 떼어놓았지. 막내는 성님이 데리고 살았고, 네 형은 네 이모 댁에, 너는 외갓집에다 맡겼다. 성님 생각에는 시국에 세 형제 중에 어느 아들 하나만이라도 살게 되면 집안 대는 이을 것이라고 생각했겠지. 그건 아무나 할 수 있는 생각이 아니야. 그런 위급한 때일수록 식구들은 같이 있으려고 하는 것이 인지상정인데, 내일 일도 모르는 그때에 어린 자식들을 떼어놓으려는 에미 마음이 어떠하겠냐? 그래도 종갓집 며느리로서는 어머니 정보다는 집안의 대를 잇는 일이 중요했지 않겠냐? 보통 사람으로는 상상할 수 없는 일이다. 성님은 당신 자신보다도 늘 종갓집 며느리로서의 일을 더 앞세웠다. 그러니까, 그 스무 번 넘은 큰일을 한번 허술하게 치른 적이 없었다. 제사와 명절이 일 년에 몇 번인고 하니, 삼대조 양위와 조모님, 그리고 좀 후에 아버지 어머니 오라방 기일 제사까지 합치면, 매달 제사이고 명절이었으니까. 네 형제들은 잘 모를 것이다만, 나는 맨 나중에 시집을 가서 성님 처지와 형편을 훤히 다 안다. 네 어머니 맷돌을 갈면서도 눈물이고, 방아를 찧으면서도 한숨이었다. 그래도 팔십 평생 탈 없이 지내더니, 이거 무슨 날벼락인고!"

고모는 콧물을 들이켜며 넋두리 겸 살아온 이야기를 하다가 갑자가 울음을 터뜨렸다.

나는 그 위급한 사태에 외할아버지를 따라갔던 읍내 낯선 작은 방에서 어머니를 만났을 때, 아무 말도 않고 나를 꼭 껴안고 훌쩍이던 그 모습이 한동안 내 기억에서 떠나지 않았다. 그때 어머니 나이가 서른대여섯이었을 것이다. 그런데 서른여섯 된 어머니 모습이 전혀 떠오르지 않았다. 내 뇌리에 박혀 있는 어머니는 언제나 쉰을 바라보는, 여유 있고, 세상 물정에 닳고 닳은 어른이었다.

청상과부가 되었던 그때 어머니 나이를 헤아려보았다. 좀처럼 실감되지 않았다. 아파트 단지 내에서 유모차에 아기를 태우고 다시 대여섯 살 난 아이를 데리고 처녀와 같은 복장에 가방 둘러메고 다니는 여자들의 나이가 아마 그때 어머니 또래였을 것이다.

"여기 좀 앉아라. 네게 꼭 할 말이 있다."

"무슨 하실 말씀이 또 있수과?"

고모는 어렵게 일어나는 어머니를 만류했다. 어머니는 모로 돌아누우면서 나를 쳐다보았다.

"하고픈 말이랑 남기지 맙서. 저세상 가셔도 한이 됩니다."

"한 될 말이 아니라, 샛아들에게 미안한 일이 딱 두 가지 있어."

나는 어머니 얼굴을 바로 바라볼 수 없었다. 고통에 못 이겨 하시면서도 아들에게 해야 될 말을 간직하고 있다니, 얼마나 한이 맺혔으면 저러실까?

"내가 단 며칠이라도 아들네 집에 가서 같이 살지 못한 것이 미안하고, 그리고 아들 말을 듣지 못한 것이 하나 있는데……"

좀 전에 하려다가 못한 말을 계속하시려는 것이다. 어머니는 얼른 그 두번째 사연을 말하지 않았다. 순간 나는 그 나머지 하나를 알았다. 이번에 내려오면서, 기회를 봐서 어머니가 병상 세례를 받으시도록 친구인 서 목사에게 부탁해두었다. 그동안 고집을 부리셨지만, 이제 마지막으로 아들의 청을 거절하지는 못하시리라 생각했다. 고통이 심해지고 의식이 혼미해지면 생각이 달라져서 결국 주님을 영접할 것이라고 믿었다. 어머니는 그 문제를 생각하고 있을 것이다. 나는 긴장되어서 마른기침을 했다.

"나도 왜 네 마음을 모르겠냐만, 종갓집 며느리로 시집와서 조상 봉사 잘허구 자식 교육 잘시키는 것이 제일 중요하다고 생각했다. 네 아버지가 살아 계셨든지 안 계시든지 나는 할 일에만 충실했다. 홀어미 처지라서 자식 교육 잘못시켰다고 흉볼까, 조상 봉사 잘못하면 과부 마음이 딴 데 있다고 말들을 할까 봐, 그것만이 인생의 전부라고 생각하며 살아왔다."

어머니는 내 시선을 피하시면서 힘이 부치시는지 입속말로 띄엄띄엄 말했다. 나는 내 청을 거절하시려는 어머니 뜻을 곧 알았다.

내가 신학교를 다닐 때에 어머니께서 예수를 믿으시도록 권한 적이 있다.

"네 형님이 교회에 다니면 나도 따르키여. 이제는 형님이 집안의 어른이니까. 형님이 믿지 않는데 내가 어떻게 믿을 수 있느냐? 모자지간에 종교 때문에 담을 쌓을 수는 없는 일 아니냐?"

나는 그때, 둘째아들은 아들이 아닙니까? 하고 섭섭한 마음을 말하고 싶었으나, 어머니 심정이 철저하게 큰아들에게 있음을 알고 참았다. 그러면서 내가 목사가 되면 그때에는 아들 권유를 거절하지 않으실 것이라 믿었다.

나는 피난 온 청년을 따라 교회에 다니기 시작했고, 그 청년과 같이 서울로 올라와서는 그 청년과 같은 방에서 살면서 대학까지 나왔다. 이름 있는 개신교 목사 집안에서 나는 그 집 양아들처럼 살았다. 직장에서 일하다가 다시 신학을 공부해서 유학까지 갔다 와서 신학대학 교수가 되었다. 그런데도 어머니나 형제들은 예수를 믿지 않았다. 뿐만 아니라 집안에서는 이미 나를 예외자처럼 취급했다. 나는 그 점이 부담이 되었다.

"내가 아들네 집에 가지 않았던 것도 여러 사정이 있었다만 솔직히 말하면 아들이 나를 교회에 데리고 갈까 두려웠다."

나는 어머니의 마음속에 엉켜져 있던 말을 들으면서 오히려 어머니께 그러한 부담을 안겨드린 것이 죄송했다. 그동안 그 문제로 어머니를 혹 원망하거나 섭섭했던 일을 생각하면 오히려 어머니 마음을 헤아리지 못한 것이 부끄러웠다.

"성님이사 오직 큰집 며느리로만 살아오신 분이고, 그저 큰

아들 말을 돌아가신 오라버니 말처럼 절대 믿으셨으니, 요즘 세상에서는 찾기 어려운 분이시다. 조카도 그 점에 대해서는 섭섭하게 생각지 말라. 집안이 조용하려면 큰집 말을 따라야 한다. 생각해보아라. 성님이 한평생 마음 아파한 일이 무엇인 줄 아느냐?"

고모가 나를 빤히 쳐다보았다.

"동생, 또 무슨 말을 하려고, 다 제 팔자인데……"

어머니가 고모 말을 가로막으려 했다.

"조카도 알 것은 알아야 합니다. 조카야, 어머님은 조카를 잃어버린 아들처럼 생각했져. 국민학교를 졸업하고 그 청년을 따라가겠다고 할 때 어머님이 얼마나 섭섭했는지 모를 거여."

고모는 다시 손수건을 꺼내어 콧물을 훔쳤다.

나는 처음 듣는 말이었다.

"어머니 품을 떠나려는 자식을 생각하면 마음 안 아플 에미가 어디 있겠느냐?"

고향을 떠나고 싶은 내 마음 한구석에는 혹 종갓집 며느리로서 지체를 잃지 않고 살아가려는 어머니에 대한 거부 감정도 끼어 있었던가? 내가 명문 대학을 나와서 월급 많이 주는 좋은 직장을 그만두고 다시 신학 공부를 하게 된 데는 아버지에 대한 거부와 동경이 복합된 묘한 자의식이 작용했다. 한편, 아버지가 종갓집 종손으로서 자기 처지를 저버리고 새로운 사회를 동경해서 혁명을 꿈꾸었다면, 내 핏속에도 아버지의 모습이 흐르고

있는 것이라고 생각했던 적이 있다. 나는 그 점을 어머니에게
이해시키고 싶었다. 그렇게 또 다른 아버지를 찾아 떠난 나를
불효자처럼 생각하다니 안타깝고 갑갑한 일이다.

"어머님!"

나는 천장을 향해 반듯하게 누워서 내 손을 꼭 잡고 있는 어머
니를 나지막하게 불렀다. 어머니가 어렵게 내게 고개를 돌렸다.

"제가 마지막으로 어머님께 소원이 있습니다."

어머니 뼈에 가죽만 붙은 그 얼굴에 긴장이 스쳤다. 고모가
내 눈치를 살폈다.

"이 에미가 들어줄 네 소원이 무엇이란 말이냐?"

어머니는 내가 말하려는 것을 이미 알고 있었다.

"난 이제 저승에 가서 여러 조상님네를 만나 할 말이 있다.
아들 셋 잘 키웠고, 그동안 조상 봉사 잘했고, 남에게 손가락질
안 받을 정도로 집안을 지켰으니, 공치사는 아니다만, 꾸중은
안 들을 거 아니냐?"

어머니는 그 흐릿한 눈으로 내 동의를 구했다. 나는 그 눈길
을 피했다. 마지막으로 그 종갓집 며느리의 무거운 갑옷을 벗겨
드리고 싶었는데, 어머니는 내 뜻을 알고서 거절의 의사를 먼저
내비치시는 것이다.

나는 어머니의 병을 알고 난 후부터 이 문제로 고심했다. 어
떻게 어머니께 하나님을 영접하도록 할까? 고집이 센 어머니가
내 뜻을 받아주기가 쉽지 않을 것이다. 혹시 어머님이 내 뜻을

받아주지 않을 때 내가 어머님에 대해 섭섭한 마음을 갖게 되지 않을까. 그래도 모든 것을 포기해버릴 때가 되면 어머님은 마음을 돌리실 것이다. 그런데 어머님의 신앙은 어머님 혼자서 결정할 문제가 아니다. 종갓집 며느리가 죽기 바로 전에 예수를 믿게 되었다면, 그 후에 집안에는 복잡한 문제가 뒤따를 것이다. 생각이 점점 복잡해졌다. 그래서 어머니의 심중을 타진하기 전에 언젠가 고향에 내려온 김에 그 문제를 형님과 의논했다.

"그런 생각 아예 말라. 그것은 어머니로 하여금 그분이 일생 동안 지켜왔던 당신의 삶을 온통 내던져버리라는 가혹한 요구이다. 네 체면을 세우기 위해서 어머니를 그렇게 학대할 수 있느냐? 생각해보아라. 청상과부로 지금까지 살아온 어머니 삶의 뿌리가 어디 있다고 생각하느냐? 그것을 붙들고 고집스럽게 살아오신 분이시다. 이제 네 말대로 하나님을 믿게 되면 그분이 살아온 그 모든 것을 다 스스로 부정하는 결과가 된다. 그 일이 괴롭지 않고 가능하겠니? 그 고통을 어떻게 당신이 감당하시겠니? 종교는 삶의 가치이고, 그것은 상대적이다. 인생을 살아가는 데 필요한 가치이긴 하나, 이제 죽음 직전에 지옥 간다는 구실로 일생을 붙들고 살아온 그것은 송두리째 내던져버렸다면, 그동안 살아온 인생은 뭐가 되겠나? 더구나 지금까지 당신의 삶을 통해 직접 자손들에게 보여주셨던, 조상 위하고 집안을 지키는 일의 무의미하다는 것을 당신이 직접 증명하게 될 터인데……"

형님은 다소 흥분된 어조로 말하다가 내 놀란 표정에 말소리를 죽이더니,

"동생이 알아서 할 일이다만 내 생각은 그렇다."

말은 그렇게 하면서도 다른 생각을 하지 말라는 투로 못을 박았다.

"아니, 어머님은 그동안 우리 형제들이나 집안이나 일가친척들에게 헌신적으로 살아오시지 않았습니까? 그러한 어머니 삶이 당신을 행복하게 했다고 생각하십니까? 그러한 명분이 어머니에게 감옥과 같은 구속이 되었습니다. 이제 어머니를 자유롭게 해방시켜드려야 하지 않겠습니까? 그 일은 우리 자식들이 권하지 않으면 어머님 스스로 할 수 없습니다. 어머님은 종갓집 며느리라는 속박에 갇혀 완벽하게 길들여지려고 애쓰면서 살아오셨습니다. 겉으로 보면 강한 여인 같지마는 사실 자신을 조금도 드러내놓고 살지 못한 아주 나약한 분이십니다."

나는 참았던 말을 해버렸다.

"물론 선택은 어머니에게 있다만, 지금 정황으로는 불가능하다. 하나님을 안 믿으면 지옥 갈 것이니 믿으라는 식으로 어머님을 몰아붙이지 말았으면 한다. 사람이 죽으면 어떻게 될지 아무도 모르는 일인데, 어머님이 돌아가시기 전에 또다시 그러한 문제로 마음고생을 안겨드린다면 이중의 고통을 지워드리는 것이니, 그렇게 하는 것이 효도라고 생각지 않는다. 어머니 문제로 목사인 동생의 체면이 좀 구긴다 해도 그것은 동생이 감당해

야 할 것이다."

"형님! 제 체면과는 관계없는 일입니다."

나는 겨우 자기변명을 한마디 하고서, 당사자 어머니에게는 한마디도 하지 못했다. 좀 시간이 지난 후에, 나는 그때 내 신앙 양심에 따라 좀더 적극적으로 형님을 설득하지 못했던 것이 후회되었다. 그것은 형님과의 논쟁에 패배했기 때문이 아니라, 자식으로서 내가 낳고 길러준 어머니에 대한 사랑과 관심이 겨우 그 정도에 지나지 못했는가 하는 부끄러움과, 개신교 목사와 신학대학 교수로서 내 신앙의 천박함에 대한 안타까움 때문이었다. 영혼 구원에 대한 확신이 없거나 어머니에 대한 사랑이 부족했기 때문에 형에게 굴복할 수밖에 없었다는 자괴감이 컸다. 형님의 억지 논리에 대항함으로 야기될 형제지간의 불화나 친척 간에 오고 갈 구설수가 귀찮아서 어머님의 믿음에 소극적으로 처신했다는 것은 나 자신도 이해할 수 없었다. 그 일 뒤에 내 갈등은 동생이 항의 전화를 받고서 더해졌다.

"형님네는 아무리 가망이 없다는 어머니 병세이지마는 그렇게 돌아가시기만을 기다릴 것입니까?"

그 통화를 끝내고서 나는 어머니 병 앞에 무력해진 자신이 부끄러웠다. 결국 모자지간의 관계도 별것이 아니구나. 여든다섯까지 사셨다면 장수했다는 말에 위로를 얻고 자식들은 어머니 병을 포기하지 않았는가? 그럴수록 어머니는 나로부터 차츰 떨어져가고 있는 것은 눈으로 보듯이 분명해졌다. 그래도 나는 그 떨어져가는 어머니를 붙잡으려 하지 않고 멍청하게 바라보고만 있었다. 그렇게 몇 달은 보내다가 마지막으로 임종 직전에 어머님을 설득해보겠다고 생각했다.

어머니가 손을 허우적거리면서 일어나시겠다고 했다. 나는 어머니를 뒤에서 안아 일으켰다. 내 가슴 안으로 들어오는 어머니의 육신은 너무 가벼웠다. 곡기를 입안에 넣지 않고 위액까지 다 토해낼 정도였으니까, 체력이 지탱될 수 없었다. 생명이란 이렇게 모진 것인가. 하나님은 이 세상에 다시 무엇을 더 하게 하시려고 고통스럽게 생명을 연장시키시는가? 주님, 그분은 당신의 종인 제 육신의 어머님이십니다. 이 어머니의 잘못을 제게 돌려주십시오. 나는 어머니를 안은 채 입속으로 기도했다. 종의 기도를 들어주셔서 제 어머님에게 긍휼을 베풀어주십시오. 어머님이 주님을 영접하지 않은 것은 이 종이 게으르고 믿음이 부족하고 육신의 어머니를 진정으로 사랑하지 못했기 때문입니다. 나는 어머니와 고모에게 들리지 않도록 기도했다. 나는 목소리를 죽여 기도를 드리면서, 당당하게 어머니와 고모 앞에서 내가 믿는 하나님께 기도하겠다고 말하지 못한 것이 부끄러웠다.

일어나 앉은 어머니의 이마에 땀이 송송 맺혔다. 나는 그 땀을 가제로 닦아드리면서, 이것이 고작 자식이 할 수 있는 마지막 손길이라는 생각하니 허탈했다.

"성님이 며칠 전부터 조카를 만나고 싶다고 했다. 아마 이렇게 밤을 지내고 나면 어머니 마음도 편해질 것이고, 그때에는 원 없이 떠나실 것이다.”

내가 어머님을 일으켜 뒤로 부축하고 앉히자 고모가 내 귀에 소곤거리며 눈물을 글썽였다.

“어서 말씀허십서. 자식도 밥상을 따로 해서 살게 되면 남남이우다. 샛아들에게 허실 말씀 있으면 다 해버립서.”

고모가 담요 밖으로 나온 삭정이 같은 어머니 다리를 주무르면서 다그쳤다.

“아까 다 말했는디……”

어머니는 병실 안을 휘휘 둘러보시고, 피로하여 꺼칠한 내 얼굴과 굳어 있는 표정을 살피시더니 내 손을 잡으시면서 짧막하게 말했다. 그 말을 듣는 순간 어머니와 나 사이에는 깊은 골이 파여 있음을 느꼈다. 나는 어머니로부터 차츰 벗어나는 것인가?

그렇게 생각하자, 지금 내 앞에 어렵게 앉아 있는 어머니 얼굴은 내 머리에 각인되어 있는 어머니와는 전혀 다르게 보였다. 고향을 떠나 살면서 어머니를 그리워하던 그때 40대 초반의 어머니 모습, 나를 보내기 위해서 제주읍 부두까지 나와서 멀어져 가는 배를 바라보시면서 손을 흔들던 그 모습이 오래된 기억의 창고에서 재생되어 떠오르면서 나를 혼란스럽게 만들었다. 지금의 어머니와 너무나 다르기 때문이다.

나는 항구를 떠난 연락선 갑판에 서서 부두 선착장 방파제 위에서 손을 흔드시는 어머니를 똑바로 바라보면서 같이 손을 흔

들었다. 그러다가 어머니 형체가 점점 작아져서 결국 한 점으로
남아 있게 되고, 그다음에 부옇게 흐린 섬이 희미한 음영으로
넘실대는 물결 건너에 어리면 나는 참았던 울음을 터뜨렸다. 한
참이나 울다가 그 섬의 잔영도 안 보이게 되면 멀미 때문에 슬
픔도 잊히고, 이제는 새로 나타날 시간과 그 공간에 대한 두려
움과 기대로 어머니를 순간순간 잊어버린다. 그러다가 목포에
닿고 그 혼잡한 열차를 타서 서울을 향해 달리면서 어머니 얼굴
은 새로 나타나는 많은 얼굴들 틈에 끼어 잊혀버린다. 그렇게
고향을 떠날 때의 어머니 모습도 두 해쯤 간직할 수 있었던가,
그다음부터는 어머니보다는 배웅 나온 친구들, 또 서울에서 만
나게 될 다른 얼굴들이 더 마음에 남아 있게 되었다.

그 후부터는 바쁜 세상살이에 쫓겨 살았으니, 어머니를 품에
간직하고 살지 못했다. 애인 생각, 살림 생각, 아내 생각, 자식
생각, 직장 생각, 일 생각, 친구 생각, 교회 생각, 내 글 생각들
이 앞섰지, 어머니를 내 자신의 한 부분으로 껴안고 살지 못했
다. 문득 생각하면 전화를 하고, 용돈을 보내고, 그런 격식에
맞는 일로써 어머니와의 관계는 건조하게 유지되고 있었다. 이
미 나는 고향을 떠나면서 어머니를 떠나 나대로 성을 쌓고 그
안에 살고 있었다. 어쩌다가 집에 들르셔도 어머니는 전혀 낯선
집처럼 아들 집을 불편해하셨다. 왜 그러실까 섭섭하기도 했는
데, 결국 그것은 내 성안에 어머니가 계실 자리가 없었기 때문
이라는 것을 알았을 때는 내가 너무 늙어버린 후였다. 어머니는

돌아가신 아버지처럼 늘 추상명사로만 내게 남아 있었다. 낳아 준 어머니와 그 자식이라는 윤리 감정으로 그 관계가 유지되고 있었다. 이러한 내 처지는 어머니에게도 다름이 없었음을 알게 되면서 나는 큰 충격을 받았다. 이미 한 여자의 남편이 되었고, 거느려 책임져야 할 가족의 가장으로 살아가고 있는 둘째아들에 대한 어머님의 정서도 결국 집에서 나간 아들이었다.

어머니는 잡은 내 팔에 힘을 주면서 입술을 움직였다.

"애야, 들어보라. 아까도 말하다 말았지만, 샛아들이 목사니까, 죽어서 샛아들이 가는 곳으로 가고도 싶다만, 나만 좋은 세상에 갈 수 없지 않겠느냐? 네 아버지와 할아버지와 할머님 들이 가서 계신 곳에 나도 가서 함께 살면서 이 세상에서 내가 헌 일을 다 말허면서 공치사라도 해야 허키여. 특별히 네 아버지에게 난 빚을 받아야겠다. 혼자 나를 이 모진 세상에 내버려두고 그 험한 풍파를 맞으며 살게 했던 그 값을 톡톡히 받아야 허키여. 어른들이 다 모인 그 세상에서 종갓집 며느리로서 행세를 해봐야 허키여. 내가 죽어 갈 곳이 샛아들이 가야 할 그곳보다 조금 못한 세상이라 하더라도, 땅에서 맺은 인연을 버릴 수야 없지 않겠느냐?"

어머니는 있는 힘을 다해서 어렵게 겨우 말을 이어갔다. 나는 아무 말도 할 수 없었다. 여전히 어머니는 종갓집 며느리로서의 그 당당함을 죽음의 순간까지 간직하고 싶으신 것이다.

나는 그 이야기를 들으면서 어머니와의 언어 교류가 이미 불

통되고 있음을 느꼈다. 죽음 앞에 서 있는 어머니께 드릴 마지
막 말을 준비하고 있었는데, 이제 말을 듣고 보니, 내 언어가
전해질 통로가 막혀 있음을 알았다.

4

어머니는 어렵게 말을 마치더니 고모와 나의 부축을 받으며
자리에 누웠다. 그러더니 눈을 지그시 감아버렸다. 이미 내가
할 이야기에 대한 대답을 다한 것이다.

시간을 알리는 뻐꾸기 소리가 들렸다. 갑자기 병실 안에 정
적이 몰려들었다. 나는 그 정적에 묻혀서 아무런 생각이 트이지
않았다. 어머니께 하려고 준비해두었던 말이 기억나지 않았다.
며칠 동안 생각을 되풀이하면서 준비해두었던 말이었다. 머리
가 텅 비고 가슴이 뻥 뚫린 듯이 마음을 걷잡지 못했다. 아예
아들의 언어를 차단해버리는 어머니의 냉혹함이 그 한 많은 일
생을 지탱해준 힘이었던가. 나는 어머니의 새로운 모습에 의식
이 혼란해지면서 갑자기 어머니가 두려워졌다. 세상을 뜨시면
서 나와의 정을 다 끊으려 하시는가? 이런 생각에 미칠수록 어
머니에 대한 내 감정이 엉켜서 옛날의 어머니 모습이 점점 희미
해졌다. 나는 이 고통스러운 분위기를 어떻게 바꿀까 궁리하고
있었다.

"동생아, 나 뭘 좀 먹고 싶은데. 샛아들과 같이 식사를 하고 싶은데, 무엇 좀 마련해줘."

죽은 듯이 잠잠해 있던 어머니가 모로 돌아누우면서 고모를 찾았다.

"식사를 하시려구요?"

고모는 병실 한구석에 있는 냉장고 쪽을 가리키는 어머니를 이상한 눈으로 쳐다보았다.

"아니 식사를 하시다니?"

고모가 이상한 눈으로 내게 뭔가 물으려는 표정이었다. 미음이나 물 한 모금 마셔도 토해내더니 식사를 하겠다고? 혹시 무슨 기적이 일어나는 것이 아닌가? 나는 문득 이 순간에 어떤 예상하지 못할 일이 일어나기를 은근히 기대했다. 내 기도를 주님께서 들어주셨는가? 나는 한 사람의 기도로 병을 고친다는 기적에 대해서 별로 신뢰하지 않았다. 그러나 막상 어머니가 불치의 병에 고생하게 될 때에 내 지식을 바탕으로 한 논리는 아무 쓸모도 없었다. 매일 새벽과 밤마다 어머니의 병 치유를 위해 기도를 드렸다.

"참, 어제 서귀포에 사는 느네 이모가 오면서 내가 뭐 요기를 하는 줄 알고 전복죽을 쑤어왔던데 찾아보라. 어디 있을 거여."

어머니는 좋은 생각이라고 얻은 듯이 고모에게 냉장고를 가리켰다.

"아니, 정말 잡숴지쿠과?"

고모가 의외라는 듯이 나와 어머니를 번갈아 쳐다보았다.

"먹고 못 먹고가 어디 있어. 오랜만에 아들과 밤참이라도 해야주. 언제 다시 이 아들과 같이 식사를 할 때가 있을까?"

고모는 냉장고 안에 유리그릇에 담겨 있는 전복죽을 꺼내었다.

"그것을 저기 냄비가 있는데, 거기에 옮겨놓아서 전기곤로에……"

어머니는 하나하나 지시했다. 고모는 다 알고 있으면서 어머니가 하자는 대로 냄비에 죽을 데워 두 그릇에 나누어 간이 식탁 위에 상을 차렸다. 어머니와 내가 마주 앉았다.

"정말 잡숴지쿠과?"

고모가 걱정하는데도 나는 어머니 말대로 따르기로 했다. 나와 식사를 하려는 어머니 마음을 알기 때문이다.

"샛아들아, 어서 먹으라."

어머니가 죽그릇을 받고 멍청하게 앉아 있는 나를 재촉했다.

"예."

나는 말없이 숟가락을 들었다. 그동안 나는 세 아들 중에 가장 말썽꾸러기로 어머니 속을 많이 썩여드렸다. 고집이 세어서 집에서도 마음에 맞지 않으면 어른들 앞에서도 고분고분하지 않았고, 밖에 나가서는 애들과 싸움도 잘했다.

"어머니, 그동안 저 때문에 속 많이 아프셨지예."

나는 예순이 되도록 살아오는 동안 저질렀던 잘못을 한마디로 용서를 받으려 했다.

"아니다. 이 에미가 아들 마음을 다 안다. 그런저런 말 말고 식사나 하자. 이 에미가 직접 밤참을 마련해서 줘야 헐 테인데, 그동안 객지에서 공부를 하면서도 내가 네 공부방에 군것질 한 번 대주지 못했구나."

어머니는 고모가 떠주는 죽을 받아먹고 입 언저리에 묻은 죽 자국을 손수건으로 닦고는 빙긋이 웃었다.

"참 죽이 맛있수다."

"전복죽은 좀 식은 듯해서 먹어야 제맛이 난다."

어머니는 죽을 드시지 않고 내가 먹는 모습만 물끄러미 바라 보시다가 나와 눈이 마주치면 고모가 내민 죽 숟갈을 겨우 입에 대곤 했다. 나는 그러한 어머니를 다 알고 있으면서 모른 척 맛 있게 먹었다.

"자, 이 에미 것도 마저 먹어라."

어머니는 받아놓고 먹지 않은 죽그릇을 내 앞으로 밀어놓 았다.

나는 입을 열면 눈물이 쏟아질 것 같아서 아무 말도 않고 그 죽 그릇까지 다 비웠다.

"야, 참 맛있게 먹었다."

어머니는 내가 숟가락을 놓자, 따라 숟가락을 놓으면서 웃었 다. 고모가 어머니를 외면했다.

상을 치우고 어머니가 누우려고 좀 움직이시다가 모로 쓰러 졌다. 한 손으로 가슴을 쓸면서 신음을 토했다. 내가 어머니를 안아 일으키고는 덥석 업었다. 그런데 전혀 사람이 등에 업힌 느낌이 들지 않았다. 어머니는 내 등에 액액 뭔가 토해내는 것 같았다. 끈적한 물기를 느꼈으나 어머니 신음 소리가 내 심장을 깎아내는 것 같았다.

"어머니 그냥 제 등에 토하십시오. 편히 그렇게 누어서 토하십시오."

나는 울음을 삼키면서 소리를 질렀다. 그 바람에 지나가던 간호사가 들어왔다.

어머니는 기어이 내 등에서 내려와 화장실에 가서서 위장에 있는 것을 모두 토해내었다. 다시 병실로 돌아온 어머니는 형편없이 흐트러져 있었다. 간호사가 다시 링거에 노란 액체를 섞어 놓고 나갔다.

어머니는 가쁘게 숨을 몰아쉬더니 죽은 듯이 깊은 잠에 빠졌다.

어머니는 큰 고통 없이 날을 밝혔다. 나는 첫 비행기로 서울로 올라가기 위해 어머니 병상 옆에 섰다. 토요일인데도 1년 전에 약속한 강연이 있고, 다음 날 주일에는 10시부터 한 교회에서 설교를 하게 되었다. 그 저녁에도 교계 관계 특별 집회에서 특강을 하게 되었다.

"어머님, 서울 갔다가 내일 저녁에 내려오겠습니다."

나는 슬며시 잠을 깬 어머니 손을 잡고 인사를 드렸다.

"안 와도 된다. 난 오늘 집으로 돌아가겠다. 엊저녁 크게 아프지 않은 걸 보면, 샛아들을 만나니 다 나은 것 같다. 가서 일 잘 보라. 며느리도 같이 올라가도록 해라."

어머니는 맑은 정신으로 말했다. 나는 잡았던 어머니 손을 놓고서 병실을 나왔다. 문득 어머니가 현관까지 따라나오시는 것 같았다. 몇 번이나 뒤를 돌아보려다가 참았다. 병원 뜰에서 어머니 병실 쪽을 한 번 바라보고 형님이 보낸 차에 올랐다.

비행기 안에서도 어머니는 내 곁에 앉아 있었다. 나는 유년으로 돌아가서 처음으로 읍내로 오는 목탄 버스 안에서 어머니와 나란히 앉았던 그 옛 그림이 떠올랐다. 그것은 예전에 떠오르지 않던 그림이었다. 나는 안심되었다. 어머니와의 마지막 식사가 언제나 나와 함께 있을 것 같았다.

7시부터 시작된 저녁 집회에서 특강을 마치고 집에 들어왔는데, 아내에게서 전화가 걸려왔다. 어머님을 집으로 모셔왔는데, 저녁부터 갑자기 상태가 안 좋아서 형제 친척들이 다 모였다, 경과를 보면서 다시 연락하겠다고 하고는 통화를 끝내었다.

나는 옷을 입은 채로 어머니 소식을 기다리다가 잠이 들었다. 자명종 소리에 잠이 깨었는데, 전화벨 소리였다.

"어머님이 새벽 다섯 시 사십오 분에 돌아가셨어요."

아내의 울먹이는 목소리였다. 나는 손목시계를 봤다. 6시 5분이었다. 내가 전화를 기다리다가 깊은 잠에 빠져 있던 시간에 어머님은 이 지상을 떠나셨다. 내 잠을 위해서인가. 내 임종을 거부하시기 위해서였던가.

　이제 나를 낳아주신 어머니는 이 땅 위에 존재하지 않는다. 우리가 언제 빗물이 되어 혹 그 바다에서 만난다면 서로 알아볼 수나 있을까.

안과 밖

관계 12

1

"어서들 가봐라."

닥터 윤과 간호부장이 나가버리자 아버지는 우리를 향해 손 사래를 쳤다.

어머니가 아버지 환자복 앞섶 자락을 붙잡고 울먹였다. 아버지를 지독히 사랑하며 살아온 어머니인데, 이제 혼자서 어떻게 살아갈까. 아들은 아버지보다 어머니가 더 걱정되었다.

"어서들 가라니까. 병원에 왔으니 하루속히 환자가 되는 것이 편하다. 그러니 어려운 걸음하면서 흉한 꼴 보려고 찾아오지도 말고. 으흠, 어서들 가봐라."

아버지는 멍청하게 서 있는 우리에게 역정을 내면서 가라는 말을 반복했다.

　어머니가 뭐라고 입안말로 중얼거리면서 뒤돌아서자 우리도 뒤따랐다. 병실 자동문이 열렸다가 닫히면서 아버지와 우리를 갈라놓았다. 어머니는 뒤돌아섰다. 유리창 너머에 침대에 앉아 있는 아버지는 우리를 외면하고 창밖을 바라보고 있었다.

　식구들이 병실에서 빠져나가자 주위가 조용했고 내 마음도 가라앉았다. 방 안에 나 혼자 있다는 것을 알고는 마음이 여유로워졌다. 여기 오길 잘했다. 그 순간 병실을 나가던 식구들 표정들이 떠오르면서 가족이라는 끈으로 얽혀 있던 관계가 모두 풀리는 것 같았다. 그런데도 아내의 얼굴이 눈앞에서 지워지지 않는다. 아내는 서로 사랑하며 살았기에 행복했다고 말하곤 했다. 그런데 내가 이렇게 와버렸으니, 혼자서 견뎌내기 힘들 것이다. 혼미해지는 의식에도 아내에 대한 걱정이 앞선다.

　아들은 언제나 하던 대로 출근 직전에 인사차 내 서재로 들어섰다.
　"아버지, 다녀오겠습니다. 오늘은 안 나가세요?"
　순간 '오늘은 어디 안 나가니?' 하는, 세상 떠난 아버지 음성이 들렸다. 출입문 옆 벽에 걸려 있는 아버지 초상 위에 아들 얼굴이 겹쳐진다. 강 화백이 그린 다섯 호쯤 되는 작은 유화이다. 나는 언제나 이 서재로 들어서면 바로 아버지와 만난다. 중

132

년을 막 넘긴 그 모습이 강 화백의 붓끝에서 다시 살아났다. 아버지는 고향 교회에서 목회를 하였는데, 나는 그때의 아버지 모습이 좋아서 그 사진으로 초상화를 부탁했다. 지금 아들의 나이가 아버지 저 즈음이다. 나는 아버지 모습으로 서 있는 아들이 반가우면서 내 착각을 오히려 다행스럽게 생각한다.

그 후부터 이따금 식구들 이름이 순간적으로 기억나지 않았다. 어제 일도 잊어버리고, 주차 장소를 몰라 헤매기도 한다. 읽다가 둔 책을 찾으러 서재와 안방과 거실을 돌아다니기도 하고, 양말을 한 짝만 신고 2층 서재로 올라가다가 아내의 짜증을 듣기도 한다. 그럴 때마다 이제 일흔을 넘긴 나이라면 있을 수 있는 일이라고 생각한다. 그런데 이따금 부인이 40여 년 전 연구실 조교로 보일 때가 있다.

아내는 나를 의식해서 대단한 일이 아니라고 하면서도 표정은 심하게 흔들린다. 올 것이 왔구나. 나를 억압했던 많은 기억들이 이렇게 나타나는구나. 그렇게 생각하니 과거가 두려워지기 시작한다. 최근 일은 쉽게 잊혀지는데도, 과거의 일은 더욱 생생하게 되살아난다. 그때마다 끔찍한 소식을 갖고 찾아오는 유령의 발소리를 듣는 것처럼 두렵다.

11시쯤에 '수가성여인의 집'으로부터 전화를 받았다.

"원장님께서 돌아가시어서 그저께 고별 예배를 드렸습니다."

중년 여인이 원장의 죽음을 알려줬다.

그동안 잠시 잊어버렸던 성규 생모의 얼굴이 눈앞에 펼쳐지면서 가슴이 격렬하게 흔들렸다. 나는 망설이다가 '수가성여인의 집'을 찾아갔다.

저녁에 아들이 퇴근하고 서재에 들르자, 나는 50년 가까이 묻어두었던 이야기를 했다.

"네 생모가 돌아가시고, 그저께 고별예배 의식을 마쳤다 하더라. 그동안 재혼도 않으시고 평생 교직에 계시다가 퇴임한 후에는 모은 재산으로 '수가성여인의 집'이라는 외로운 할머니 집을 운영하시다가……"

나는 등 뒤에 서 있는 아들의 얼굴을 쳐다보지 않고 더듬거렸다.

"아비를 용서해라."

아들은 그 넓은 가슴으로 나를 등 뒤에서 덥석 껴안았다.

승용차가 병원 정문을 빠져나올 때에, 아들은 뒷자리에 앉은 어머니를 슬쩍 훔쳐봤다. 누이의 어깨에 기대 있던 어머니가 상체를 바로 세우면서 병실 쪽을 쳐다보았다.

"마음이 모질지도 못하신 분이 우리와 정을 떼시려고 일부러 저러시는 거다. 그러니 섭섭히 생각지들 말아라."

어머니는 우리가 아버지로부터 마음이 떨어져나갈까 봐 걱정하였다.

차가 고속도로로 진입하자 길이 잘 뚫려서 속력을 내었다. 문득, 아버지와 우리의 거리가 점점 멀어지고 있다고 느껴졌다.

순간 요양원 현관에서 한참이나 3층 병실을 올려보던 어머니 구부정한 뒷모습이 떠올랐다.

"의사가 뭐라고 하든?"

아버지 병세에 대해 어머니가 은근히 물었다.

"계속 관찰해봐야 하겠지만, 노인성 우울증일 것 같다는데, 심하지는 않다고 하더군요."

"그동안에 무슨 일이 있었기에 아버지 스스로가 입원을 생각했을까요. 그것도 시설이 좋은 사위 병원 놔두고 이 시골까지 오면서……"

의사 부인인 누이가 믿기지 않는다고 한다.

"꼭 구 일 전인데……"

아들은 그간에 일어났던 아버지 일을 말하기로 작정했다.

아버지는 고희를 넘기면서 주로 서재에서 시간을 보내었다. 책을 읽고, 지금까지 써놓은 글들을 정리해서 출판하는 일로 분주하게 지내었다. 주일에는 교회에서 예배를 드렸고, 1주일에 두세 번은 산을 찾았다. 처음에는 어머니와 함께하는 산행이었는데, 어머니의 관절에 문제가 생기면서 주로 혼자였다. 아들이 수업이 없는 목요일에는 동행했다.

그날은 점심 후에 부자가 산행을 시작했다. 과천 문원동 등산로 입구에서 오르기 시작해서 매봉을 거쳐 한 10분 걸었는데, 아버지가 되돌아가자고 했다. 전에 없던 일이었다. 날씨가 우중충해서 기분이 썩 좋지 않으신 모양이구나 생각했다. 내려오다가 8부 능선쯤에 너럭바위와 휘어진 키 작은 소나무들이 몇 그루 있는 편편한 공터에 이르렀다. 전망이 좋아 오가는 등산객들이 쉬는 곳이다. 우리는 생수를 한 모금씩 마시고 잠시 쉬고 있었다.

"아버님, 용서해주십시오. 제가 잘못했습니다."

등 뒤에서 탁한 음성이 들려와 뒤돌아보니, 아버지가 아들의 등 뒤에서 무릎 꿇고 중얼거리고 있었다. 아들은 얼굴이 화끈 달아올랐다. 허깨비를 보고 있는가 생각했다. 아버지는 아들을 의식했던지 얼른 일어나더니 급히 내려갔다. 아들이 뒤를 따라갔으나 걸음이 노루처럼 빨랐다. 등산로 입구에 이르렀을 때 아버지는 보이지 않았다.

저녁이 되어도 아버지는 들어오지 않았다. 새벽녘에 우유 배달 아주머니가 소리를 질러 나가보았더니, 대문가에 아버지가 꼬꾸라져 있었다.

집으로 들어온 아버지는 그날부터 며칠 동안 서재에서 나오지 않았다. 이따금 혼자서 말없이 집을 나가곤 했다. 그렇게 일주일을 보내더니, 결국 우리 형제들을 불러 앉혀놓고는 요양원으로 가겠다고 통보했다.

아버지는 자신의 처지를 누구에게도 말하지 않았다. 증세가 심하지 않았으나 이 상황에서 식구들로부터 도움을 받을 일이 아무것도 없다는 것을 알았다. 그래서 입원을 결정했다.

아들은 아버지의 처지를 생각할수록 인간의 혈육의 관계가 덧없음을 절감했다.

"아버지께서 돌아가신 할아버지께 큰 잘못을 저지르기라도
했나요?"

동생은 매사에 빈틈없는 아버지와 할아버지 사이에 문제가
있었으리라고 생각지 못했다.

"그분만큼 효자가 어디 있겠냐."

어머니가 동생을 안심시켰다.

순간, 아들은 생모의 죽음이 떠올랐다. 혹시 생모와 관련된
일이 있지 않을까. 왜 아버지는 어머니와 이혼을 했을까. 기억
이 분명하지 않다. 초등학교 2학년 때에는 한 1년 동안 할아버
지 댁에서 지냈고, 3학년이 되어 새어머니를 만나 함께 살았다.

2

아침에 잠이 깨면 창밖 산이 나를 맞아준다. 잎이 거의 떨어져
벌거벗은 나무들의 허연 수피가 눈을 시리게 한다. 나뭇가지가
바람에 심하게 흔들린다. 가지에 달려 있는 까치집이 위태롭게
보인다. 순간 어젯밤에 까치집 속에서 잤던 꿈이 되살아난다.

"편히 주무셨어요?"

닥터 윤이 들어선다. 그 뒤를 아내와 맏아들이 따라온다. 윤
박사는 내 사위의 친구이다. 아무도 모르는 곳이라 찾아왔는데,

숨을 곳이 없구나. 아내는 나를 보더니 애써 웃는다.

"잘 주무셨지요. 어르신께서는 병원 적응이 잘 되나 봐요."

윤 박사가 아내를 안심시킨다.

"병원이 좋아서 당신 발로 들어오셨으니, 혼자 지내시는 맛이 어떠세요?"

아내가 감정을 드러내면서 부르튼 얼굴로 말한다.

"두 분이 이야기를 많이 나누세요. 지난 시간을 이야기하면 그 시간만큼 더 사는 셈이 되지요. 좋은 시간을 두 번 경험하게 되면 행복이 두 배가 되겠지요. 그만큼 긴 인생을 살게 되니까요."

닥터 윤은 물 흐르듯이 유창하게 말한다.

"사모님, 행복하고 즐거웠던 과거를 서로 나누세요. 어르신께서 들으시면 잊었던 과거가 되살아나겠지요. 그럼 저는 이만, 나중에 뵙겠습니다."

닥터 윤이 나가버린다.

아내가 내 손을 잡고 한참이나 내 얼굴을 들여다본다.

"이렇게 당신 곁에 앉으니, 당신 연구실 한구석에서 지내던 일이 되살아나네요."

아내는 무슨 이야기를 하려는 것인가.

다섯 명밖에 안 되는 대학원 학생 중에서 여학생은 저 혼자였지요. 모두들 취직 자리를 찾아나섰는데, 저는 진학을 했어요.

당신의 강의를 더 듣고 싶어서였지요. 첫 학기 강의를 들으면서 운명과도 같은 일이 내 앞에 벌어질 것이라는 예감을 갖게 되었어요. 한 학기 동안 열심히 강의를 듣고 과제도 성실히 했는가, 종강이 되고 나서 당신은 연구실 한구석에서 칸막이를 만들고 제 공부 둥지를 마련해주셨어요. 그날부터 당신이 시키는 일을 즐겁게 했지요. 번역 일거리도 많이 만들어주셨지요. 몇 달이 지나자, 꽤 많은 용돈을 주시면서, 돈에 맛들여 번역하지 말고 공부한다는 생각으로 일해, 하고 말씀하셨어요. 너무 딱딱한 말투인데도 제게는 아주 부드럽게 가슴으로 스며들었어요.

당신은 그즈음에 연구실에서 밤늦도록 일을 하셨어요. 공부하기 위해서 세상에 태어난 사람 같았어요. 강의를 마치고 연구실로 들어와 책상에서 앉으면 시간이 가는 줄도 모르고 책에 파묻혔어요. 서편 창으로 들어오는 햇살이 사라질 즈음에야, 칸막이 너머에서 가슴을 조아리며 공부하는 저를 의식하셨는지, 배고프지 않아? 하고 말을 걸어왔어요. 저는 대답도 못하고 있는데, 당신은 마치 급한 약속을 잊고 있었던 것처럼 서둘러 연구실을 나서면서, '어서 나와. 난 다시 돌아와야 하니까' 하고 다시 한마디 하셨어요. 당신은 뒤도 안 돌아보고 성큼성큼 계단을 내려가 대학 본관 동편에 있는 학교 뒷문 쪽으로 걸어가셨어요. 저도 당신의 뒤를 부지런히 따라가다 보면, 백양나무들이 줄지어 서 있는 시멘트 포장길을 걸어가는 당신의 뒷모습을 보게 되고, 그러면 더욱 가슴이 설레어 자꾸 발길이 헷갈리곤 했지요.

그래도 당신을 놓칠까 봐서 부지런히 뒤를 따랐지요. 약간 경사진 오르막길을 오르면, 앞서 가던 당신이 뒤를 돌아보면서 그 긴 팔을 들어 학교 후문 건너에 있는 중국집을 가리켰어요. 마침 석양이 당신의 옆얼굴에 부서지고 있었고, 그 모습에 전 넋을 잃어 움직일 수 없었어요.

먼저 자리를 잡고 기다리던 당신은 숨을 헐떡이면서 들어서는 나를 보시고는 빙긋 웃으셨고, 저는 통통거리는 가슴을 진정하며 당신 앞에 앉았지요. 잠시 후에 잡채밥이 들어와, 우리는 말없이 식사를 했어요. 내가 다 먹으면 당신은 일어나 먼저 중국집을 나섰어요. 나도 얼른 나와 학교 후문 쪽을 바라보면, 벌써 후문 가까이 이른 당신은 잠시 멈칫하고 뒤돌아서 어서 가라는 손짓을 했고. 나는 땅거미가 내려앉은 거리에서 보안등 불빛에 만들어진 당신의 그림자를 바라보다가, 뒷모습이 보이지 않으면 가슴이 콱 막히는 기분이었어요. 뒤따라 연구실로 달려가고 싶은 생각을 진정하느라 숨을 헐떡이며 오래오래 서 있기도 했어요. 그러다가 입술을 깨물고 제 자취집을 향해 뛰어갔어요. 연구실로 되돌아가고 싶은 충동을 억누르기 위해서 그랬어요. 그런 날 밤 저는 뜬눈으로 새벽을 맞았어요. 연구실을 지키고 있을 당신 모습을 놓칠까 봐서 눈을 감고 잠들 수가 없었어요.

병상에 누워 아내의 이야기를 듣는다. 그 음성 뒤로 내 추레한 모습이 다가온다. 모든 기억들은 내게서 떠나갔는데, 이야기 안에서 어둑한 내 시간이 다가온다. 나는 아내의 이야기가 즐겁지 않다.

아내와 아들은 돌아갔다.

행복한 이야기는 아내의 생명이 유지될 때까지 가슴과 뇌리에 생생하게, 사실보다 더 풍부해지면서 살아 있게 될 것이다. 시간이 지날수록 이야기는 더 아름다워지는데, 왜 내 이야기는 그렇지 못할까. 이야기를 듣는 동안 줄곧 생각해온 일이다. 아름다운 이야기를 말하기는 즐거운데, 부끄러운 이야기를 말하기는 고통스럽다. 가슴이 답답하다.

닥터 윤이 들어와 내 옆에 앉는다.

"선생님, 부끄러운 이야기를 말하는 것이 아름다운 이야기를 말하는 것보다 훨씬 문학적이지요. 성경이 온통 부끄러운 이야기로 가득 차 있지 않습니까. 그런데도 아무나 부끄러운 이야기를 하지 못하지요. 부끄러움을 알아내기도 어렵고 설령 알아내었다 하더라도 정직하게 말하기가 쉽지 않지요. 선생님께서는 그 부끄러운 이야기를 하지 못해서 괴로워하고 있었습니다. 이제부터 이야기를 시작해보시죠. 정신과의사에게 한 이야기는 절대 비밀이 보장됩니다. 그래도 모르지요. 진실의 이야기는 어떻든 세상으로 퍼지기 마련이니까요."

닥터 윤의 말에 마음이 끌린다. 문학 이야기를 하고 있다. 내가 문학 교수였다는 사실을 알고 이야기를 유도하는 것인가. 설마 사위에게 내 이야기를 하진 않겠지. 나는 심호흡을 하고서 이야기를 시작한다.

"아내가 첫아이를 낳고 두 돌이 되었을 때 혼자 유학을 떠났어요. 고교 교사인 나에게는 행운이었지요. 나와 대학 동창인 아내는 여학교 영어 교사여서 유학 중에도 집안을 걱정하지 않아도 될 형편이었지요."

한 번도 말하지 않았던 이야기이다.

5년 만에 학위를 받고 마침 운이 좋아서 모교에 자리를 마련하고 금의환향했지요. 교수가 된 나는 인생의 성취감이 이렇게 뿌듯한 것인가를 실감했어요. 그런데 세상은 행복한 사람을 가만두지 않았습니다. 이상한 소문이 나돌아다녔어요. 내가 유학 간 사이에 아내가 다른 사내와 묘한 관계를 가졌다는 것입니다. 상대는 알 만한 재력가의 장남으로 내 대학 동창이었어요. 친구들 말에 따르면, 대학 시절 그와 나는 아내를 두고 삼각관계에 있었다는 겁니다. 아내는 나와 가까워지기 전에 그와 친하게 지냈는데, 꽤나 똑똑하고 잘생긴 그였지만 돈 많은 집 큰아들이라는 점이 아내 마음을 열지 못했다는 거지요. 나는 아내를 믿으면서도 막상 소문을 듣고 보니, 참을 수 없었어요. 아내를 추궁했지요.

"당신이 없는 동안에 동창 모임에 참석했고, 끝난 후에 그 친구와 둘이서 잠시 자리를 같이한 적이 두어 번 있었어요. 그러나 소문과는 전혀 달라요. 그는 결혼을 앞두고 있었는데, 집안

에서 정해준 상대에게 아무래도 마음이 끌리지 않는다면서 하
소연 비슷한 심정을 토로했고, 저는 먼저 결혼한 처지라서 결혼
에 대해 조언해주는 정도였지요."

그래도 아내의 말을 믿지 못했습니다. 결혼하기 전에 옛 여
자와 만나 마지막으로…… 나는 이상한 상상을 하면서 아내를
의심하기 시작했지요.

"저는 과거에도 지금도 당신을 사랑하고 있고, 앞으로도 당
신을 사랑하며 살아갈 거예요. 당신 믿어주지 않아도 제 진심은
변함이 없어요."

아내는 소문의 빌미를 제공한 사실에 대해 사과하면서도 자
신의 결백을 강하게 주장했습니다. 그럴수록 아내에 대한 내 의
혹은 걷히지 않았지요. 나는 그 재력가 아들에 대해서 평소에도
좋지 않은 감정을 갖고 있었던 것 같아요. 시골 가난한 목사의
아들인 나는 도덕적 우월 의식으로 가진 자들을 대했는데, 그런
내 자의식이 더욱 크게 발동한 것이었지요.

그즈음 나는 연옥에서 사는 것처럼 고통스러웠습니다. 아내
는 내가 요지부동하자 고향으로 내려가 어른들께 이 사실을 솔
직하게 알리고 선처를 기다렸습니다. 나는 아내의 당돌한 행동
이 정략적이라고 생각했지요. 목회자인 아버님의 긍휼을 빌려
서 자신의 과오를 덮어버리려 한다고 생각했던 것입니다.

나도 고향으로 내려가 어른들을 만났지요.

"네가 용서해라. 설사 소문이 사실이라 하더라도 네가 이해

해야 한다. 소문이 사실이 아니라는데 왜 의심하느냐? 너는 그렇게 아내를 믿지 못하고 살아왔느냐?"

부친은 오히려 내 속 좁은 처신을 나무랐습니다.

나는 집에 들어오지 않는 날이 차츰 많아졌습니다. 마침 초여름이라 학교 연구실에서 밤을 새우기도 어렵지 않았지요. 여름방학에 들어갈 즈음에 출판사에서 기획한 세계문학전집 편집위원으로 참여하게 되면서 여관에서 급한 번역 일을 하기도 했고요.

나는 아내가 결백을 주장할수록 그녀가 싫어졌고, 그럴수록 '속 좁은 놈'이라는 아버지의 책망에 괴로웠습니다. 아내를 미워하면서도 소문을 이기지 못하여 사랑했던 아내를 믿지 못하는 자신도 초라하였습니다. 결국 이중 삼중의 고통에 시달리게 되었지요.

그때, 내 연구실에 청순하고 영리한 학생이 나타났습니다. 탁했던 내 뇌와 가슴이 그녀로 하여금 조금씩 씻겨져갔어요. 사랑을 느꼈다기보다는 청순한 그 모습을 통해 멍든 내 혼이 되살아나기 시작했다고 할까요.

그해 가을에 아버지 내외분이 올라와서 아내를 이해하라고 나를 설득하다가 나중에는 부자의 인연을 걸고 강권하셨습니다.

"이번에 네가 아내를 이해하고 받아들이지 않는다면, 네 편견과 그로 인한 오해가 평생 너를 고통스럽게 만들 것이다. 두고 봐라."

아버지는 불길한 언어로 내 앞길을 예언하였습니다. 그럴수록 나는 아내를 받아들일 수 없었지요. 왜 그랬는지 나도 모르겠습니다. 더구나 며느리에게 관대한 아버지가 마음에 거슬렸습니다. 어른들은 며칠 머물면서 나를 설득하다가 실패하자 손자만 데리고 내려갔어요.

아내에 대한 내 선택이 정해지자 마음은 조금 누그러졌습니다. 그럴 즈음에 그녀의 해맑은 미소가 내게는 위로가 되었습니다. 그녀는 흐트러지는 나를 지켜주는 지주목이었지요. 그 미소 앞에서 아내에 대한 불신과 증오가 조금씩 잠재워졌고요. 시간이 지날수록 그녀는 이상한 마력으로 나를 옭아매기 시작했습니다. 찢겨진 내 영혼을 꿰매어주는 천사의 실 같았지요.

결국 그녀는 내게 순수로만 머물지 않았습니다. 내가 어쩌다 집에 들어가서 아내와 식탁에서 마주 앉았을 때에 아내의 얼굴 위에 그녀의 얼굴이 겹쳐졌고, 그럴 때에는 아내에 대한 내 증오가 되살아나더군요. 이거 큰일이구나 생각하면서도, 이미 그녀의 순수는 나를 옭어매는 사슬이 되기 시작했습니다. 그녀가 여자로 내게 다가오고 있었던 것입니다. 우리의 만남은 그녀에게는 행복의 문이었지만 내게는 다시 찾아온 고통이었습니다.

"인생이란 참 묘하지요. 서로 사랑하는 사이이면서, 같은 상황에서도 두 사람의 처지는 이렇게 달라야 했을까요?"

나는 닥터 윤에게 사춘기 소년의 마음으로 물었다.

"인생이니까요."

그는 애매하게 웃으면서 고개를 끄덕인다.

"저는 선생님의 처지를 이해할 수 있어요. 누구도 선생님께서 그러한 고통을 안고 살아왔다는 것을 전혀 믿지 않겠지요. 아내도 아드님도 친구도…… 그래서 인간은 외롭지요."

아직도 할 말이 많이 남았는데, 닥터 윤은 오늘은 그만 듣자면서 자리에서 일어난다. 나는 이야기를 다하지 못했지만 그래도 조금은 가슴이 트이는 것 같았다.

3

아들은 차를 마시러 거실로 나왔다. 넓지 않는 거실을 가운데 두고 아버지와 아들의 서재가 마주 보며 있다. 부자는 서로 책장 넘기는 소리와 숨소리를 들으면서 한밤중까지 서재를 지킬 때가 많았다. 거실에는 차가 준비되어 있어서, 부자는 이따금 그곳에서 만나기도 한다. 아들은 아버지를 만나면 편했다. 복잡한 일이나 생각으로 시달리다가도 아버지를 만나면 모든 것들이 달아나버렸다.

아들은 한참이나 서 있다가 아버지에 대한 그리움에 못 이겨서 서재 문을 열었다.

"어머니!"

어머니는 상자들을 헤집어 그 안에 든 물건들을 꺼내어 방바닥에 늘어놓고 있었다.

"여기 계셨군요."

아들은 몰래 어머니의 거동을 엿보다 들킨 것처럼 어색했다.

"뭘 도와드릴까요?"

어머니는 갑자기 나타난 아들에게 경계의 눈짓을 보내다가 싱긋 웃으면서 방 안에 가득 널려 있는 물건들을 가리켰다.

"아버지께서 정리해놓으셨지만 나도 한번 보고 싶었다. 아버지 손때와 생각과 땀과 수고가 담겨 있는 이것들은 다 버리라고 하셨는데 난 그럴 수 없다. 아들이 이해해라."

어머니는 무슨 긴한 사연이 있는 것처럼 말했다.

"난 아버지를 만나 행복하게 살아왔는데, 아버지는 오히려 고통을 짊어지고 사셨다는 것을 알게 되었으니, 괴롭구나."

아버지 일기를 읽으셨구나. 아버지가 고통을 짊어지고 사셨다니? 아들은 온몸이 굳어지는 것 같은 충격을 받았다.

"아들에게라도 이야기를 해야겠어."

어머니는 아들의 손을 잡고 자리에 앉혔다. 무슨 억울한 사연이라도 되는 것처럼 표정을 굳히면서 말문을 열었다.

"아버지 연구실에서 그 두 해 동안 어머니는 마치 구름 위를 거닐듯이 살았단다."

처음 듣는 두 분의 사랑 이야기였다.

교수님 연구실에서 공부한다는 것이 그렇게 즐겁고 행복할

수가 없었다. 석사 논문이 통과되었을 때에 교수님은 미국 유학
을 주선해주셨다. 그것도 꽤 괜찮은 조건이어서 내게는 하늘이
내려준 복이었지. 그런데 나는 조금도 즐겁지 않았다. 내게 행
복한 공간은 미국 대학이 아니라 아버지 연구실이었으니까.

“선생님, 저 유학 포기하겠어요.”

내 당돌한 말에 아버지는 내 얼굴을 빤히 쳐다보시는 것이었어.

“이런 바보를 봤나? 그 케이스가 얼마나 행운인데. 갔다 오
면 너는 새로 태어나게 된다.”

“유학을 안 가도 다시 태어날 수 있어요.”

내 생각을 아버지가 이해해줄 줄 알았는데, 반응이 엉뚱해서
속이 상했어.

“시집가고 싶은 거로구나. 애인 있어?”

아버지는 나를 경멸하는 눈으로 바라보더구나.

“애인, 있어요.”

그러면서 나는 소리내어 울어버리고 말았지. 한참 흐느끼다
가 눈물을 닦고 아버지를 쳐다봤을 때, 어이없는 표정으로 나를
주시하던 그 눈길과 마주쳤어. 바보. 바보. 나는 속으로 몇 번
이고 소리를 지르면서 연구실을 뛰쳐나왔지. 그리고 이틀을 나
가지 않았어. 유학을 가라고 다그칠 것이 두려웠지. 행복했던
그 연구실을 두고 떠난다는 것은 생각할 수 없는 일이었지.

그런데 집에 있으니 아버지가 그리워 견딜 수 있어야지. 겨
우 이틀을 견디고 다시 연구실에 나갔는데,

"정말 유학을 포기할 테야?"

다시 묻는 것이었어. 나는 아버지를 똑바로 쏘아봤지. 내 마음을 알아주지 않는 것이 원망스러웠어. 아버지는 한참이나 아무 말도 안 하시고 나를 바라보기만 하셨어. 그러시더니,

"세상에 이런 바보가 있나?"

혼자 중얼거리시는데, 나는 지금도 그 눈빛을 잊을 수가 없어. 새로운 무엇을 찾아낸 듯한 경이로운 눈에는 영롱한 구슬이 튀고 있었어.

얼마 지나서 아버지 처지를 알게 되었지. 너무 끔찍했어. 내가 아버지를 좋아함으로 이혼하게 되지 않았나 생각하고는 죄책감을 갖기도 했지만, 운명적인 만남이라는 애초의 생각이 점점 굳어지면서 시간에 맡기기로 했어. 오랜 시간이 지난 후에 나는 네 아버지와의 만남이 내 생애의 최고의 행운이고 유학을 포기한 것도 내 일생에 있어서 가장 현명한 선택이었음을 알게 되었어. 지금도 난 후회하지 않아.

일 년 후 우리는 결혼했다. 주위 사람들로부터 축복은 받지 못했으나 너무 행복했다.

어머니는 잠시 이야기를 멈추더니, 다른 상자를 열어 그 안에서 아버지 물건들을 하나하나 꺼내어 목장갑을 낀 손으로 먼지를 쓸어버리고 방바닥에 벌여놓았다. 노트와 자료 카드와 아버지가 쓰던 자잘한 물건들이었다. 아버지는 당신이 쓰시던 것

을 하나도 버리지 않았다. 지니고 있다가 본인이 떠난 다음에 태워달라고 평소 아들에게 부탁했다. 그만큼 아버지는 자신을 사랑하였고, 그 삶의 자취까지 아꼈다.

그림자처럼 움직이는 어머니의 손놀림이 섬뜩하게 느껴졌다. 이 밤이 새도록 아버지 행장들을 끄집어내어 하나하나 점검하 듯이 저렇게 할 것이다. 그것은 아름다운 세월을 붙잡아두려는 안타까운 몸짓이었다.

아들은 서재로 들어왔으나, 아버지 서재에서 어머니 거동 하 나하나 숨결과 표정까지도 감지할 수 있었다. 밤이 깊었으나 어 머니는 서재에서 나오지 않았다.

4

오늘은 닥터 윤과 대화하는 날이다. 그는 나의 과거를 듣고 싶어 한다. 어찌 생각하면 집요하고 장난처럼 짓궂기도 하다. 내 병은 이야기할 수 없는 과거의 상처 때문이라고 한다. 그 상 처를 많은 사람들에게 이야기한다면 치유될 수 있다는 것이다.

"사모님께서는 선생님을 만나신 것이 일생의 행운이라고 생 각하시거든요."

그는 내 반응을 주시한다.

"행운이라고?"

나는 소름이 끼쳤다. 내 인생이 왜곡되기 시작한 것은 그녀를 만나면서 시작되었다.

그녀를 나로부터 멀리 떼어놓으려고 어렵게 유학을 주선했는데, 그녀는 유학을 포기했다. 그 일을 계기로 그녀의 마음을 알게 되었고, 그 후부터 이상하게 아내에 대한 증오도 엷어지기 시작했다.

우리 부부는 이혼을 했고, 아내는 멀리 떠나갔다.

모든 것이 생각대로 진행되었다. 재혼 절차도 순조로워서 새로운 인생 여정을 행복하게 떠나게 되었다. 그런데 그 행복은 오래가지 않았다.

학기 초가 되었다. 학장이 불러서 갔더니 학교 안에 떠도는 이야기를 전해주었다. 왜 이혼하고 재혼한 것이 잘못인가. 그 상대가 제자라는 것이 문제가 되는가. 나는 조금도 내 선택이 잘못이라고 생각지 않았다. 그런데 조강지처를 버리고 젊고 예쁜 제자와 결혼한 일은 교수 사회에서 받아들여지지 않았다. 더구나 아버지는, 아내를 이해하고 용서하지 못하는 자식을 둔 처지에 어떻게 교인들에게 사랑과 용서를 권면할 수 있느냐면서 목회를 그만두었다. 충격적인 일이었다.

나는 괴로웠다. 그렇다고 그러한 처지를 아내에게 말할 수도 없었다. 아내는 파격적인 결혼 생활을 더 즐긴다는듯이, 남들이 소곤거릴수록 사랑은 더욱 아름답게 꽃필 것이라고 나를 위로했다. 비난하는 사람이 부러워할 정도로 행복하게 살겠다고 했다.

나는 결국 사표를 제출하고, 서울 외곽 시골로 이사를 했다. 마침 세계문학전집 간행 일이 순조롭게 진행되어서 수입도 대학에 못지않았다. 아내와 둘이서 밤새워 번역을 하면서 우리 부부의 사랑은 탐스럽게 영글어갔다.

그런데 부친은 나를 용서하지 않는 것으로 그치지 않고 아내까지 좋게 보지 않았다. 서둘러 이혼하게 된 이면에는 아내가 있었기 때문이라는 것이다. 믿었던 아들의 속물적인 처신을 당신으로서는 받아들일 수 없었을 것이다. 이렇게 나에 대한 아버지 평판과 판단을 곰곰이 생각하면서 심한 자괴감에 빠지게 되었다. 점점 부모와 세상으로부터 빠져나가는 것 같아 두려웠다. 그런데도 아내는 행복해했다.

이야기를 하고 나니 온몸이 나른하게 피곤이 몰려왔지만 마음은 편안했다. 앞산이 내게로 다가와서는 추위에 떠는 나를 그 넓은 품으로 안아준다. 기분이 어떠세요? 닥터 윤은 의례적인 물음을 던지고서 자리를 떠났다.

5

오늘 밤도 어머니는 아버지 서재에서 보낼 모양이다. 낮에 아버지를 만나러 갔다 와서 잠시 눈을 붙이고는, 저녁 후에 아버지 서재에 들어가더니 잠잠하다. 요즈음 어머니는 거의 매일 아버지 서재에서 무슨 단서라도 찾아낼 듯이 아버지 행장을 뒤지면서 밤을 보낸다.

"세월 속에 묻혀 있던 아버지 고통을 알게 되어서 안타깝다. 그래도 늦었지만 진실을 알게 되었으니 다행이다."

어머니는 서재로 들어선 아들에게 애써 감정을 드러내지 않으려면서 말했다.

"어머니, 쉬면서 하세요. 앞으로 두고두고 아버지를 알아가게 될 텐데요, 뭐."

아들은 우선 어머니를 쉬도록 하는 것이 시급했다. 이러다가는 두 분이 모두 병원 신세를 면치 못하게 될까 걱정되었다.

"아들아, 난 지금까지 아버지를 사랑하듯이 아버지와 관계를 가진 모든 사람들을 사랑했다. 아버지가 너를 끔찍하게 사랑하셨기 때문에 내가 아들을 사랑하지 않을 수 없었다."

두 분의 사랑은 남다르다. 어머니는 아버지를 사랑함으로 아버지와 관련된 모든 것을 사랑한다. 결점까지도 사랑한다. 나는 중년을 넘기면서 어머니를 연구하고 싶었다. 정말 사람이 사람을 사랑한다는 그 행위와 마음의 실체는 무엇인가.

"아들에게 아버지와 함께 살았던 평생을 말해야 하겠다. 이 이야기는 사실이고 진실이다."

아버지가 학교에 사표를 내고서도 생활은 더 탄탄했다. 아버지의 당당함이 오히려 이 어미를 흐뭇하게 하면서 아버지에 대한 신뢰감을 더해주었다. 우리는 바쁠 때에는 밤새워가면서 번역 일을 하였고, 동이 틀 무렵 잠자리에 들어서 한낮이 되어야 일어났다. 마당 가득히 부서지는 햇살을 보면서 태양이 우리를 위하여 뜨겁게 타오른다고 생각했다. 늦은 식사 후에 커피를 마시고 한담을 하고 있을 때, 출판사 직원이 찾아와서 번역 원고를 갖고 갔다. 그 이후의 시간은 온통 우리를 행복하게 만들었다. 그런데 더 행복한 일이 닥쳐왔다. 지방 국립 T대학에서 아버지를 초빙하였다. 아버지는 이미 실력 있는 젊은 영문학자로 학계에 인정받고 있었다.

서울을 떠나 낯선 곳에서 새살림을 차리게 되어서 살림의 맛이 더했다. 새로운 도시에서 낯선 풍경과 사람들과 가까워지면서 새 생활을 만드는 맛은 다른 데서 얻을 수 없는 것이었다. 나는 밀려드는 번역 원고를 감당하는데도 피곤하지 않았고, 아버지는 새로 부임한 학교에 대한 기대로 가슴이 부풀었다. 내쫓아낸 모교에 대한 섭섭함이 더할수록 새 학교에 대한 계획과 포부도 컸다. 그런데 그러한 행복도 잠깐이었다. 서울에서 당했던 그 악령이 그곳까지 찾아왔다. 조강지처를 버리고 제자와 결혼한 부도덕한 교수의 이야기가 나돌기 시작했다. 서울보다 반응은 더했다. 그러한 소문은 오히려 이 어미를 더 긴장시켰고 행복감을 더했다. 나는 이 대학에서 아버지만 한 인물을 얻지 못한다는 것을 알고 있었다. 대학에서도 인정하고 있었다. 그런데 아버지의 재혼 일이 학생들 사이에 퍼지면서 아버지 처지는 어려워졌다. 학생들은 강경했다. 학교에서 조치를 취해주지 않으면 강의를 거부하겠다고 나왔다. 부도덕한 교수를 용납할 수 없다는 것이었다. 아버지는 부도덕하다는 말에 속이 상했다. 그래도 세상을 당당하게 살아왔다고 자부하고 있는데 부도덕하다니, 그 점은 치명적이었다. 그런데 그 사건이 갑자기 잠잠해졌다. 이 어미는 너무 소란스럽던 일이 잠잠해지자 이상하면서도 행복감은 더했다.

"그런 일도 있었어요? 처음 듣는데요."

아들은 아버지의 그때 처지를 헤아려보았다. 모교 대학에서 사표를 내었고, 다시 지방 대학에 가서도 재혼 문제가 말썽이 되었다면, 후에 잘 해결되었다 하더라도, 그 과정에서 아버지 이름이 얼마나 많은 사람들 입에 오르내렸을까. 아버지의 생활이 여러 사람들에게 시빗거리가 되었다고 생각하니 아들도 소름이 끼쳤다. 어떤 인생이 그렇게 평탄할 수 있을까마는, 아버지에게 그렇게 혹독한 세월이 있었다니 믿어지지 않았다.

그런데 말썽이 되었던 아버지 재혼 문제가 어떻게 갑자기 잠잠해졌을까? 어머니 이야기를 들으면서 아들은 그 문제가 궁금했다.

닥터 윤을 기다리는데 시간이 너무 더디다. 일과 시간이 끝나는 4시경에 들르기로 되어 있다. 누구에게도 말할 수 없는 것을 가슴에 담아두고 살아간다는 것은 큰 병을 안고 살아가는 것처럼 괴로운 일이다. 언젠가 닥터 윤이 한 말이다.

"기분이 좋으신 모양인데요."

닥터 윤이 혼자 들어오면서 명랑하게 인사한다.

"기다렸는데……"

나는 머리맡에 있는 시계를 보았다. 4시 5분이다.

"오 분 늦었군요. 오늘 재미있는 이야기를 들어야 하겠네요. 선생님, 세헤라자데가 왕의 진노를 피하기 위해서 재미있는 이야기를 삼 년 동안 하였다지요. 그래서 생명까지 구할 수 있었는가 봐요. 그렇다면 이야기는 구원의 통로가 되겠네요. 제 문학론 어때요? 이야기가 구원의 통로가 된다. 그럴듯하지 않아요?"

사위의 친구이지만 닥터 윤 앞에서는 나는 어린아이가 된다.

나는 부끄러운 이야기를 즐겁게 한다.

이혼을 했지마는 그 여자는 내게서 떠나지 않았어요. 먼 곳으로 직장을 옮겼지만 마음은 여전히 제 곁에 있었어요. 그러한 사실을 안 것은 이혼하고 몇 년이 지나서였지요.

T대학에 부임하고 나서 재혼 문제로 곤혹스럽던 때였지요. 처음에 모교에서 당했을 때와는 제 정황이 아주 달랐어요. 두

학교에서 모두 나를 배척한다면, 사실 나에게도 문제가 있는 것이 아닌가. 여기까지 생각하게 되었지요. 교수들과 학생들의 생각이 틀리지 않았다고 판단되더군요. 내가 도덕적으로 비난을 받아도 어쩔 수 없는 처지라는 결론에 이르면서 나 자신에 대해 위기감을 갖게 되었어요. 처음 사표를 낼 때에는 오기도 발동했지요. 이 실력이면 어디 가서 대학교수 못하겠느냐, 그런 자신감이 있었어요. 당시만 해도 미국에서 학위를 받은 영문학자가 손가락 꼽을 정도였으니까요. 그런데 같은 일은 당하고 나니, 실력이 아니라, 훼손된 도덕성의 문제를 회복할 길이 막연하다는 것을 알게 되었고, 나는 이제 한국에서 학자로서 살아가기는 어렵게 되겠구나, 하는 생각에 이르렀어요. 한국의 교직 사회에서는 도덕적 문제, 특히 애정이나 성의 문제에 대해서는 상당히 엄격하다는 것을 알게 되었고, 부모님이 그렇게 이혼을 만류했던 이유도 비로소 이해되었지요. 그런데 아내는 이러한 내 처지를 전혀 생각지 못하고 있었어요. 그래서 난 혼자만 냉가슴을 앓고 있었어요. 내 처지를 아내가 알 경우에 그녀가 고통스러워할 것이 두려웠어요. 더구나 그때 아내는 임신 4개월이어서, 이 도시에서 아기를 낳을 기쁨과 기대에 들떠 있었거든요.

학생 측에서 가이드라인으로 정한 날짜가 다가오고 있었어요. 만약 본인이 결단하고 물러나지 않으면 수강을 거부하겠다는 것이었어요. 그렇다고 물러설 수도 없었고, 물러선다 하더라도 이제는 갈 곳도 없었어요. 어머니 배 속에서부터 신앙을 가졌던 나였지만 기도할 마음도 없었어요. 그렇게 혼란스러웠어요.

그런데 가이드라인으로 정한 그날 이틀을 앞두고서 총장이 부르더군요. 각오를 했어요. 맞서야 하겠다고.

"그동안 마음고생 많으셨지요. 우리가 오해를 했어요. 학생들도 교수님께 공식적으로 사과를 할 것입니다. 우리 대학은 교수님과 같이 훌륭한 분을 모시게 된 것을 행운으로 생각합니다."

총장은 그동안에 일어났던 일을 잊어달라면서 미안해했어요.

나는 너무 의외여서 혼란스러웠습니다. 혹 고위층에서 내 처지를 알고 압력을 행사했는가. 나는 그럴 만한 인연을 생각해보기도 했지요.

"전 부인께서 찾아왔습니다. 정말 훌륭한 분이시더군요."

나는 긴장했습니다. 내 소식을 들은 전처가 직접 총장을 찾아와서 내 이혼의 책임은 전적으로 자신에게 있다고 그 부끄러운 사연을 밝혔다는 것입니다. 그분이 나를 버린 것이 아니라, 스스로 자책감에 이혼을 요구했고, 재혼 상대자도 이혼한 후에 알게 된 사이라고 증언했다는 것입니다.

위기는 벗어났는데, 나는 마음이 편치 않았습니다. 남편에게 버림받은 여자가 그 남편을 구해내다니, 그것도 이혼의 원인은 모두 자신에게 있다는 식으로 스스로 자신의 치부를 만들어내면서. 부끄러움은 날이 갈수록 너했고, 지신이 초라하게 보였어요. 그런데 아내는 더욱 행복해했어요. 이제 이 아름다운 도시에서 새로운 생활을 마련하게 되는 그 기대와 곧 태어날 아기에 대한 모정이 합쳐져서, 후에 아내가 내게 고백을 했지만, 인생에 가장 행복했던 시기였대요. 조마조마하게 위기를 넘겼기에 행복은 더했던 것이지요. 그렇게 아내가 행복해할수록 저 자신의 추레한 모습은 더욱 선명해졌어요.

전처가 전혀 재혼을 생각지 않는 것도 제게는 고통이었습니다. 일부터 나를 고문하기 위해서 그녀가 재혼하지 않는다고 생각했지요. 그래서 원망도 했어요.

나는 몇 년 후에 모교로 돌아왔고, 학계에서도 자리를 굳히면서 생활은 안정되었어요. 남들이 보기에는 행복해 보였겠지요. 아내는 아들과 딸을 낳았고, 전처가 낳은 성규는 새 엄마를 잘 따랐고, 아내 역시 그 아이를 낳은 자식과 꼭 같이 정성 들여 키웠고, 그래서 동생들은 큰애가 이복이라는 사실을 모르고 살아왔어요. 그런데도 저는 마음이 평안하지 못했습니다. 행복할수록 전처에 대한 미안함은 더했고, 위기에서 나를 구해준 그 마음을 갚을 길이 막연했어요. 언젠가 학회 일로 제주에 갔다가 성규 생모를 만났지요. 무척 반가워하더군요. 나는 의례적인 안부를 묻고서, 왜 재혼하지 않느냐고 따지듯이 물었지요. 얼마나 속이 좁고 이기적입니까.

"저는 일평생 당신 한 사람으로 족해요. 비록 함께 살지는 않지만 당신에 대한 사랑은 변함이 없어요. 이미 나는 다른 사람들에게 한때 바람난 여자로 보이겠지만 주님은 아시기에 전 마음에 평안해요. 그렇다고 제게 부담 갖지 마세요. 저는 성규를 잘 키워주는 것으로 만족하고 고마워하고 있어요.”

그녀가 침착하고 담담하게 말하는 바람에 저는 도리어 화가 났어요.

“나를 사랑한다는 구실로 나를 고문하고 있구나.”

“고문? 그렇게 생각하지 말아요. 단지 재혼하지 않는 이유를 말한 것뿐이에요. 저를 잊어버리고 조금도 부담 갖지 마세요. 제가 당신을 잊지 않는 것은 전적으로 제 인생이지 당신과는 상관이 없어요.”

그녀는 울먹이면서 호소하듯 말했습니다. 나는 다시 그녀 앞에서 너무 왜소해진 자신을 보고 부끄럽고 죄스럽고, 몸 둘 바를 몰랐어요. 그래서 용서를 구했지요. 그 순간 나는 내 또 다른 모습을 보게 되었어요. 이 여자가 정말 나를 사랑하고 있구나. 그러면서 죄와 허물이 많은 사람은 남의 순수한 마음도 받아들일 수 없다는 사실을 알았어요. 학문에 대한 열정이나, 사회적인 지위도 제 자신을 아는 데는 아무런 쓸모도 없다는 것도 깨달았지요. 그만큼 저는 자신에게 너무 정직하지 못했어요.

“인생을 너무 확실하고 정확하게 살려고 애쓰지 마세요. 그것은 사람의 몫이 아닙니다.”

그녀는 나와 헤어지면서 한마디 하더군요. 나는 가슴이 쿵 내려앉아서 한동안 얼떨떨했어요. 그녀는 인생에 대히 내가 감히 쳐다볼 수 없는 부분을 뚫어보고 있었어요.

그 후부터 나는 제 자신을 추스르면서 살아가기 위해 애를 썼어요. 그런데 참 묘하지요. 집안은 점점 행복해질 수 있는 조건이 많아졌어요. 아내는 번역 분야에서 알아주는 위치에 서게 되었고, 아이들은 건강하고 영리하고 착하게 잘 자랐어요. 그럴수록 나는 그녀 앞에서 왜소해졌어요. 그때부터 비로소 나는 내 자신을 바라보는 데 마음을 두었어요. 내 학문과 인격이라는 것, 눈에 보이는 행복, 세상으로부터 받는 찬사와 명예, 그것이 내 모습과는 너무 다르다는 사실을 알았을 때, 그럴수록 내 자신에 대해 무지하다는 것을 알고는 나는 눈앞이 캄캄했어요. 그래서 오래도록 거리를 두고 바라보기만 하던 하나님께 다가갔지요. 그분은 내 모든 처지를 나보다 더 확실하게 아시기에, 오히려 그분 앞에서는 자유로울 수 있고 위로를 받을 수 있다고 생각했어요. 그런데, 그분으로부터 위로를 받지 못했어요. 오히려 그분 앞에 서면 잊어버렸던 허물과 죄까지 맑은 하늘의 별처럼 가슴으로 몰려드는 것이었어요. 나는 그분에게 모든 것을 전적으로 맡기지 못하고, 내 노력으로 내 부끄러움을 벗어버리려고, 그 여자에 대해 진 빚을 갚아보려고 노력했으니까요. 그럴수록 허사였어요.

내 이야기는 신명이 붙은 듯이 잘 풀려나갔다. 부끄럽고, 고통스러운 부분일수록 이야기가 술술 잘 흘러갔다. 나는 이야기꾼이 되어가고 있었다.

듣던 닥터 윤의 표정이 굳어진다.

“그만 말하세요. 너무 무리십니다.”

그는 내 이야기를 가로막으면서, 간호부장을 부르더니 나를 쉬게 하도록 지시했다. 의사도 이야기하는 사람의 마음을 모르는군. 누가 알겠나? 나는 나가는 닥터 윤의 뒷모습을 바라보는데 현기증이 일었다. 기진맥진한다는 것이 이런가. 그런데 왜 마음은 이렇게 한가롭지? 세상을 떠난 성규 생모가 지금 내 모습을 보고 있을 것 같았다.

6

어젯밤에도 어머니는 아버지 서재에서 밤을 새운 모양이다. 아내 말로는 낮에도 아버지를 만나러 가자는 말도 없었고, 점심도 걸르셨다는 것이다. 나는 어머니가 안타깝고 걱정이 되었다. 그렇다고 동생들에게 말할 수도 없었다.

퇴근하고서 아버지 서재에 들렀더니 어머니가 아버지 책상에 앉아서는 뭔가 읽고 있었다.

“쉬시면서 하세요. 무리하지 마세요.”

내 말이 마땅치 않았으나 어머니를 위로할 적당한 말이 생각나지 않았다.

“아버님 혼자 투병을 하시는데 내가 어떻게 편히 있을 수 있겠냐? 아버지와 함께 투병을 하는 거다.”

"투병이라니요?"

"아버지의 아픈 과거를 털어내버려야지. 그것을 나눠 갖고 함께 괴로워하든지."

고통을 나눠 갖는다고? 사람들은 정말 고통을 나눠 가질 수 있을까. 순간 섬뜩했다. 고통을 나눠 가질 수 있다고 생각하는 어머니가 두려웠다.

"며칠 동안 아버지를 연구해보았다. 아버지와 나는 함께 살아왔는데, 전혀 다른 세계에서 남처럼 살아왔다는 것을 알게 되었다. 알고 나니 쓸쓸하더구나. 가장 행복한 부부라고 자랑하듯이 살아왔는데 실상은 전혀 그렇지 않았으니, 이렇게 서로가 다른 정황을 안고 살아가는 것이 부부인가 생각하니, 아버지가 저 지경이 되었는데, 아내나 자식들은 그 처지를 모르고 있었으니, 너무 안타까웠어. 첫날 입원실에서 우리에게 어서 가보라고 하시면서, 자주 들르지도 말라고 그러셨는데, 그 말이 그냥 한 말이 아니라는 것을 알게 되었어. 그래도 나는 아버지를 만난 것이 행운이라고 생각했고, 그래서 늘 행복했는데……"

어머니는 호소하듯이 말을 자꾸 더듬거렸다.

"어머니, 아버지 고통을 나눠 가지려고 하지 마세요. 아버지가 지고 가야 할 짐은 누구도 질 수 없어요. 부부나 자식도 가능하지 않아요. 우리는 그냥 옆에서 지켜보면서 안타까워할 뿐이에요. 그렇게 살아갈 수밖에 없는 것이 사람들이 한계예요."

나는 어머니가 평범하게 모든 것을 받아들였으면 했다.

"왜 가능하지 않아? 아버지가 짊어진 짐을 벗겨드리고, 대신 질 수 있으면 나눠 지고, 우선 내가 아버지께 용서를 빌 테다. 나는 철부지여서 아버지 아픔을 전혀 모르고 살았다고."

어머니는 결심했다는 듯이 말했다. 순간 나는 어머니가 옛날 그 모습대로 살고 있다는 것을 알고는 두려웠다. 무슨 일을 저지를지 모른다. 어머니 생각처럼 될 수 없는 것이 빤한데 그것을 이루려고 무리할 때 그 파장이 두려웠다.

"나는 살아온 시간을 사랑하기 때문에 충분히 아버지 고통도 나눠 가질 수 있다."

어머니는 방바닥과 책상 위에 가지런히 놓여 있는 아버지 저서들을 죽 보면서 중얼거렸다. 첫 저서『영국 소설의 인간학』에서 시작해서 마지막『인문학으로서의 문학』에 이르기까지 스무 권이 넘었다.

"이 책들은 모두 내가 최종 교정을 봤다."

어머니는 눈자위에 묻은 물기를 훔치시더니 입술을 달싹이면서 말을 시작했다.

아버지는 내가 계속 공부를 하지 않는 데 대한 보상으로 책을 출판할 때마다 최종 교정을 내게 맡겼다. '좀 수고해줘요. 당신이 읽어야 마음이 놓이거든.' 출판사로부터 최종 교정지를 받고 내게 넘기면서 하는 말이다. 그때마다 처음 아버지 연구실 한구석에서 공부하면서, 아버지 원고를 정리하던 그 흥분과 긴장이 되살아나곤 했다. 원고를 읽을 때면 나는 언제나 대학원생이었다. 그렇게 아버지가 책 내는 것을 기다리며 한평생을 살아왔다. 아버지 때문에 늙을 수 없었고, 그 학문의 열정이 은연중에 혈관으로 스며들어 생활의 활력소가 되었다. 내가 지니고 있는 대학원생의 그 젊음과 열정을 아버지께 옮겨드린다면 충분히 회복될 수 있을 게다.

어머니 말투에는 어떤 확신이 묻어 있어서 점점 힘이 실려갔다. 그게 가능할까.

나는 어머니의 그 확신이 두려웠다. 어머니가 누렸던 그 행복이라는 것도 아버지에게는 행복이 아닐 수도 있다. 이렇게 어긋났는데, 어떻게 어머니가 아버지 짐을 대신 질 수 있단 말인가.

"아들도 아버지를 연구해봐라."

어머니는 아버지 일기책 몇 권을 내게 주면서 당부하듯이 말했다. 60년대 말부터 70년대 초까지 쓴 일기 노트들이다.

"이때가 아버지에겐 수난기였는데, 나는 그저 행복하기만 했으니, 이런 철부지가……"

어머니는 내 시선을 외면하면서 나직이 말했다.

나는 일기책을 들고 서재로 돌아왔으나 읽을 엄두가 나지 않았다. 이미 아버지에게는 모두 잊힌 시간들이면서, 아버지의 고유한 시간이어서 누구도 관여하거나 침범할 수 없다.

아버지는 차츰 나아지기 시작했다. 우선 사람을 기피하는 증세가 줄어들었고, 우리가 찾아가면 웃으면서 말을 걸기도 했다. 이 정도도 다행이다. 그런데 어머니가 문제였다. 과거의 아버지와의 사랑을 붙잡고 살아온 어머니는 그 사랑 뒤에 숨어 있는 아버지의 고통을 읽게 되면서 그 사랑까지도 의심하기 시작한 것이다.

어머니는 차츰 아버지 과거로부터 자신을 되돌아보기 시작했다. 서재에서 남편의 시간을 더듬으면서, 자신이 행복했던 그날에 다가오는 불안과 자책과 부끄러움과 싸웠던 아버지를 알게 되었다. 그렇게 절박한 처지에 있었는데, 자신은 철부지처럼 행복에 겨워 살았으니, 그 부부의 처지가 어긋남을 생각할수록 소름이 끼쳤다. 그러한 정황에서도 우울한 기색을 한번도 보인 적이 없는 참 무서운 분이구나 생각했다. 첫 부인에 대한 부끄러움과 자책감을 읽으면서, 두 여자가 들어앉아 있는 모습을 이해할 수 없었다. 그렇다고 그 과거를 외면할 수도 없었다. 오히려 몰랐던 과거가 엄청난 무게로 더 생생하게 어머니 앞에 다가왔다. 아버지는 과거 속의 자기 실체를 이야기하면서 그것을 재확인할 수 있었으나, 어머니는 아버지의 또 다른 모습 앞에서 혼란스럽기만 했다.

더구나 어머니는 아버지를 만남으로 얻게 된 행복이 아버지와 첫 부인과의 고통과 외로움을 담보로 얻어낸 것이라고 생각되자 죄책감에 사로잡혔다. 어머니는 아버지를 만나고 돌아오는 날마다 서재에서 밤을 새우면서 자신의 과오를 씻어내려고 노력했다. 죄의 결과를 톡톡히 받고 있다고 생각했다.

아버지 부재를 아버지 시간과 만남으로 보상받으려고 했으나, 오히려 아버지의 또 다른 모습 때문에 혼란스럽기만 했다.

"주님, 제 죄를 용서해주십시오. 저는 그분을 유혹했습니다. 사랑이라는 이름을 내세워 그의 모든 것을 탐내었습니다."

결혼하기까지의 설레면서 아름다웠던 일들이 선명하게 떠오를수록 어머니의 고통은 더해갔다. 멋지고 실력 있는 교수를 마음에 품는 것으로 부족하여 그의 육체와 영혼까지 훔쳤다고 생각했다. 만약 자신이 아버지 권유를 받아들여 미국으로 유학을 떠났다면 아버지는 어떻게 되었을까? 이혼까지 했을까? 이렇게 생각할수록 자신의 과오가 더욱 선명하게 나타났다.

아버지는 자신의 과오를 짊어지기 위해 스스로 정신병원으로 들어갔다. 그것은 자기를 구제하기 위하여 스스로 택할 수 있는 유일한 길이었다. 그리고 자기 과거를 이야기할 수 있었다. 그런데 어머니는 기회를 잃고 말았다. 너무 늦게 자신의 또 다른 모습을 찾아냈으나, 그것을 어떻게 해야 할지 막연했다. 이야기할 대상도 없었다. 밖으로 이야기하지 못하자 점점 안으로 파고들기 시작했다. 아버지와의 사슬을 끊지 못할 뿐만 아니라, 자기 삶을 얽어놓는 새로운 사슬이 나타났으니, 극복할 길은 더욱 아득했다.

어머니는 이틀에 한 번씩 아버지를 찾아갔다. 갔다 온 날이면 어머니는 함께 살아온 아버지가 이해되지 않았고, 그 사랑을 생각할수록 혼란스러움이 더해갔다.

"왜 그토록 무거운 짐을 내게 말하지 않았어요?"

어머니가 아버지를 원망하며 한마디 했다.

"두려웠기 때문이오. 말한다는 것이 무서웠어요. 우리의 관계가 무너질까 두려웠고……"

아버지는 이러한 변명이 통할 수 없다는 것을 알고는 더 말하지 않았다. 꼭 같은 정황에서 부부가 서로 다른 처지에 있게 되다니, 아버지도 이해할 수 없었다.

어머니는 하루 다르게 야위어갔다. 모든 세상은 흑빛이었다. 병원에서 만나는 아버지 얼굴도 흑빛이고, 병원 뜰에서 하루가 다르게 파릇파릇 돋아나는 낙엽송 새싹도 흑빛이었다. 아들도 딸도 사위도 며느리도 교회에서 만나는 얼굴들까지도 흑빛이었다.

아버지가 퇴원하는 날, 어머니는 아버지가 여섯 달 동안 지내던 그 병실로 들어갔다.

숲 이야기

관계 10

학교에서 돌아와 마당으로 들어선 아이는 허리에 동여맨 책보자기를 풀어서 툇마루에 던져두고 안채 증조할아버지 방으로 뛰어들어간다. 학교에 다녀왔습니다, 하고 건성으로 인사했으나 긴 곰방대를 물고 있던 증조할아버지는 아이를 거들떠보지도 않는다. 아이는 다시 줄달음치듯 사랑채 할아버지 방으로 갔으나 거기에는 아무도 없다. 다시 그 건너 아버지 방으로 들어간다. 두꺼운 책을 보고 있던 아버지는 인사를 받고서도 한마디 대꾸도 없다. 나를 모른 척하다니, 오늘은 어른들이 이상하구나.

아이는 안채로 돌아와 툇마루에 던져둔 책가방을 들고 증조할아버지와 벽 하나 사이에 있는 제 방으로 들어간다. 그런데 늘 받아 앉아 공부하던 책상이 보이지 않는다. 할아버지가 뒷산에서 느티나무를 베어다가 막내삼촌의 궤를 짜면서 만들어준 책상이다. 아니? 그것은 중학생 때 일 아닌가. 난 지금 초등학생인데? 아이는 그렇게 생각한다.

내 책상 어디 갔어요? 아이는 방에서 뛰쳐나와서 마루 건너 부엌을 향해 소리를 지른다. 부엌에서 나오던 어머니도 아이를 한 번 쳐다볼 뿐 대답이 없다. 그제야 아이는 어머니가 오래전에 세상을 떠났다는 사실이 생각난다. 내가 지금 꿈을 꾸고 있는가? 증조할아버지도 할아버지와 아버지도 모두들 세상을 떠났는데. 그렇게 생각하는데, 어머니가 하얀 옷차림에 가는 대바구니를 옆구리에 끼고 마당으로 나온다. 어머니! 아이는 소리를 지른다. 어머니는 뒤도 안 돌아본다. 어머니? 다시 소리를 지르는데, 안방에서 노인이 얼굴을 내민다.

조금 전에 인사를 드렸던 증조할아버지다. 여전히 모른 척한다. 왜들 이러지? 집안 어른들이 날 잊어버렸는가? 50여 년 전이니, 얼굴을 잊어버렸을까. 딴 세상에 갔으니, 이 세상 사람을 알 턱이 없겠지. 순간 울컥 설움이 복받친다.

왜 우니? 노인의 목소리가 하늘에서 들려온다. 책상이 없어졌어요. 네 책상? 내가 네 중학교 입학 기념으로 만들어준 그거? 좀 전에 뒷산 숲으로 올라가더라. 뒷산 숲에요? 거기가 원래 제 집이라면서. 제 집이라니요? 그래. 뒷산 숲에 있는 나무를 베어다가 만들었으니까, 제 집이라고 할 만도 하지. 노인의 목소리가 숲 속으로 퍼진다.

172

　내가 정말 꿈을 꾸고 있구나. 아이는 그렇게 생각하면서 마당으로 나온다. 책상을 찾으러 숲으로 갈까 하는데, 증조할아버지가 방에서 나와서는 아이의 곁을 지난다. 어디로 가세요? 노인은 대답도 않고 잰걸음으로 어느새 저만치 가 있다.

　아이도 노인을 따라 마당을 가로질러 집 뒤 울타리 쪽으로 간다. 그런데 갑자기 하얀 옷차림을 한 노인들 여럿이 나타난다. 그들은 뒷모습만 봐도 누군지 다 알 수 있다. 증조할아버지와 증조할머니, 할아버지와 할머니, 아버지와 어머니, 일본군에 입대했다가 죽은 어린 삼촌, 그리고 맨 뒤에 아내가 서 있다. 아내라니? 내 아내? 그들은 발소리도 없이 점점 멀어져간다. 할아버지! 할머니! 아버지! 어머니! 여보! 아이는 달음질쳐 뒤쫓아간다. 그러나 목소리는 입안에서만 맴돈다. 그들과 거리가 점점 멀어진다. 더 큰 소리로 악을 쓰듯이 부른다. 모두들 사라져버리고 주위가 어둑어둑해지는데, 초가지붕 위로 거센 바람이 지나간다. 아이는 어른들이 사라진 뒷산 숲으로 가기 위해 울담을 훌쩍 넘는다.

　야트막한 뒷산은 온통 숲이다. 안으로 들어서자 새들이 지절거리면서 알은체한다. 까마귀와 비둘기와 직박구리와 찌르레기, 방울새, 참새 들이다. 숲 속으로 들어서자 다람쥐와 오소리, 들고양이와 도마뱀, 일벌과 이름 모를 벌레 들이 저마다 제 소리로 지껄인다. 그때 바람이 불어와 나무들을 심하게 흔든다. 나뭇가지들이 갑자기 사람의 손이 되더니 아이를 무동 태우듯이 들어올린다. 아이는 날개도 없이 하늘에 둥둥 뜬다.

아이는 아래를 내려다본다. 어른들이 가꾸었던 숲이 한눈에 들어온다. 옛 어른들은 재목이 될 나무들을 심어 자식처럼 아끼면서 키웠다. 그런데 위에서 내려다보니 일부러 심고 가꾸지 않은 희한한 나무와 풀들과 이름 모를 새들과 곤충들도 있고, 나무와 바위에 달라붙어 살아가는 넝쿨도 있다. 주위가 조용해지면서 소리들이 점점 멀어져가더니 숲은 사라져버리고, 막막한 들판이 눈앞에 펼쳐진다. 흙먼지가 풀풀 날리는 들판에 노인이 혼자 서 있다.

나는 벌떡 자리에서 일어났다. 서울 아들네 아파트 방이었다. 일찍 출근하는 아들의 인기척이 거실에서 들려왔다. 참 이상한 꿈이군.

"할아버지!"

방문이 열리더니 초등학교 4학년인 손녀 순영이가 훌쩍이면서 들어왔다.

"왜 우니? 무슨 일이 있었어?"

나는 손녀를 곁에 앉히면서 달래었다.

"꿈에 할머니를 만났는데, 절 보고도 모른 척했어요."

나는 가슴이 철렁 내려앉았다. 나도 꿈에 아내를 만났는데……

"할아버지, 죽으면 꿈에서 식구를 만나도 몰라보나요?"

“꿈이니까 그렇겠지.”

나는 애매하게 대답했다. 꿈이니까? 혹시 사람은 죽으면 저 세상에서 만난다 해도 서로 알아보지 못할까. 나는 꿈에 만난 아내를 생각하면서 자신에게 물어보았다.

“꿈이니까 몰라봤을 거야. 할머니는 순영이가 보고 싶어서 꿈에 나타났는데, 네가 너무 자라서 몰라봤을 테지. 순영이가 이렇게 컸는데. 더구나 밤이라서 얼른 알아볼 수 없었을 테지.”

나는 손녀의 섭섭한 마음을 달래었다. 순영이는 그제야 마음이 풀렸는지 울음을 그쳤다.

“꿈에 만난 할머니는 지금 어디 있을까요?”

순영이는 내 옆에 다소곳이 앉으면서 물었다.

“하늘나라로 가셨을 거야.”

“하늘나라가 어디에……?”

“살아 있는 사람들은 알 수 없는 아주 멀고 먼 나라란다.”

“달나라보다도 더 멀어요?”

“세상에는 죽은 사람과 산 사람이 사는 나라가 따로 있단다. 사람은 죽으면 그 나라로 가게 되는데, 우리가 사는 이 세상보다 훨씬 아름답고 살기가 좋단다. 착한 일을 한 사람은 그 나라에 가서 오래오래 행복하게 살게 된단다.”

순영이는 내 설명에 고개를 끄덕였다. 나는 말은 하면서도 자신이 없다. 나이가 들수록 모든 것은 애매하기만 하다.

“할아버지, 할머니 산소에 가서 물어보세요. 지난밤에 순영이를 만나시지 않으셨냐고."

그 말에 갑자기 가슴이 두근거렸다. 그렇지 않아도 꿈을 깨고는 한번 고향에 다녀올까 생각하던 참이었다. 그런데 순영이가 어떻게 내 마음을 알았을까.

"그래. 산소에 가서 할머니한테 물어봐야지. 순영이도 같이 가지 않을래?"

문득 손녀와 같이 고향에 가면 좋을 것 같다는 생각이 들었다.

"이번 토요일에 가요. 다음 월요일은 식목일이어서 연이어 학교를 쉬게 되는데……"

"참, 그렇군. 월요일은 한식이구나. 조상들 묘소에 성묘하는 날이다. 잘되었다."

손녀와 약속하고 나니, 아내가 더욱 그리워졌다.

아내를 보낸 지 다섯 해가 지났는데도, 아내의 기억은 항상 어제처럼 곁에 남아 있다. 지금이라도 고향집에 가면 맨발로 뛰어나와 맞아줄 것이다. 나는 아들네 집에 와서 잠시 아내와 떨어져 산다고 생각해왔다. 그런데 꿈에 만났는데 한마디 말도 건네지 않다니, 정말 이제는 서로 모르는 처지가 되었는가?

느티나무

한길에서 집 마당으로 들어오는 좁은 골목길을 '올레'라 한다. 노인은 이 올레를 드나들면서 나이를 먹었다.

올레 중간쯤에서 큰 느티나무가 사방으로 가지를 벌려놓고 버

176

티어 있다. 위로 뻗어나간 가지들은 지붕처럼 하늘을 가리고, 그 밑동 주위를 철책으로 에워싸고 ‘마을 나무’ 표지판이 세워져 있다.

“할아버지, 이 나무가 마을 나무예요?”

손녀는 하얀 표지판에 씌어져 있는 내용을 읽더니 노인을 쳐다보았다.

“그렇단다. 오래된 나무를 보호하기 위해서 군청에서 지정했지.”

노인은 나무 그늘에 놓여 있는 편편한 돌 방석에 앉으면서 설명했다. 그새 손녀는 나무 둘레를 아름으로 가늠해보았다.

“다섯 아름이 넘네요.”

“그럴 테지. 이 할아버지가 순영이만 했을 때에도 다섯 아름이 넘었으니까.”

학교가 파해서 집으로 들어오다가 아름으로 이 나무 둘레를 재어볼 때가 있었다.

“이 나무는 내가 너만 했을 때도 이만큼 컸었다.”

어느 날 할아버지는 직접 아름으로 나무를 안아 보이면서 손자에게 말했다.

“이 나무는 할아버지의 할아버지가 어렸을 때에도……”

노인은 그때 일을 말했으나, 손녀는 믿기지 않는 듯이 눈을 크게 떴다.

“저 뒤 숲에도 이만큼 큰 나무들이 많이 있었단다. 마을 전체가 숲이었는데, 사람들이 모여들어 살기 시작하면서 나무들을 잘라다가 집을 짓고 가구를 만들었지."

노인은 어렸을 때 어른들에게 들었던 말을 했다.

순영은 그런 이야기를 했다는 할아버지의 할아버지 나이를 계산해보았다.

노인은 느티나무 등걸에 몸을 기대자 가슴이 가라앉으면서 스르르 눈이 감겼다. 증조할아버지와 증조할머니, 할아버지와 할머니, 아버지와 어머니, 삼촌, 아내…… 여러 얼굴들이 나타났다가 곧 사라진다.

아이는 늦가을 햇살이 잘 드는 서쪽 사랑채 툇마루에 앉아 해바라기를 한다. 집에는 아무도 없는데, 식구들을 기다리던 아이는 잠깐 졸음에 빠진다. 발소리가 들린다. 어머니! 후닥닥 잠을 씻고 일어나 마당으로 달려간다. 아무도 없다. 그런데 올레로부터 인기척이 들려온다. 어른들 목소리다. 저 음성은 할아버지 목소리, 구장 어른의 텁텁한 목소리, 저 소리는 큰집 할아버지 육촌 형님이고, 저 목소리는 읍내로 이사 간 삼촌, 저 목소리는 동네 친구 규범의…… 졸고 있는 아이의 입가에는 미소가 어리고 침이 흘러내렸다.

순영은 할아버지 얼굴을 보다가 놀랐다. 알아들을 수 없는 말을 중얼거리는데 얼굴은 초등학생처럼 어리게 보였다. 순영

은 할아버지 입가로 귀를 가까이 대었다. 소리가 들리는 듯한
데 분명치 않다.

　차양이 넓은 갓을 쓴 청년을 태운 갈색 말이 긴 말갈기를 출
렁이면서 올레로 들어선다. 말에서 내린 청년은 주위를 둘러보
더니 말을 느티나무에 매어두고는 대문을 들어선다. 호탕한 웃
음소리가 밖에까지 들린다. 정의(旌義) 관내에서 산길로 제주 목
(牧)을 오가는 선비들은 이 마을을 지날 때마다 이 집 어른께 문
안 인사를 잊지 않았다. 글도 많이 읽지 않는 증조할아버지는
외모가 훤칠했고 힘도 장사여서 뒷산 나무밭과 마소를 키우는
데만 마음을 두었다.
　긴 칼을 찬 순사가 말을 타고 올레로 들어온다.
　면 소재지 마을에 새로 생긴 주재소에서 온 순사들이다. 그
들은 말고삐를 느티나무에 매어두고는 대문가로 다가온다. 그
중 한 사람이 대문을 발로 툭툭 찬다. 안에서 장정이 나와 문을
연다. 긴 칼을 덜렁거리면서 마당으로 들어선 순사는 뭐라고 일
본 말로 씨부렁거린다. 안채 대청 문가에 앉아 긴 곰방대를 피
우던 증조할아버지는 순사를 바로 쳐다보지 않는다. 옆에 있던
순사가 대신 말한다.
　"어르신, 손자 소식을 묻고 있습니다."
　조선인 순사는 노인 앞에서 공손하다.
　"그놈은 버린 자식이오. 우리도 소식을 모르오."

할아버지는 고개를 흔든다. 순사는 집 주위를 살피다가 뒤돌아선다.

"소식이 오면 꼭 알려야 됩니다. 다 손자를 위해서입니다."

조선인 순사가 말한다.

군복에 장총을 멘 일본군 기마병이 올레로 들어온다. 그 뒤로 면 서기와 마을 구장과 마을 청년들 몇이 뒤따라 들어온다. 말에서 내린 군인은 하얀 상자를 들고 마당으로 들어선다. 집 안에서 갑자기 울음소리가 난다. 일본군에 입대했던 삼촌이 유골 상자로 돌아온 것이다.

한밤중인데, 올레에서 인기척이 어지럽게 난다. 잠자리에서 일어난 아버지가 얼른 옷을 챙겨 입고 뒷문으로 뛰어나간다. 뒤이어 경찰관들이 집 안으로 들어와서는 아버지를 찾는다.

무장대를 토벌하기 위해 마을 향사에 주둔한 군인들은 무시로 집 안을 들락거린다. 아이는 마당에서 놀다가도 올레에서 거친 발소리가 나면 어른들 눈치를 살피면서 밖으로 나가려고 한다.

"애야. 어디를 가냐?"

어머니가 손사래를 치면서 아이를 만류한다. 어른들은 아이가 군인과 가까이 지내는 것을 꺼린다. 그래도 아이는 총을 갖고 싶다. 군인은 탄창을 빼버리고 총을 아이에게 준다.

"야야, 큰일 난다. 어서 도로 드리지 못할까!"

어머니가 겁먹은 얼굴로 총을 빼앗아 군인에게 돌려준다. 군인이 밖으로 나간다. 아이가 뒤쫓아가려고 한다. 그때 "타타타 탕 탕!" 총소리가 올레에서 난다. 어머니가 아이를 붙잡고 품에 안는다.

"하하하!"

군인들의 큰 웃음소리가 들린다.

아이는 총소리가 궁금했으나 어머니는 놓아주지 않는다.

대문 안으로 증조할아버지가 들어온다.

"허허, 공연히 총 장난질을 해서 나무가 못쓰게 되었구나."

혼잣말로 중얼거리면서 하늘을 쳐다본다.

"무슨 일이……"

어머니는 증조할아버지께 사정을 묻는다.

"군인들이 느티나무에 마구 총질을 하는구나. 관통하는가 보겠다는 건데, 느티나무가 얼마나 질긴데, 총알로는 어림도 없지. 대포도 어려울 텐데……"

증조할아버지는 혀를 차면서 올레를 내다본다.

"탕 탕" 총소리가 다시 들린다.

이따금 군인들은 마을 큰길을 지나다가 올레로 들어와 느티나무 그늘에서 쉬어가곤 한다. 그들은 심심하면 나무를 향해 총질을 한다. 동네 아이들도 올레에 모이기만 하면 느티나무 등걸에서 총탄 구멍을 찾는다. 한편에는 총탄 흔적이 여러 개 있는데, 총탄이 뚫고 나간 흔적은 어디에도 없다.

"나무가 총 수십 발을 맞았는데도 끄떡하지 않은 걸 보면 사람보다 엄청 힘이 센데……”

아이들은 하늘을 뒤덮은 느티나무 가지 끝을 바라보면서 신기한 듯이 말한다.

“야, 우리 마을을 지켜온 나무인데, 총 몇 발에 죽어버린다면 되겠냐?”

중학교 다니는 막내삼촌이 아이들의 이야기를 되받는다.

“옳은 말이다. 마을을 지켜온 나무인데, 그까짓 총 몇 발에 죽을 수가 없겠지. 나무는 사람보다 강하단다. 이 나무는 내가 아주 어렸을 때에도 이만큼 자랐으니까. 그때 할아버님 말씀에 이곳으로 이사 오시기 전, 그러니까 그 할아버님이 어렸을 때에도 이만큼 자랐다고 하시더라. 오랜 세월을 여기에서 살아왔으니까, 아마 뿌리는 이 마을의 땅속을 온통 휘돌아 뻗어 있겠지. 그러니까, 그 총알에도 끄떡하지 않지.”

증조할아버지가 나서서는 삼촌과 조무래기들에게 나무에 대해 설명한다.

“나무가 총알을 다 삼켜버린 거야. 수백 년 동안 살아온 나무인데 그까짓 쇠붙이 총알쯤은 아무것도 아니지. 총알들은 나무 속에서 썩어 흔적도 없을 거야. 그처럼 나무는 강하단다.”

아이들은 할아버지 말에 고개를 끄덕인다.

노인이 선잠에서 깨어났다.

“순영아! 지금 할아버지가 할아버지의 할아버지와 삼촌도 꿈에서 잠시 만났는데, 이 할아버지가 순영이보다 더 어렸을 때 일을 보여주셨단다. 들어보겠니?"

노인이 꿈에 잠깐 만난 일들은 예전부터 자주 들었던 이야기다. 순영이는 그 이야기가 재미있다. '할아버지가 나보다도 어린아이였다니 믿어지지 않는다. 그러면 나도 언젠가는 할아버지처럼 할머니가 된다는 말인가.' 순영이는 믿고 싶지 않았다.

노인은 자리에서 일어나더니 느티나무 등걸에서 자국을 찾아보았다. 나무 주위를 돌면서 허리쯤에서 가슴께 이르는 나무 잔등을 손바닥으로 찬찬히 쓸어보았다. 자국은 없었다.

"나무가 그 많은 총탄들을 완전히 녹여버렸구나."

노인은 손녀에게 증조할아버지가 말했던 그대로 말했다.

손녀도 그 말을 신기한 듯이 듣다가 잎이 무성한 나뭇가지들을 보고서 고개를 끄덕였다.

"나무는 사람이 모르고 있는 이 마을 비밀을 다 간직하고 있단다. 나무만이 아니다. 아까 할아버지는 잠깐 잠이 든 사이에 여러 어른들과 만났는데, 이 올레에는 많은 사람들의 발자국이 박혀 있고, 그들의 이야기도 숨어 있으니, 역사책과 다름이 없겠지."

손녀는 고개를 끄덕였다.

이 올레에는 많은 얼굴들과 그들의 발길들이 그대로 남겨져 있다. 사시사철 집안 살림살이가 이곳에서 이루어졌다. 우선 보리 파종을 위해 거름을 내놓기도 하고, 띠로 지붕을 덮기 위해

새끼줄을 꼬기도 했다. 마소를 잠시 매어두기도 하고, 외지에서
온 사람들이 마당으로 들어가기 전에 잠시 숨을 들이기도 했다.
한여름에는 나무 그늘에 문짝을 떼어다가 높직하게 평상을 만
들어놓으면, 지나던 사람들이 쉬면서 땀을 식히기도 했다.
　"순영아, 여기에는 할아버지가 꽃씨를 뿌려 꽃을 가꾸었단
다."
　노인은 동백나무가 줄지어 있는 울담 아래 양지바른 곳에 봉
숭아와 맨드라미와 분꽃을 심어 가꾼 이야기를 했다.
　"할아버지께서 꽃을 가꾸셨어요?"
　순영은 믿기지 않았다.
　봄이 되면 꽃씨를 뿌리지 않았는데도 울담 가에는 꽃모종 싹
이 텄다. 지난해에 자랐던 꽃이 씨가 떨어졌다가 싹이 트는 것
이다. 아이는 그것이 신기했다. 이른 봄에는 우선 봉숭아 모종
부터 싹이 났다. 그것이 자라면서 솎아주고, 작은 돌들을 날라
다가 경계선을 만들어놓으면 화단이 되었다. 조금 지나면 빨간
맨드라미 모종도 싹이 났다. 뒤이어 분꽃 모종도 싹이 텄고, 너
무 자라서 어머니가 낫으로 베어버렸던 칸나도 하루가 다르게
자랐다.
　아이는 2학년 때부터 학교에서 숙제로 낸 '꽃 관찰'을 그 울
담 밑에 피어 있는 꽃들을 대상으로 했다. 이틀이나 사흘에 한
번씩 자라는 꽃 모습을 공책에 그려넣고, 그 그림에 다시 글로
설명했다. 한 학기가 마칠 때까지 열심히 관찰 일기를 써서 전

184

도 과학전람회에 제출해서 상도 탔다. 노인의 관찰 일기 이야기를 듣던 손녀는 믿기지 않았다.

"할아버지도 저처럼 어렸을 때가 있었나요?"

"순영이보다 더 어린 아기인 때도 있었고……"

순영이가 처음 할아버지를 만났을 때에도 지금처럼 할아버지였다. 그래서 할아버지는 처음부터 할아버지로 있었는 줄 알고 있었다.

"할아버지 어렸을 때에는 어떻게 지내셨어요?"

"여기에서 십 리나 떨어진 학교를 다녔고, 학교가 파해서 집으로 돌아오다가 이 느티나무 그늘에서 쉬기도 했고, 어떤 때는 여기에서 아버지를 기다렸지."

"아버지라니요?"

"할아버지의 아버지 말이다. 네게는 증조할아버지시다."

"증조할아버지?"

"할아버지의 아버지는 오랫동안 객지 생활을 하셨는데, 내가 어머니께 아버지가 없느냐고 물었더니, 어느 날 할아버지께서 집안 사정을 알려주셨어."

아버지가 집을 떠난 것은 그를 낳기 전이었다. 아이에게는 아버지에 대한 어릴 적 기억이 없다. 아버지 대신에 할아버지와 삼촌이 늘 옆에 있었다. 어머니는 언제나 입을 다문 채 소리 없이 그림자처럼 할머니 뒤를 따라 움직였다. 하루가 다 지나도 어머니 말소리를 들은 적이 별로 없다. 있다면 할아버지나 할머니 말에 '예' 하는, 겨우 들릴 듯 말 듯한 대답뿐이었다. 그것은 대답이 아니라, 뭔가 혼자 중얼거리는 것 같았다.

해방되고 한 해가 지났다. 가을비가 내려 날씨가 쌀쌀했다. 어스름 녘에 큰 가죽 트렁크를 든 낯선 청년이 마당으로 들어왔다. 집안사람들이 웅성거렸고, 청년은 대청마루로 올라와서는 증조할아버지로부터 시작해서 어른들께 인사했다.

며칠 후에 지서에서 경찰관이 와서 아버지를 찾았다. 마침 아버지는 집에 없었다.

그 이후부터 아버지는 밤에 잠시 집에 들러서 잠을 잤다가 이른 새벽에 나가곤 했다. 그래서 아이는 좀처럼 아버지 얼굴을 대할 수 없었다.

아버지가 집안에 발길을 끊었는데, 어머니 배는 점점 불러왔다. 어느 날 늦게 잠에서 깨고 보니 어머니 대신 할머니가 아이 옆에 앉아 있었다. 어머니는 동생을 낳기 위해 외가로 갔다는 것이다.

아이는 그날부터 올레 느티나무 아래에서 아버지와 어머니를 기다렸다. 학교에서 집으로 돌아오다가도 올레 입구에서 잠시 멈춰 뒤돌아보곤 했다. 아버지가 불쑥 나타나 아이의 옷소매를 잡아줄 것 같았다. 그래서 올레를 거쳐 집까지 거리가 무척 멀게 느껴지곤 했다.

노인은 자리를 털고 일어나면서 하늘을 가리고 있는 느티나무를 올려다보았다. 세월은 흘렀고, 이야기도 잊혀가는데, 느티나무는 나날이 더 청정하였다.

이제는 기다릴 사람도 없다.

집

이 집은 내 4대조 할아버지가 분가해 와서 살림을 차릴 때에 지은 것이다. 그 할아버지는 이 집에서 증조할아버지를 낳았고, 증조할아버지는 할아버지를 낳았다. 그리고 할아버지는 아버지를 낳았다. 어머니는 이 집에서 나를 낳았다. 내가 자라는 동안 어른들은 차례로 집을 떠나셨다. 마지막으로 내 곁을 지켜주던 아내까지 떠나버리자, 나는 혼자가 되었다. 아내 없이 두 해를 버티다가 결국 아들네 집으로 올라가버렸다.

집 안은 조용하다. 집을 관리하는 아주머니는 잠시 집을 비운 모양이다. 빈집인데도 초록 잔디가 깔려 있는 마당에는 봄 햇살이 소리를 내면서 부서지고 있다.

아내는 내 정년이 두 해 안으로 다가오자 마당에 토종 잔디를 심어 가꾸기 시작했다. 또 마당가의 빈 땅에 화단을 만들더니, 시내에 사는 딸네 정원에 있던 구상나무를 옮겨다 심었다. 그 나무는 겉으로도 품위가 있고, 내면으로도 목질이 질기고 탄탄해서 제주 한라산을 대표하는 나무이다. 노쇠해가는 남편이 이 나무를 보면서 흐트러지지 않고 살기를 바란 아내의 그 숨은 뜻을 내가 모를 리 없었다. 나무만이 아니었다. 한 해가 지나자 잔디는 윤기가 났고, 그 위에 맨드라미 노란 꽃들이 마치 갓난아이 눈망울처럼 천진스럽게 피었다. 아내는 들꽃들을 캐어다가 빈자리에 마구 심어놓아서, 마당에는 사시사철 꽃밭이 되었다. 마당 여기저기에서 아내의 손자국이랑 냄새가 그대로 남아 있다. 그 목소리가 귓가에 쟁쟁거렸다.

나는 손녀의 손을 잡고 안채 난간에 나란히 앉았다. 정신이 몽롱하고 기운이 없다. 이제라도 하얀 옥양목 치마저고리를 입은 아내가 불쑥 나타날 것만 같았다.

"할아버지, 이 집은 언제 지으셨어요?"

손녀는 묵은 짚이 두껍게 쌓여 있는 초가집 처마를 보면서 물었다.

"아주 옛날, 그러니까……"

나는 4대조 할아버지가 분가해 와서 딴살림을 차린 내력을 말했다. 처음에는 안채만 짓고 살았는데, 증조할아버지를 낳자 기념으로 동향 사랑채를 지었다. 그 후에 마소를 길러 재산을 불린 증조할아버지가 할아버지를 낳자 그 기념으로 마소의 외양간을 겸한 창고와 대문간을 겸한 헛간을 지어서 집 규모가 미음(ㅁ) 자형으로 네 채가 되었다.

해방이 되자 몇 년 동안 세상이 어지러워졌다. 해안가에서 10리쯤 한라산 쪽으로 올라간 중산간 부락이어서 좌익 무장대

188

의 해방구가 되었다. 경찰 토벌이 심해지자, 마을 사람들은 산에 들어가 무장대와 합세하든지, 아니면 지서가 있는 면소재지 해변 마을로 소개를 해야 할 형편이었다.

종적을 감추었던 아버지가 집에 들어와서는 할아버지 방에서 뭔가 의논했다. 다음 날 마을 장정 여남은이 집으로 몰려와서는 살림살이를 정리하기 시작했다. 그것을 뒷산 숲 속 군데군데 있는 잣벽을 허물어 그 안에 숨겨놓았고, 어떤 것은 항아리에 담아 땅에 묻기도 했다.

그리고 목수까지 합세하여 안채와 사랑채를 헐기 시작했다. 지붕을 걷어내고 서리들을 다 뜯어내었다. 모루와 기둥을 차례차례 해체했다. 목수는 해체되는 재목마다 먹물로 표시했다. 일꾼들은 해체해놓은 재목들을 뒷산 숲으로 옮겨 쌓고서 그 위를 띠로 엮어 덮었다.

군경토벌대가 마을 집들을 불태우는 바람에 헐어내지 못한 나머지 두 채는 불타버렸다. 우리는 외가가 있는 해변 마을로 소개했다가 두 해 후에 마을로 돌아왔다. 숨겨두었던 재목으로 집을 다시 일으켜 세웠고, 나머지 두 채는 뒷산 숲에서 베어낸 재목으로 다시 지었다.

밀감 농사를 하게 되면서 두 채는 헐어 밀감 창고로 개조했으나 안채와 사랑채만은 예전 그대로 두었다.

나는 손녀에게 집 내력을 차근차근 설명했다.

"집은 어떻게 지어요?"

손녀는 집을 헐었다가 다시 지었다는 말이나 할아버지의 할아버지와 그 아버지가 뒷산에서 나무를 베어다가 집을 지었다는 말도 이해 못하는 눈치였다.

나는 어렸을 때 집 짓던 일이 생생하게 되살아났다.

해변 마을로 소개하였다가 고향 마을로 되돌아온 마을 사람들은 아직도 사태가 완전히 평정되지 않아서 성을 쌓고 그 안에서 임시로 '함바'라는 초막을 지어 한 해 동안 살았다.

중학교 1학년 여름방학이 끝나갈 무렵이었다. 할아버지는 목수와 일꾼들을 데리고 옛 집터로 갔다. 나도 따라나섰다. 일꾼들이 집터에서 무성한 잡풀들을 베어내자 옛집 주춧돌과 돌로 쌓은 외벽이 드러났다. 간수해두었던 집 재목들을 날라다가 목수의 지시에 따라 기둥과 대들보와 모루 들을 제자리에 벌여놓았다.

석수들이 주춧돌들을 제자리에 단단하게 굳혀놓자, 목수들이 사방에 '짓'이라는 중심 기둥부터 세웠다. 정사각형인 긴 기둥이 안과 밖에 두 쌍씩이었다. 밖에 있는 것을 '개윗짓'이라 했고, 안쪽에 있는 것을 '포짓'이라 했다. 기둥이 세워지고, 그 끝과 끝을 잇는 도리가 연결되었다. 그것을 의지해서 대들보를 만들고, 그 위에 다시 한 단계 올려서 더 좁게 정사각형 모양으로 종포를 이었다. 처음 도리와 그 종포 위에 상모루만 올리면 집 얼개가 완성되었다. 상모루는 상량식 날에 올리게 되어 있다.

나는 한나절 동안 집이 되어가는 과정을 살폈다.

"이런 재목은 구하려면 한라산에 가서도 어렵수다. 이 재목으로 처음 집을 지은 것이 백여 년이 되었는데도 새 재목처럼 탄탄하지 않습니까?"

목수는 여러 해 동안 밖에 내놓았다가 꺼낸 재목이 조금도 상하지 않은 것을 보고는 감탄했다.

"나무가 쇠보다 훨씬 질깁니다. 이게 쇠였다면 벌써 녹이 슬어서 못쓰게 되었을 텐데……"

목수는 나무가 단단함을 거듭 강조했다.

"이처럼 탄탄한 걸 보면 앞으로 백 년도 끄떡없을 거우다."

목수 말에 할아버지는 나를 쳐다보며 빙긋이 웃었다.

"우리 손자 대까지 갈라나?"

"예. 잠깐입니다. 손자의 손자 대까지도 문제없습니다."

"재목만 실하면 뭐 하겠나? 튼튼히 지어야지."

할아버지는 목수를 보면서 웃었다.

"염려 놓으십시오. 이 집은 이 마을의 보물인데, 제가 허술하게 하겠습니까. 그래도 제 조부님도 이 산남(山南) 지역에서는 알아주는 도목수였고, 아버님도 그렇고, 삼대가 목수 집안이 아닙니까?"

"자네 어르신이 불타버린 외양간과 대문간을 지으셨네. 그래서 자네를 모셔오지 않았나?"

"부끄럽습니다. 재주는 둔해도 성의껏 하겠수다. 그 옛날 제 어른 솜씨를 그대로 옮겨놓는 마음으로 말입니다.”

목수 말에 할아버지는 얼굴 가득 웃음을 띠고서 만족스러워했다.

상량식 날에는 마을 사람들이 많이 모였다. 상모루로 쓸 재목을 양쪽에서 밧줄을 매달아 이미 올려놓은 포 위로 잡아당겨 제일 높은 모루로 얹혀놓았다. 그리고 미리 준비한 수탉을 들고 도목수가 주문처럼 뭐라고 중얼거리더니 날쌘 도끼로 닭모가지를 잘랐다. 닭 피가 몇 방울 떨어졌다. 목수가 모가지가 없는 닭을 아래로 내던졌다. 닭이 두어 번 푸드덕거리더니 잠잠해졌다.

바깥채도 집을 다시 세웠다. 매일 목수 넷과 그를 돕는 젊은이들 대여섯이 모여들어 이른 아침부터 늦은 저녁까지 집 일을 쉬지 않고 했다.

열흘쯤 지나자 집의 형체가 거의 되었다. 흙일을 마치면 집이 마무리될 참이었다.

아침부터 물허벅을 진 동네 여인네들이 물을 길어다가 마당 한구석에 즐비하니 준비해둔 큰 항아리에 소리나게 부었다. 남자들은 채마밭 한구석을 파서 흙을 마련했다.

흙일을 하는 날에는 마을 사람들이 더 많이 모였다. 집에서는 잔칫집처럼 일꾼들에게 아침식사를 대접했다. 아침을 든든히 먹은 일꾼들은 각기 제 맡은 일을 시작했다.

어제 파놓은 흙을 멱서리에 담아서 달구지로 마당으로 날라다 놓았다. 쌓여 있는 흙더미 가운데를 오목하게 만들고 주위는 높직하게 흙으로 쌓았다. 그 안에 물을 붓자 일꾼들은 삽으로 물과 흙을 섞었다. 다른 일꾼들은 한 뼘 크기로 잘라놓은 짚들을 흙탕 안으로 던져 흙과 섞이게 했다. 흙을 날라다 쌓고 물을 붓고 밟고 다시 짚을 섞으면서 벽에 바를 진흙을 만들었다.

"이제부터 흙질을 시작허겠수다."

목수가 큰 소리로 지시하자 사람들이 부산스럽게 움직였다. 흙일은 지붕에서부터 시작했다. 진흙을 지게로 져서 사다리를 타고 지붕으로 올라갔다. 아래에서 흙뭉치를 지붕으로 던지기도 했다. 서리로 이어져 있는 지붕을 잘게 쪼갠 나무와 대나무로 촘촘히 엮어놓고 그 위에 흙을 발랐다. 흙이 말라 그 위에 띠를 덮으면 완전히 지붕이 된다. 이렇게 공정을 거쳐야만 추위나 더위나 습기에도 잘 견딘다. 안채 지붕을 마치자 점심시간이 되었다.

마을 아이들까지 모였다. 어른들은 사람이 많은 것을 즐거워했다. 큰일하는 집에는 사람들이 많아야 복이 온다는 것이다. 마당에는 임시로 무쇠솥을 세 개나 걸어놓고 음식을 만들었다. 보리쌀에 팥을 섞은 밥에 돼지고기를 넣어 끓인 맘국(맘이라는 해초를 넣어 끓인 국)을 아침보다 더 많이 준비했다.

점심 후에는 사랑채 지붕 흙질을 했다.

다음 날에는 집 안 흙일을 하였다. 방과 방 사이에는 촘촘히 기둥을 세우고 그 기둥과 기둥 사이 중간 부분까지는 판자를 세워서 칸막이를 했고, 그 위를 대나무와 가늘게 쪼갠 나무로 얽어놓았다. 거기에 흙을 발라 흙벽을 만들었다. 어른들이 일하는 동안 마을 아이들은 마치 제 집일인 것처럼 신이 나서 여기저기 기웃거리며 즐거워했다.

이틀 동안 집 안 흙일을 계속했다.

나는 집이 마무리되는 것을 보지 못하고 개학이 되어 읍내로 돌아갔다.

추석을 전후하여 학교가 며칠 쉬게 되자 나는 고향집에 추석을 쇠려 왔다. 새로 지은 집 올레로 들어서는데 마치 꿈을 꾸는 기분이었다. 초등학생 때 학교가 파해서 줄달음쳐 올레로 들어서던 그 기분이었다.

"이렇게 옛집에 들어와 살게 되니, 옛 어른들 목소리며 그 어른들의 손때를 그대로 느낄 수 있구나. 우리가 이렇게 무사하게 된 것도 다 조상님 음덕이다."

제사 후에 반기를 나누어 먹는 자리에서 할아버지가 식구들에게 말했다.

뒷마루에 앉아 마당과 울담 너머 올레 쪽을 바라본다. 이 마당을 드나들었던 많은 얼굴들이 나타났다가 사라진다. 증조할아버지, 할아버지, 아버지 그리고 일본군으로 가서 죽은 삼촌, 하얀 모시 치마저고리를 입은 증조할머니와 할머니, 어머니 그리고 아내, 그들은 모두 떠났고, 중학생이었던 나만 남아 있다.

텅 빈 마당에 초여름 햇살이 잔디 위에 부서지고 있다. 잔디에 앉아 있는 노랑 민들레가 웃는다. 그 모습이 아내로 바뀌는데, 뒷산 숲에서 뻐꾸기 소리가 들린다. 정적이 몰려온다. 초록빛 마당이 호수로 변한다. 호수 안에 사람들이 느리게 헤엄치고 있다. 증조할아버지, 증조할머니, 할아버지, 할머니, 아버지, 어머니, 삼촌 그리고 아내까지 있다. 그들은 나에게 손짓한다. 나는 어린아이가 되어서 발가벗은 몸으로 멱 감듯이 첨벙 뛰어든다.

가족

내가 세상에 태어난 후에 집 안에는 증조할아버지와 증조할머니, 할아버지와 할머니 그리고 아버지와 어머니, 둘째삼촌과 막내삼촌, 나, 이렇게 아홉 식구가 살았다. 아버지 누님인 큰고모는 이웃 마을로 출가해서 이따금 명절 때에나 들렀고, 할아버지 동생 두 분은 마을 동편 동네에 따로 분가해나갔다.

내 위에 형이 둘이나 있었는데, 백일을 채우지 못하고 죽었다고 들었다. 그래서 나는 셋째로 태어났으나 장손이 되었다. 손이 귀하게 될까 걱정하는 어른들은 내가 태어나자 한숨을 돌렸다고 한다. 아버지는 공부를 한다고 집을 떠나 객지로만 나돌아다녔고, 어머니는 혼자서 위로 두 시부모님과 시조부모님을 모시고 살았다.

노인은 마루로 올라와 어른들이 앉아 지내던 대문가 호령청으로 다가갔다. 손으로 문지방을 쓸어보는데, 옛 어른들의 손을 매만지는 것 같았다.

"방학이 되어 집으로 돌아왔을 때에 할아버지는 여기에서 인사를 받으셨지."

순영이는 마치 꿈을 꾸듯이 말하는 할아버지가 중학생 오빠같이 소년으로 보였다. 언젠가 할아버지 사진첩에서 중학생 때, 담임선생님과 학교를 배경으로 찍은 사진이 떠올랐다. 지금 그 얼굴이다. 60년 전의 중학생으로 되돌아가 있다.

노인은 지금 그 긴 시간의 경계를 무너뜨리고 자유롭게 날아다니고 있다. 경계가 없는 시간? 누가 시간의 경계를 보았는가? 시작도 끝도 없이 흘러가는데, 사람이 그 경계를 만들었을 뿐이다. 나는 그 경계를 넘나드는 한 마리 새다. 세상에서 가장 자유로운 새가 되어 무한한 시간을 날아다닌다. 노인은 꿈을 꾸듯이 중얼거린다. 차츰 몸이 가벼워지면서 겨드랑이가 간지러워진다. 현기증이 일면서 몸이 붕붕 허공으로 솟아오른다.

아이는 가을 햇살이 부서지는 마당으로 허리에서 흘러내리는 책보자기를 왼손으로 부여잡고 뛰어들어왔다. 애야, 이제 오느냐? 어머니가 아이에게 손짓했다.

아이는 안채 대청마루로 들어간다. 식구들이 다 모여 있다. 오늘이 무슨 날인가? 제삿날? 아니면 누가 아팠나? 모두들 안방을 향해 어두운 표정으로 앉아 있다. 일가친척들 얼굴도 보였다. 왜 이리 늦었니? 애야, 네가 오는구나. 안방에 누워 있던 증조할아버지가 어렵게 상체를 일으켰다. 손을 잡아보자. 아이는 증조할아버지에게 가기 싫었다. 하얀 수염에 눈처럼 하얀 머리, 쭈글쭈글 주름으로 얽은 얼굴, 깊숙하게 들어간 눈자위, 이야기에 나오는 산신령 같다. 애야, 증조할아버지가 아까부터 널 기다리셨다. 인사를 드려야지. 어머니가 소곤거렸다. 그러나 인사를 하고 싶지 않다. 인사를 하면 증조할아버지가 훌쩍 어디론가 가버릴 것 같다. 그래도 재촉하는 바람에 아이는 주위를 살피면서 증조할아버지 앞으로 다가갔다. 애야, 할아버지께 인사를 드려라. 아이는 마지못해 무릎을 꿇고 큰절을 했다. 그러면서도 증조할아버지를 바로 쳐다보지 않았다. 그 얼굴을 보는 것이 무서웠다. 그때 갑자기 울음소리가 들렸다. 소리가 차츰 커지더니 온 집 안이 곡소리로 가득 찼다. 그제야 아이는 고개를 들었다. 반듯하게 누워 있는 증조할아버지 얼굴 위에 하얀 모시 천이 덮여 있었다. 아이는 그제야 '엉' 하고 울음을 터뜨렸다.

증조할아버지가 세상을 떠나는 날에 아이는 죽음이라는 것을 처음으로 희미하게 느끼게 되었다. 할아버지가 먼 곳으로 가버려서 다시는 만날 수 없게 되는구나, 그런 마음이었다. 세 해 전에 증조할머니가 돌아가셨을 때에는 아무 생각이 없었다. 그때는 겨우 여섯 살이었다.

아이는 자기를 귀여워해주던 어른들이 어느 날부터 집에서 사라졌는데도, 그것이 죽음이라는 것을 몰랐다. 어른들이 '돌아가셨다'고 했을 때에 어디로 돌아갔다는 말인가 궁금했다. 그러다가 뒤 숲을 지나 양지바른 동산에 잔디 지붕으로 된 무덤으로 간다는 것을 알았다.

아이는 맨 위 어른들로부터 차례로 집에서 떠나가는 것이 이상했다. 제일 먼저는 증조할머니였다. 며칠간 집 안은 친척들과 조문객들로 북적거렸다. 아이는 그런 분위기가 오히려 즐거웠다. 우선은 여러 곳에 흩어져 살던 친척들을 만날 수 있어서 좋았다. 그들은 아이의 머리를 쓰다듬어주면서 귀여워해줬다.

장사를 치르고 난 후 안채 작은방에 병풍을 치고 증조할머니가 늘 곁에 두고 쓰던 바른 대바구니와 작은 궤를 갖다놓았다. 제사상을 진설하고 식사 때마다 증조할머니 식사를 따로 차려 올렸다. 음력 초하루와 보름마다 삭망제사를 지냈다. 친척들은 집 안에 들를 때면 먼저 증조할머니 방으로 가서 제사상 앞에서 배례부터 했다.

증조할머니가 돌아가시고 석 달 후에 아이는 동생을 얻었다. 늙은 사람이 가고 아이를 낳았으니 복 받은 집안이라고 사람들은 말했다. 집안은 돌아가신 증조할머니에 대한 슬픔보다는 새로운 자손을 얻은 기쁨으로 가득 찼다. 어른들의 관심은 차츰 동생에게 쏠렸다. 아이는 그것이 안타까웠다. 그래서인지 떠나간 증조할머니 생각이 더 났다.

아이는 들에서 예쁜 들꽃을 보면 꺾어다가 증조할머니 상에

올렸다. 오디나 산딸기를 따다가 접시에 담아 상에 올리기도 했
다. 증조할머니가 그것을 드신다고 믿었다. 어른들은 그러한 아
이를 효자라고 칭찬했다. 아이가 초등학교에 입학하였을 때에
도 증조할머니 방으로 들어가, 제가 소학교에 들어갔습니다, 하
고 큰절을 했다.

증조할머니가 돌아가시고 대상을 치르고 나서, 보름탈상제
사를 드렸다. 증조할머니 방에 제사상도 치워졌고, 어른들은
상복을 입지 않았다. 상주가 쓰던 베옷과 방장대 짚신은 뒤뜰
에서 불태워버렸다. 할머니가 쓰던 방은 아이의 공부방이 되었
다. 제삿날 식구들이 다 모였는데, 그 자리에 증조할머니가 없
었다. 그제야 아이는 비로소 증조할머니가 집안에서 떠났다는
것을 실감했다. 아이는 목구멍에 뭉클한 것이 콱 막혀 있는 기
분이었다.

증조할아버지의 장례는 온 마을이 술렁거릴 정도로 성대하게
치러졌다. 만장만 해도 백여 장이 넘었고, 그 어려운 시기에도
원근 각처에서 조문객이 며칠 동안 집 안을 들락거렸다. 제주섬
안 여러 곳에서 왔다는, 아버지 친구라는 낯선 청년들이 사람들
의 눈길을 끌었다.

한복에 갓까지 쓴 노인들과는 달리 양복을 반듯하게 입은 청
년들의 면모가 이채로웠다. 그들 중에는 경찰서에서 온 형사들
도 섞여 있었다.

장례식이 끝날 때까지 집 안은 증조할아버지의 죽음에 대한

슬픔보다는 조문객을 맞이하느라 잔칫집처럼 분주했다. 아이도 그것이 즐거웠다. 다른 때보다 더 풍성한 음식이며, 마당과 올레 뒤뜰 곳곳에서 벌어진 윷판이며 술판에서 터지는 환성에 죽은 자에 대한 슬픔을 가질 틈이 없었다.

사람들은 마을이 생긴 후로 이런 성대한 장례는 처음이라고 말했다. 장례 날에 증조할아버지를 태운 상여는 구슬픈 상여꾼들의 소리를 들으면서 천천히 올레를 빠져나갔다. 그제야 상주들과 식구들은 소리 내어 울었다. 애야, 할아버지가 다시는 오지 못할 곳으로 가신다. 어머니가 아직도 꽃상여와 상두꾼들의 상여 소리에 정신이 팔려 있는 아이에게 말했다. 슬픈 기색이 보이지 않는 아이 표정이 안타까웠던 것이다.

증조할아버지를 태운 상여는 마을 향사에 이르렀다. 한평생 마을 큰어른으로 살아왔고, 향사 건물을 새로 지을 때에 큰돈을 내놓기도 했다. 향사에서 노제를 받은 증조할아버지는 다시 집으로 돌아와 상여꾼들이 잠시 숨을 돌린 다음에 뒷산 숲으로 들어갔다. 장지는 숲 건너 작은 구릉 앞 양지바른 곳이었는데, 증조할아버지가 생전에 준비해두었던 곳으로 이미 선대 어른들의 묘가 나란히 앉아 있었다.

상여는 장지로 가려던 길을 바꾸고 숲으로 들어가려고 했다. 매일 눈앞에 두고 볼 숲인데 뭘? 누군가 말했다. 자식처럼 가꾸어온 숲도 조문하고 싶어할걸. 상주가 말했다.

상여가 숲 속으로 어렵게 들어가 제일 큰 느티나무 그늘에 자리를 잡았다. 이미 상여가 앉을자리를 마련해두었다. 상여꾼들이 물러가 땀을 닦고 상주들이 한 줄로 늘어섰다. 사람들의 발소리까지 낱낱이 들릴 정도로 주위는 조용했다. 이 숲을 자식 아끼듯 했던 노인이 이제 그 숲으로부터 조문을 받기 위해 그렇게 상여에 누워 있었다.

엷은 바람이 나뭇가지를 스치면서 지나갔다. 물들기 시작한 나뭇잎들이 하나둘씩 상여 위로 떨어졌다. 오동나무 넓은 잎이 바람을 타고 빙글빙글 돌면서 날아와 상여 위에 떨어졌다. 도토리 나뭇잎도 내려와 앉았다. 벚나무 잎도, 소나무 등걸에 휘감겨 있던 넝쿨 잎도 떨어졌다. 순식간에 갖가지 잎들이 상여 위에 가득 찼다. 낙엽만이 아니었다. 싱싱한 소나무와 동백나무들도 꽃상여 위에 몇 개씩 잎을 떨어뜨렸다. 사람들은 넋을 잃고 그 광경을 바라보았다.

아이 눈에는 상여 위에 내려앉은 잎들이 모두 얼굴로 보였다. 사람 얼굴은 아닌데, 그렇다고 짐승이나 새도 아니다. 그들은 상여에 잠시 입을 맞추고서 눈물도 몇 방울 흘린다. 그 광경을 보는 사람들 표정은 마치 즐거운 꿈을 꾸는 것처럼 편안하다

"허허 천하 생물들이 어르신네를 알아보는구나!"

선소리꾼 노인은 어리둥절해 있는 사람들을 둘러보면서 조용히 말했다. 그 말이 신호가 된 듯이 거친 바람이 불어왔다. 하늘이 어둑해지면서 구름이 몰려왔고, 뒤이어 갈까마귀 떼들이 하늘을 까맣게 덮더니, 한 바퀴 꽃상여 위를 돌고서 숲 속으로

흩어져버렸다. 그때였다. 숲 속에 숨어 있던 참새, 비둘기, 직박구리, 동박새 들이 일제히 소리를 지르면서 나타났다. 그 소리가 얼마나 컸던지 장지에서 묘 봉분에 쓸 흙과 잔디를 옮겨놓던 일꾼들이 일손을 멈추었다.

"자 이제는 모십시다."

할아버지가 자리에서 일어나자, 사람들이 정신을 수습하고 움직이기 시작했다. 상여꾼들이 꽃상여를 어깨에 메었다.

하관이 시작되었다. 할아버지는 상여 위에 있는 나뭇잎들을 다 모아 관에 차곡차곡 얹어놓았다.

삭망 때는 가까운 일가들이 모여 제사를 드렸다. 아이는 증조할아버지가 죽었다는 것이 실감나지 않았다. 증조할머니 일 때처럼 아침저녁으로 상이 마련된 방으로 들어가 문안했고, 할아버지를 따라 묘를 찾아왔을 때에도 아이는 할아버지와 이야기를 나누었다. 증조할아버지, 증조할머니는 비록 무덤으로 거처를 옮겼으나 아이로부터 떠나지 않았다.

아이는 어느 날 혼자서 증조할아버지, 증조할머니 묘소에 갔다가 묏자리에서 좀 떨어져 약간 움푹 들어간 곳에 움막이 있는 것을 보았다. 두 사람쯤 앉아 있을 넓이를 돌로 야트막하게 둘러쌓고 위에는 목초단을 낟가리처럼 쌓아놓았다. 가까이서 보니, 출입구 구실을 하도록 한쪽은 터 있었다. 저녁에 할아버지께 물었더니, 내가 거기서 살란다 하고 웃고 넘겼다.

노인은 호령청 문가에서 마당 한가운데로 나와 뒤 숲을 바라보았다.

초등학교나 중학교 학생 때나, 학교에서 교편을 잡았던 청년 때나, 할아버지, 할머니, 아버지, 어머니, 아내가 죽어 저 숲 건너에 묻힐 때나, 숲은 항상 그대로 변함이 없다. 사람은 하루가 다르게 늙어가고 변하는데, 숲은 변하지 않는구나. 사람들은 날이 갈수록 육체가 노쇠해지는데, 숲은 하루가 다르게 점점 더 무성해지는구나. 사람도 숲처럼 나이를 먹을수록 더 무성해질 수 없을까.

할아버지가 세상을 떠난 것은 내가 결혼하고 1년쯤 지나서였다. 할머니가 돌아가시자 시름시름 앓던 할아버지는 어려운 병인데도 2년을 견디었다. 집안에서 내 결혼을 서둔 것도 할아버지의 병세가 예사롭지 않았기 때문이다.

할아버지가 돌아가시고 다섯 달이 지나서 내가 첫아들을 얻었다.

"몇 달만 더 사셨으면 소원을 푸셨을 텐데."

손자를 처음 안은 아버지는 할아버지가 일찍 돌아가신 것을 아쉬워했다. 나는 기분이 묘했다. 증조할아버지가 돌아가시고 동생이 태어났듯이, 할아버지의 죽음과 아기의 태어남이 무슨 상관이 있는 것 같았다. 아기가 세상에 나오기 위해 할아버지가 세상을 떠나야 했던가. 그런 생각 때문에 아기를 얻은 기쁨도 제대로 드러낼 수 없었다.

"사람이 태어나고 죽는 문제는 영원한 미궁이야."

아이 백일 때에, 할아버지가 살아 계셔서 이 증손자를 안겨드렸으면 얼마나 좋아하셨을까, 하고 어머니가 아쉬워하자, 아버지는 공연한 소리를 한다고 어머니를 나무라면서 한 말이다.

"어서어서 자라거라. 죽기 전에 네놈이 장가가는 것을 봐야지."

어머니가 덕담으로 한마디 하자,

"허허. 공연한 욕심을 부리는군."

아버지는 어머니 말이 당치 않다는 듯이 공허하게 웃었다. 그 웃음에는 이룰 수 없는 간절한 소망이 담겨 있었다. 아기가 자라 장가를 갈 나이와 두 분이 앞으로 살아갈 시간을 생각해보면 바랄 수 없는 소원임을 누구도 안다. 순간 나는 '죽음의 차례가 두 분에게 다가왔다'고 생각했다.

할아버지가 떠났으니, 안채 안방은 장손인 아버지가 들어갈 차례였다. 그러나 사랑채를 쓰던 아버지는 그 장손의 권한을 한 단계 뛰어 나에게 넘겼다.

"이제 네가 이 집안을 책임져라. 난 그럴 자신도 없으니. 집안의 대소사는 네 어머니가 계시니, 며느리는 큰 걱정 안 해도 된다. 나는 늘 밖으로 돌아다니며 살아왔는데, 이제 새삼스럽게 집안과 친척 일을 제대로 돌볼 자신이 없다. 그러니 아들이 다 알아서 하고, 문제가 있으면 책임은 아비가 지마. 할아버지가 살아 계셨을 때에 삼촌들과 다 의논이 되었다."

아버지는 이미 결정한 일이라면서 나에게 장손의 권한과 의무를 넘겼다.

별로 뚜렷한 직업도 없이 지내는 아버지였다. 청년 시절에는 사상운동에 빠져 집안에 순사들이 오가게 하더니, 집에 돌아와서는 자유당 정권 때부터 도의회 의원을 지냈고, 여당 도당 책임자도 몇 차례 했다. 지역사회 유지로서 이름을 걸어놓은 곳만도 10여 곳이 된다. 중앙정치 무대에서 정치하려는 사람들의 후견인이 되어 조상으로부터 물려받은 돈으로 걱정 없이 살아온 터였다. 아버지는 아랫사람을 관리하는 능력도 있고, 정치를 좋아하기도 하는 성미였는데도, 장손으로서는 책임이 무거워 감당할 수 없노라고 했다.

나는 장손의 책임을 맡게 되었으나 제대로 일을 하지 못했다. 지금처럼 교통이 편리한 때도 아니어서, 도내 여러 학교를 전전하며 반 객지 생활을 해왔다. 그러다가 정년을 몇 년 앞두고 고향 중학교 교장으로 부임해서야, 제대로 장손의 노릇을 하면서 안채 큰방을 쓰게 되었다. 그런데 그때에는 이미 양친이 세상을 떠난 후여서, 집안 어른이 된다는 것이 그저 쓸쓸하기만 했다. 이제는 내 차례가 되었구나, 문득 그런 생각을 하면 이 방을 지켰던 어른들 체취가 되살아나곤 했다.

집 안 곳곳에 어른들 모습과 말씨와 숨결이 촘촘히 배어 있었다. 그 어른들은 가고 혼자 남았지만 늘 그분들과 동거하고 있다고 생각했다. 생각이 트이지 않거나 복잡한 일로 마음이 뒤숭숭할 때마다 눈을 지그시 감고 가만히 앉아 있으면 마치 어른들 표정과 목소리가 떠오르는 듯하고, 그러면 마음이 홀가분해진다. 한평생 치우침 없이 매사에 최선을 다하여 성실하게 살아온 어른들을 생각하면 막혔던 생각이 트이는 것이다. 그때마다 어른들이 영감으로 다가와 지혜를 더해주었다고 생각하였다.

책장 안의 빈 공간과 방 안 벽에는 액자에 담은 사진들이 몇 개 걸려 있다. 사진은 취미 삼아 했다. 시간을 정지시키는 수단으로 사진을 시작했을까. 이제 생각해보니, 그랬을 것 같다. 기념될 만한 일이 있을 때마다 찍어서 멋스럽게 액자에 꾸며놓았다. 처음 교장으로 부임했던 학교에서 찍었던 사진이 인상적이다. 그때 나이 쉰둘이어서, 주위에서는 젊어서 교장이 되었다고 축하해주었다. 전국 모범교원으로 뽑혀 청와대에서 대통령이 베푸는 오찬에 참석했을 때에 대통령과 함께 악수하는 사진도 있다. 친구들은 이 사진을 보면서 즐거운 이야기를 만들어내었다.

"이것은 집안의 가보네. 더 크게 확대해서 대청마루에 걸어두지." 그럴 엄두가 나지 않았다. 정년퇴임식 때에 황조근정훈장을 받으며 찍은 사진도 있다. 은혼식 때, 막내가 결혼할 때, 그 많은 사진들은 세월의 지나감을 모른 채 책상 안과 벽을 차지하고 있다. 사진들은 나를 잠시 젊은 시절로 데려가지만, 그렇다고 시간이 되돌아가는 것은 아니다.

이제는 어김없이 내 차례이다.

고향

노인은 방 가운데 있는 앉은뱅이책상 앞에 앉았다. 꿈에 잃어버렸던 책상을 다시 보게 되니 반가웠다. 그는 책상 서랍에서 갈색 헝겊을 꺼내어 책상을 닦기 시작했다. 손녀가 들어와 방 안을 두루두루 살펴보면서 눈을 껌벅거렸다.

"할아버지, 책상이 너무 작아요."

손녀는 서울에서 볼 수 없었던 작은 책상이 신기했다. 언젠가 할아버지를 따라 인사동 구경을 갔을 때에 고가구점에서 보았던 그 책상과 비슷했다.

"이 책상 언제 사신 거예요?"

"이 집으로 이사 온 뒤 해였으니까, 이 할아버지가 중학교 이 학년 때에 할아버지께서 만들어주셨다."

헝겊으로 책상 표면을 닦는 노인의 손놀림이 규칙적으로 반복되었다. 커피색 책상 표면에 말갛게 윤기가 났다.

할아버지는 새살림을 차리는 막내삼촌의 세간을 장만해주려고 뒷산에서 느티나무를 베어다가 궤를 한 쌍 만들었고, 그 기회에 손자의 책상도 만들었다.

여름방학이 거의 끝나갈 무렵이었다. 할아버지는 이 집을 지을 때에 주장했던 목수와 동네 장정 셋을 집으로 불러들여 아침을 실하게 먹였다.

“오늘은 뒷산에서 나무를 잘라와야겠다. 막내 궤를 만들고 네 책상도 만들어줄 테니, 같이 가서 일을 도와라.”

할아버지는 일꾼들을 데리고 뒷산으로 가면서 중학교 2학년 인 손자를 재촉했다.

뒷산 숲은 집안에서 대대로 가꾸어온 산판이었다. 원래도 잡 목들이 우거진 숲이었는데, 조상 어른들이 제대로 가꾸어놓아 서 좋은 재목감 나무들이 많이 있었다. 매년 한라산에 들어가 좋은 수종을 캐어다가 심었고, 집안에 무슨 일이 있을 때마다 기념으로 나무들을 심고 가꾸었다. 4대조가 이곳에 분가해온 것을 기념하여 심은 향나무와 그 할아버지가 아들을 낳자 심은 느티나무며, 그 이후로 아기를 낳을 때마다 오동나무, 향나무, 느티나무를 심었다. 노인의 손자가 태어났을 때 심은 나무, 그 손자가 초등학교와 중학교 입학 기념으로 심은 나무, 노인의 동 생이 태어난 기념으로 심은 나무, 둘째아들 출생 기념으로 심은 나무까지, 한 할아버지 자손들 나무들이 이 숲에 모여 있다. 집 안 어른들은 한 그루 나무를 마치 낳은 새끼처럼 가꾸었다.

할아버지는 숲 한복판에 있는 쌍둥이 느티나무 주위로 일꾼 들을 데려갔다. 뒤따라간 손자가 하늘을 가리고 있는 느티나무 둘레를 아름으로 재어보았다. 세 아름하고 반이 남았다. 목수도 줄자로 둘레를 재었다.

“아홉 자쯤 되겠수다. 그러니까 한 치 반 두께 판자를 예닐곱 장은 빼어낼 수 있수다.”

목수는 느티나무의 무성한 가지들을 올려보면서 말했다. 나무 몸통이 사람 키의 한 배 반만큼 자라다가 세 가닥으로 갈라져 사람 키 두 배 정도 올라갔다. 그 가지들이 다시 얼마쯤 올라가서는 각각 세 가닥의 가지로 나뉘었다. 그 가지마다 잔가지들이 수없이 뻗어 있다. 하늘은 온통 느티나무로 가려져 있다.

"이만큼 되려면 한 백 년은 넘었을 텐데, 원래 이 나무가 여기에 있었수과?"

"증조부님께서 이곳으로 이사 오실 때에도 이런 숲이 있었다고 하시던데, 저편 사오기와 향나무는 그 이후에 심은 것이고, 이 나무는 그전부터 있었겠지."

노인이 어렸을 때에도 이 느티나무는 이만큼 자라 있었다는 것이다.

장정들은 도끼와 톱을 허리에 차고 나무에 올라가 가지가 셋으로 갈라진 데서 멈췄다.

"그다음 세 가닥으로 나뉜 데까지 올라가서 잔가지를 잘라버리고……"

목수의 지시에 따라 일꾼들이 더 올라가서는 가지들을 잘라내기 시작했다. 잘라낸 가지들이 나무 아래에 수북이 쌓였다. 가지가 잘릴 때마다 그늘이 없어지면서 하늘이 조금씩 뚫렸다. 나머지 일꾼들은 잘라낸 가지들을 운반하기 좋을 정도로 잔가지를 쳐서 묶었다.

"이것은 뭣에 쓰는 겁니까?"

손자가 나무 주위에 가득 쌓여 있는 잔가지 묶음을 보면서 할아버지에게 물었다.

"땔감으로 쓰겠지."

일꾼들은 잔가지 묶음을 숲 가로 옮겨놓고 쌓기 시작했다. 그 일이 끝나자 나무로 올라가서 앙상하게 뼈대만 남은 중간 가지를 잘라내었다. 그것을 숲 입구로 옮겨놓았다. 이것들도 요긴한 재목감이 된다고 목수가 설명했다.

나무는 이제 중심 둥치만 남게 되었다. 몸통이 큰 둥치가 팔과 다리가 모두 잘린 채 마치 괴물처럼 서 있었다. 일꾼들은 밑동을 자르기 위해 아이 키보다 긴 톱을 쓸 수 있도록 설치했다. 판자를 밑에 깔고, 통나무를 움직이지 않도록 묶어둘 장치도 했다.

준비를 마치자 한쪽에 두 사람씩 앉아서 밀고 당기면서 톱질을 시작했다. 목수는 톱이 먹혀들어가는 나무에 물을 뿌려주었다.

'슥삭슥삭' 톱질 소리가 숲에 퍼져나갔다. 모든 나무들은 언젠가는 자신들에게도 닥칠 일이기에 그 소리를 숨죽이고 듣는 것 같았다.

점심식사 후에도 일꾼들은 톱질을 계속했다. 해가 서산으로 기울어져서야 느티나무 두 그루가 마치 괴물이 쓰러지듯이 넘어졌다. 숲 한복판이 뻥 뚫리고 꽤 넓은 공터와 하늘이 새로 생겼다. 일꾼들은 아랫도리를 툭툭 털고 일어나 그늘로 옮겨 앉아 담배에 불을 붙였다.

"할아버지, 이렇게 나무를 잘라놓고 보니, 땔감으로 쓸 잔가지와 재목으로 쓸 중간 가지와 판자를 만들 이 둥치는 꼭 같은 나무에서 나왔는데도 그 쓰임이 전혀 다르겠네요?"

손자가 할아버지에게 물었다.

"저들은 모두 한몸에서 나왔지만 앞으로는 제각각 다르게 쓰이게 될 게다."

할아버지는 속으로 어린 손자의 생각이 유다름을 탄복했다.

"할아버지가 네 아버지와 네 삼촌을 낳았지만, 네 아버지와 삼촌이 각각 다르게 세상을 살아가는 것과 이치가 같지 않겠느냐?"

할아버지는 손자의 얼굴을 은근히 쳐다보며 덧붙였다. 손자는 할아버지 말이 이해되지 않았다. 삼촌과 아버지는 각각 다른 사람으로 세상에 태어났으나, 나무는 한몸인데 사람의 쓸모에 따라 다르게 쓰이게 되었다. 손자는 생각할수록 이해할 수 없는 부분이 많았다.

일꾼들은 중간 가지들을 마당으로 운반했다. 그 일이 끝나자 하루해가 저물었다.

다음 날 다시 일꾼들이 모였다. 목수가 제일 굵은 통나무 길이를 재더니 두 토막으로 잘라내도록 먹줄로 표시를 했다. 한 토막은 1미터쯤 되고 다른 토막은 1미터 반쯤 되었다. 일꾼들은 두 팀으로 나뉘어서 오후가 되도록 톱질을 했다. 굵은 통나무가 넷이 되었다.

일꾼들은 그 잘라낸 통나무 한쪽 끝을 밧줄로 단단히 묶었다. 다른 일꾼들은 숲에서 집으로 내려오는 길을 닦기 시작했다. 중간 가지 통나무 중에 서너 자쯤 된 것을 반걸음 너비로 나란히 촘촘히 놓았다. 일꾼들은 통나무를 중간 통나무 위로 끌어올려 놓고 밧줄을 끌었다. 중간 통나무들이 바퀴가 되어 큰 통나무가 움직여졌다. 일꾼들은 뒤로 나딩굴어 나오는 중간 통나무들을 얼른 가져다가 끌고 가는 통나무 앞에 받쳐놓고 바퀴 노릇을 계속하게 하였다. 굵은 통나무들이 마당 동편 헛간 앞까지 옮겨졌다. 그 일을 마치자 초저녁이 되었다.

며칠 후에 일꾼들은 집에서 조반을 먹고서 헛간에 있는 통나무로 판자를 만들 준비를 했다. 헛간 기둥과 기둥 사이에 어른 다리만큼 굵은 통나무를 가로놓아 묶고, 그것이 밑으로 내려오지 못하도록 다른 나무들로 받침을 만들어 고정시켰다. 그 위에 통나무를 걸쳐놓아 움직이지 않도록 설치했다.

목수는 통나무 밑동에 네모지도록 네 면을 얇게 잘라낼 표시를 했다. 그대로 잘라내자 통나무는 네모기둥이 되었다. 목수는 다시 편편한 양면에 먹줄로 꼭 같은 간격으로 다섯 개를 그었다. 그대로 톱질을 하면 판자 여섯 장을 떼어내게 되었다.

"이 판자들은 철판보다 질길 겁니다."

목수는 판자 일을 마치자 흐뭇한 표정을 지으면서 할아버지께 말했다.

중간 가지 중에 쓸 만한 것들을 추려서 좀 얇은 판자를 만들었다.

"이 판자는 찬장을 만들고 자잘한 가구를 만들 때에 요긴하게 쓸 겁니다."

목수는 판자뜨기를 마치고서 할아버지께 일일이 그 용도를
설명했다.

엿새째 일을 하는 동안에 헛간은 느티나무 판자로 가득 찼고,
톱밥도 여러 먹서리나 되었다.

"이 톱밥처럼 좋은 땔감은 없을 거우다. 느티나무는 톱밥 한
톨도 그냥 버릴 것이 없으니 나무 중에는 제일이우다."

목수는 헛간을 가득 채운 판자들과 톱밥 먹서리를 보면서 감
탄했다.

일꾼들은 그 판자들을 바람이 잘 드는 헛간 한편에 줄줄이 세
워놓았다.

겨울방학이 되어 손자가 집으로 돌아왔을 때였다.

할아버지는 막내 결혼을 치르고 농한기가 되자 근방에서 가
구 만들기로 이름 있는 목수를 집으로 청했다. 목수는 바깥채에
머물면서 궤와 책상을 만들었다.

그런데 길이가 좀 짧고 더 두꺼운 판자들을 여전히 헛간 구석
에 세워놓았다.

"저 판자는 무엇에 쓸 겁니까?"

손자가 할아버지께 물었다. 할아버지는 대답을 않고 빙긋이
웃기만 했다.

"어르신네들이 오래오래 사실 집을 짓는 데 쓸 것이다."

목수가 대답했다.

"오래오래 사실 집이라니요?"

"개판이라고, 관 위에 덮는 판자인데, 돌아가신 분에게는 집이나 다름이 없지."

노인이 손자의 마음을 알고는 선뜻 대답해버렸다.

그 순간 손자는 나무의 신세가 참 묘하다고 생각되었다. 한 토막에서 나왔는데도 어떤 판자는 책상이 되고, 어떤 판자는 죽은 사람의 집이 되어 그 캄캄한 땅속에 묻혀 있게 된다니, 그 운명도 모질구나 생각했다.

"같은 나무에서 나온 판자들인데 어떤 것은……"

손자는 큰일을 알아낸 것처럼 노인에게 물으려는데, 목수가 빙긋이 말문을 열었다.

"나무는 여러 번 일생을 살게 되는 셈이지. 숲에서는 나무로, 숲을 떠나서는 판자로, 땔감으로, 다른 재목으로 그 됨됨이에 따라 각각 다르게 살다가, 이제 같은 판자라도 어떤 것은 책상이 되고, 어떤 것은 궤가 되고, 어떤 것은 죽은 자의 개판이 되어서 세번째 세상을 살아가게 된다. 그런데 그 나무에서 나온 재목들의 일생은 전적으로 나무 주인과 목수의 마음과 생각에 달렸어. 어르신께서 통나무를 잘라내실 때부터 그런 생각을 가지셨고, 재목이 될 만한 나무를 보고 목수가 결정을 하지. 그런데 목수는 나무 주인의 마음을 읽고서 대신 일을 할 뿐이고, 모든 결정은 결국 나무 주인이 계획대로 그 됨됨이에 따라 결정하

214

지 않겠어. 그러니 나무판자들이나 잔가지나 중간 가지로서는 불평을 할 수 없거든. 나무는 숲에 있을 때에 주인의 마음에 드는 감이 되려고 자라겠지. 그런데 그것도 마음대로 안 되거든. 결국 주인은 나무의 됨됨이에 따라 그 쓸모를 생각하겠지. 중간 가지 중에도 구부러진 것은 재목이 못 되어 화목으로 아궁이에 들어갈 테고. 이렇게 나무는 여러 번 사는 거야."

목수가 차근차근 설명했다.

"참 많은 것을 생각했군, 자네는."

노인도 목수의 말에 감탄했다.

"저야 나무들을 상대로 한평생을 살아오지 않았습니까. 나무를 대할 때마다 저것들이 무엇에 쓰일까 생각을 하게 되지요. 숲에서 재목으로 쓰기 위해 베어 온 나무들도 어떤 것은 기둥이 되고, 어떤 것은 상모루가 되고, 어떤 것은 서리가 되고, 어떤 것은 아무 쓸모가 없어서 집 짓는 일꾼들의 밥 짓는 아궁이에 들어가고……"

손자는 목수의 말이 마치 냇물 소리처럼 자연스럽게 들렸다. 그럴 것이다. 한평생 나무를 상대로 살아오면서 보고 만지고 느꼈으니까. 나무의 쓰임은 주인 마음에 달렸다는 말을 이해할 수 있을 것 같았다.

"그렇겠지. 나무가 무슨 생각이 있겠어. 주인 마음대로 쓰겠지."

손자는 목수의 말이 그럴듯하게 들렸다.

"그런데?"

순간 손자는 자기 주인은 누구인가 궁금했다. 아버지인가? 그보다 윗대 할아버지? 그렇다면 할아버지 마음대로 내 인생이? 그렇지 않을 것 같았다.

그 후에도 그 생각이 되살아나면 어리둥절했다. 내 인생은 누구 마음대로 되는 것인가. 사람은 죽으면 그것으로 끝나는 것인가. 숲 건너 양지바른 곳 잔디 지붕 아래로 가서 사는 것인가? 거기에서는 무엇을 하며 살지? 누구도 그런 문제에 대해서 말해주지 않았다.

책상을 닦는 노인의 손놀림은 여전하다. 책상 표면은 짙은 갈색 유리처럼 투명하다. 세월의 먼지에 묻혀 있던 날들이 하나둘 드러나기 시작했다. 목수 곁에 쭈그려 앉아 있는 얼굴, 공부하다가 책상 위에서 졸던 얼굴, 책상에 칼자국을 내었다가 아버지께 야단맞던 일, 책상과 함께 살았던 소년은 점점 자라 청년이 되고, 결혼하고, 자식을 낳고, 그 자식이 다시 자식을 낳고, 이제 죽음의 순서 앞에 서 있다. 그래도 세상살이에 대한 궁금증은 그때나 이제나 조금도 풀리지 않았다. 한평생 교단에서 학생들을 가르치며 살아왔는데도 그 문제에 대해서는 어린아이나 매한가지였다. 노인은 사람의 지식이 하찮음을 생각하면서, 오히려 어렸을 때 그런 생각을 가졌던 자신이 대견스러웠다. 이제 어른들이 모두 세상을 떠나간 이 빈집에서 50년도 더 넘은 그때 그 의문을 다시 생각하다니? 한평생 받아 앉았던 이 책상은 조금도 변하지 않고 여전하다. 책상의 고향은 뒤 숲인데, 그 사실을 알고 있을까? 내 고향은 어디인가?

사람의 운명은 영원한 미궁이다. 돌아가신 부친의 허탈한 목소리가 그 쓸쓸한 얼굴 위에 흐르듯이 들려왔다.

그루터기

노인의 손놀림이 차츰 느려진다. 책상 위에 스쳐 지나가던 얼굴들도 희미해진다.

"할아버지, 책상이 거울처럼 맑고 깨끗하네요. 아, 얼굴이 비친다."

순영은 할아버지 손놀림을 보다가 책상 위에 어른거리는 얼굴을 보고 놀란다.

노인은 손길을 멈추고 놀라는 손녀를 바라보았다. 뭔가 이야기를 해주고 싶은데, 그때 목수에게 들은 이야기를 해줄까. 중학생인 나는 재미있게 들었는데, 순영이가 이해할 수 있을지 모르겠다.

"이 책상이 이렇게 작아서 어떻게 공부하셨어요?"

"할아버지가 중학생 때였으니까……"

중학교 2학년 때인데, 그때가 불과 몇 년 전 일 같다. 저 뒷동산 숲에서 느티나무를 베어다가 만들었어. 노인은 책상을 만들던 그때 이야기를 한다. 나무를 베어내어 판자를 만들고, 그 판자로 책상을 만들고, 할아버지 말소리가 점점 멀어져간다. 할아버지, 순영은 안타까워 소리를 지르려는데 말소리가 입안에서만 맴돌면서 자꾸 눈꺼풀이 힘이 없어진다. 그때였다. 방 안 어디에서 중얼거리는 소리가 들린다. 손녀는 할아버지 무릎에서 누워 졸면서도 의식은 또렷하다.

넌 어디서 왔니. 시렁 위에 있는 궤가 묻는다.

응, 나, 저 한라산 남쪽에서…… 할아버지 책상이 대답한다.

한라산 남쪽? 거기가 어딘데?

남원읍 수망리라고.

책상이 마을 이름까지 말한다. 아니, 그 마을은 할아버지 고향이다. 손녀는 졸면서도 대답한다.

그래? 나도 거기에서 왔는데, 서쪽 동네 큰 네거리 집 뒤 숲에서 왔어. 시렁 위에 있는 두 짝 궤 중 오른편 궤가 말했다.

아니, 나도 거기에서 왔는데.

그래? 어떻게 여기까지 왔니?

어느 날 주인이 목수와 청년들을 데리고 와서 우리 몸에서 자잘한 가지들을 잘라내더니, 그다음에 다시 큰 가지를 잘라내고, 맨 나중에 우리 둥치를 잘라내었어. 그렇게 잘라내는 바람에 우리는 숲을 떠나 주인집 헛간으로 굴러들어왔지. 그리고 다시……

궤는 숲에서 나온 내력을 말한다.

통나무가 된 우리는 주인집 헛간에서 며칠 밤을 지냈어. 그리고 며칠 후에 목수와 일꾼들이 우리를 헛간 기둥에 동여매어놓고 톱질을 해서 판자를 떼어내었지. 주인은 판자가 된 우리를 오랫동안 그늘에서 말리는 거야. 목이 타고 배도 고파서 온몸이 바싹바싹 말랐지. 숲에서 풍성하게 살았었는데, 어찌나 배가 고프고 목이 마른지 죽을 지경이었어. 그래도 숲에서 실컷 먹고 마셨던 것이 힘이 되었다. 숲에 있었을 때에는 하늘이 내리쬐는 햇볕을 마음껏 받았고, 땅 밑으로 뻗어나간 뿌리가 땅속 깊은 곳에서부터 무진장 물을 빨아들였거든. 아무리 세상이 가물어도 땅속 깊이 내리뻗은 뿌리가 물을 빨아올리기 때문에 항상 넉넉했어. 더위가 심할수록 우리는 신나게 자랐지. 가지와 잎이 무성해서 무더운 여름인데도 사람과 새들이나 곤충들까지도 우리 그늘로 와서 더위를 식혔지. 그뿐인가, 겨울이면 바람과 눈을 가리고, 여름 장마에도 엔간한 빗방울은 가릴 수 있어서, 뒷밭에서 일하던 일꾼들이 소나기를 만나면 모두 우리 그늘로 몰려와 비를 피했거든. 그 많은 새들은 우리 가지에서 보금자리를 틀었고 매일 노래를 불렀지. 밭에서 일하던 일꾼들도 점심때면 우리 그늘에서 식사를 하고, 그리고 잠시 낮잠을 잘 때면, 새들이 자장가를 불러주었지. 그런데 판자가 되고 보니, 우리는 완전히 죽은 목숨이야. 그런데 참 이상하지. 처음에는 그렇게 고통스럽더니 몇 달이 지나면서 오히려 아주 질기고 탄탄해졌어. 우리를 판자로 만든 목수가 그러더라. 세상에서 가장 좋은 판자라고. 그 말을 듣자, 그동안은 목말라 고생하면서 울창했던 숲에서 편히 지내던 날들을 그리워했었는데, 오히려 판자로 태어난 것이 즐거웠어. 집안 어른이 매일 찾아와서 그 큰 손으로 이따금 우리 얼굴을 쓰다듬으며 말했지.

잘 마르는구나. 마를수록 탄탄하게 되지. 궤를 만들면 한 백 년 두고두고 쓸 수 있을 거야.

그 말에 우리는 마음이 흡족하였지.

어느 날 목수가 와서 내 몸을 대패로 밀어 반들반들하게 치장하고서 궤를 만들었어. 내 한 짝은 그 집 손자의 책상이 되어서 우리와 헤어졌지. 궤가 그동안 내력을 말한다.

아니? 내 처지와 비슷하네. 할아버지 책상도 자신이 책상이 된 내력을 말한다.

그래? 그렇다면 우리는 한형제군. 아니, 한형제보다는 더 가까운 바로 한몸통이었군. 안 그래? 궤가 신기한 듯이 책상을 내려다보면서 말한다.

그런데, 왜 우리는 한몸에서 나와서 이렇게 한방에 있으면서 서로를 몰라보았을까? 책상이 고개를 갸웃거리면서 시렁 위에 있는 궤를 쳐다본다. 그때였다.

야, 지금 네가 한 말이 정말이야? 나도 이 집 뒷산 숲에서 왔는데…… 천장에서 약간 큰 소리가 난다. 순영은 얼른 일어나 천장을 쳐다본다. 방 안이 조용해진다.

뭐야? 뒷산 숲에서 왔다고? 어디서 많이 본 것도 같은데…… 한참 후에 궤가 천장을 향해 말한다.

나는 뒷산 숲에서 자란 삽나무란다. 다른 이름으로 숙대나무라고도 하지. 왜, 몸이 호리호리하고 키만 껑충하게 커서 바람이 불면 제일 먼저 휘청거리며 소리 지르는 나무 있잖아?

종이로 도배되어 있는 천장에 어른 팔뚝보다도 약간 굵은 나무들이 지붕을 받쳐주고 있는데, 그들이 하는 말이다.

이 집을 지을 때에 우리 식구들이 한꺼번에 잘려와서 이 집의 서리가 되었단다. 천장에 있는 서리 중에 하나가 말한다.

그런데 왜 우리는 그동안 서로 몰랐을까? 책상이 말한다.

그래. 숲에서 떠나와서 전혀 다른 데서 살았으니까 알 수가 없겠지. 이렇게 우리는 너무 많이 변했는데 누가 알아보겠니? 궤는 응당 그렇게 몰라보는 것이 당연하다는 듯이 말한다.

그런데 우리는 참 다행이다. 이렇게 변했어도 한집에서 살게 되었으니. 우리 옆에 있었던 친구들 중에는 다른 곳으로 팔려가기도 했단다. 서리가 말한다.

다른 곳이라니? 궤가 묻는다.

응, 이 집 막내아들이 시에서 집을 수리했는데, 거기로 갔어.

어떻게 그리 잘 아니?

우리가 잘려서 이 집 마당으로 왔을 때, 내 곁에 있던 친구가 차에 실려가는 것을 보았어. 그때 집주인 할아버지가 말하는 것을 엿들었거든.

그래?

순영이는 방 안에 있는 궤와 책상과 천장의 서리들이 사람들처럼 이야기하는 것이 너무나 재미있었다.

그들의 말을 듣는 동안 순영이는 그만 졸음이 달아나버렸다. 정신을 차렸는데도 여전히 중얼거리는 소리가 들려왔다. 이상하다. 나무로 된 궤와 책상과 서리가 서로 이야기를 하다니? 순간 순영은 꿈을 꾸고 있다고 생각했다. 그래서 손으로 얼굴을 쓸어보았다. 잠이 깨었다. 그런데 여전히 귓가에 중얼중얼 소리가 들려왔다.

순영이가 할아버지 무릎에서 일어났다. 아무런 소리도 들리지 않았다.

노인도 졸음에서 깨어났다.

"할아버지, 제가 아까 깜박 잠이 들었는데요. 책상과 궤와 저 서리 들이……"

아까 꿈결에 들었던 이야기를 말했다.

"그래?"

노인은 손녀의 얼굴을 찬찬히 들여다보았다. 궤와 책상이 이야기를 한다니, 나도 언젠가 그런 꿈을 꾸었던 것 같다. 아니 꿈이 아니었는지도 몰라.

"할아버지, 저 벽장 위에 있는 궤는 어디서 왔어요?"

"어디서 오다니?"

그 궤는 시에 살던 동생 것인데, 이제는 쓸모가 없으나, 조상이 만들어준 것이기에 하나씩 나눠 갖자고 해서 이 집으로 옮겨왔다. 그 궤 말고도 집 안에는 뒷동산에서 베어낸 느티나무나 멀구슬나무로 만든 세간들이 몇 개 있다.

노인은 그 사정을 손녀에게 설명했다.

"나무들도 우리가 모르는 이야기를 서로 주고받는 모양이지요."

"그렇겠지. 숲에서 떠나와도 다 제 세상에서 살아가니까."

그때 노인도 생각나는 일이 있었다.

중학교 3학년 때였다. 어제 일처럼 그때 일이 다가왔다.

중간고사 준비하느라고 밤늦도록 공부를 하다가 책상 위에 엎드려 졸았다. 그런데 뭔가 소곤거리는 소리가 났다. 가만히 들어보니, 책상과 벽장 위에 있는 궤가 서로 이야기하는 것이었다. 그러나 꿈이라고만 생각했다.

다음 날 저녁식사 자리에서 어젯밤에 책상과 궤가 이야기를 하더라고 말했더니, 식구들은 그 말을 믿지 않았다.

"네가 너무 열심히 공부하는 중에 꿈을 꾸어서 그래. 같은 꿈을 되풀이해서 꾸면 꿈인지 생신지 구분이 안 되거든."

삼촌은 웃어넘겨버렸다.

그런데 그 후에도 이따금 공부하다가 잠시 졸았거나 딴생각을 하고 있을 때면 책상에서 소곤거리는 소리가 들리곤 했다. 어떤 때는 사람이 들을 수 있는 말로 주고받기도 했고, 전혀 알아들을 수 없는 말을 나누기도 했다. 그런데 그것은 꿈에만 들었던 것은 아니다.

그 일 때문에 몇 달 동안 정신이 혼란스러웠던 적이 있다. 그러다가 그 문제를 나름으로 정리하기 위해 삼촌의 말대로 꿈으로 처리해버렸다. 자주 꿈을 꾸었기 때문에 꿈과 현실이 혼동되었다고 생각을 정리했다.

그즈음에 문득 목수의 이야기가 떠올랐다. 그동안 나무의 일생에 대한 이야기는 까마득하게 잊어버리고 있었다. 나무의 생애는 숲에서 일생과 재목으로서 일생과 그 재목이 다른 무엇이 되면서 시작되는 세번째 일생이 있는데, 그것은 전적으로 나무 주인에 따라 결정된다는 말이 생각나자 궤와 책상의 대화를 정리했다.

"이 책상과 궤도 두번째 생애까지는 한몸으로 살아왔는데, 세번째 생애에서는 각각 다른 처지가 되어서 다른 세상에서 살아가는 것이다. 그들이 사는 세상이 다르기 때문에 한몸에서 나와서 한방에 살고 있지만 서로 알아볼 수 없는 것은 당연하다."

이렇게 정리하니 마음이 홀가분했다.

그 후 얼마 동안 그 일은 잊어버리고 지내었다. 그런데 고등학교 1학년 때였다. 증조할아버지 제사 때에 고향집에서 그 꿈 이야기를 식구들에게 했다. 그동안 아무에게도 말하지 않고 간직해두었던 것이다.

"제가 언젠가 꿈을 꾸었는데 말입니다……"

중학생 때 꾸었던 꿈 이야기를 꺼내놓았다. 그리고 이어서,

"나무는 여러 번 다른 세상에서 사는 것 같아요" 하고 결론을

내렸다.

"여러 번 다른 세상에서 산다니?"

"제 방 책상과 궤가 이야기를 하던데요."

궤와 책상이 주고받던 이야기를 그대로 전했다.

"그런데 처음에는 꿈인가 생각했는데, 나중에는 꿈이 아닐 수도 있다고 생각되었어요. 사실 그렇지 않아요? 책상이나 궤는 같은 나무에서 났으니까, 서로 말을 주고받을 만하지요." 나는 할아버지는 이해해주리라고 믿고 말했다.

"네 말이 맞을 수도 있다. 나무들끼리 하는 말을 사람이 듣는다는 것은 이상하지? 또 같은 나무라도 판자가 된 후에도 각각 다른 물건이 되었으니, 옛날 그 근본을 알아볼 수도 없었겠지. 그런데 말이다. 네가 비몽사몽 간에 그 이야기를 들었다니 알 만하다. 사람으로서는 궤와 책상이 하는 이야기를 들을 수 없지만, 사람의 꿈과 같은 다른 세계에서는 혹시 말이 통할 수도 있겠지. 사람도 나무같이 말이다."

할아버지 말을 듣던 식구들 표정은 너무 굳어져 있었다.

"사람도 몸이 죽으면 땅에 묻히지만 혼은 다른 세상으로 가게 되겠지. 그러나 그 세상은 우리가 살고 있는 세상과는 전혀 다르니까, 우리가 이 세상에서 맺은 인연이 그대로 유지되지는 않을 거야. 마치 한 그루 나무이지만, 그들이 숲을 떠나서 다시 시작하는 세계에서는 전혀 다른 모습으로 살아가는 것과 같이 말이다. 궤와 책상이 이야기를 한다고 하더라도, 그들은 느티나무로 한몸이 되어 있을 때와는 전혀 다르겠지."

할아버지는 뭔가 새로운 생각이 트인 듯이 눈을 지그시 감고 말했다. 세상에서 인연은 땅에서 끝나는 것이라는 말에 모두들 조용해졌다.

고등학교 2학년이 되면서 바빠졌고, 궤와 책상과의 대화를 더 들을 수 없었다. 공부에 바빴기에 책상 앞에서 조는 일도 드물었고, 설사 졸았다고 해도 그런 소리를 듣지 못했다. 대학생이 되어 서울에 올라온 후에는 책상과 궤의 이야기를 까마득하게 잊고 있었다.

오랜 세월이 흘렀다.

어느 날 우연히 노인은 평생 받아 앉았던 책상의 근본인 그 느티나무 그루터기를 만나게 되었다. 그동안 집 뒤 숲을 수없이 지나다녔으면서도 그 한가운데 꼼짝 않고 30년 넘게 버티고 앉아 있는 그 느티나무 그루터기에 조금도 마음을 주지 않았었다. 여러 번 그 곁을 지나쳤을 것이고, 어떤 때는 그 위에 앉아 잠시 바람을 쏘였을 것이다. 그래도 그 그루터기에 대해 전혀 관심을 두지 않았다.

마흔이 갓 넘어 고향 중학교 교감으로 부임하고 며칠이 지나서였다. 학교가 집에서 5리 밖이어서 부모를 모시고 오랜만에 고향에서 살게 되었다. 늘 밖에서 나돌아 살았기 때문에 집안일은 어른들이 맡아 했다. 아버지는 할아버지가 떠난 후부터 지방 정치판에서 손을 떼고, 친족과 집안일에만 마음을 썼다. 집안일은 불혹을 넘긴 아들이 있는데도 모두 맡아 했다. 그 많은 제사와 친척집 대소사를 돌보는 일이라든지, 선산 봄가을 벌초일까지 아버지가 모두 주장했다. 매 주말 집에 들르는 아들에게 맡겨도 되겠지만, 집안일 때문에 공무에 지장이 있을 것을 꺼려서인지 아버지는 내게 그런 일을 맡기지 않았다. 할아버지가 돌아가신 후에 아버지는 집안과 친척일에 철저했다. 아버지는 친척들의 눈치를 보면서 교회에 다니기 시작했다. 교회에 열심인 아버지는 그에 못지않게 집안일이나 친척들 일에도 세심하였다.

그런데 이제 아들이 고향에 돌아왔으니, 앞으로 모든 집안일은 아들이 맡아서 처리하게 되었다. 이제야 비로소 장손으로서 처지를 회복한 듯한 감회가 새삼스러웠다.

9월 셋째 토요일이었다.

늦더위가 마지막 기승을 부리고 있었다. 걸어서 출퇴근하던 당시여서, 퇴근하느라고 온몸이 땀에 절었다. 집 안에 들어와 사랑채에 계신 어른께 인사를 드리고 더위를 식히려고 곧장 뒷산 숲으로 들어갔다.

그날은 어떤 마음에서인지, 숲 초입에서 땀이나 들이는 것으로 그치지 않고 숲 안으로 들어섰다. 한여름 더위 때문인지 숲은 더 울창하게 보였다. 그동안 숲에 대해 관심을 가질 여유가 없었는데, 그날은 새삼스럽게 숲이 풍성하고 정답게 느껴졌다.

숲 가운데로 들어서다가 큰 나무를 잘라낸 편편한 나무 그루터기를 보고 그 위에 앉았다. 엉덩이보다 더 넓었다. 그런데 저편을 보니 다시 그런 그루터기가 하나 더 있었다. 그런데 이 두 그루터기 주위에도 큰 느티나무가 몇 그루 있어 그늘을 만들어주고 있었다. 이처럼 큰 그루터기라면 아마 굉장히 큰 나무가 이 자리에 있었을 텐데, 그것을 잘라내어도 여전히 그늘이 되는 나무가 있다니, 그렇게 생각하면서 나무 위쪽을 올려다보았다. 나뭇가지들 틈으로 푸른 하늘이 보이고 그 위에 하얀 모시구름이 지나가고 있었다. 그 순간, 하늘이 아닌, 앉아 있는 땅, 곧 엉덩이를 받쳐주고 있는 그 편편하고 넓은 그루터기가 공중에 어리었다. 나뭇잎 틈새로 그것이 보이니 이상했다. 아무리 파랗더라도 땅에 있는 것이 창공에 어리다니? 헛것에 홀린 것처럼 얼른 자리에서 일어나 앉았던 자리를 내려다보았다. 정말 몇 아름이 될 듯한 둥근 타원 모양의 나무 밑동이 땅으로부터 두어 뼘 올라와 있었다. 아니, 이렇게 큰 나무가 여기 있었나? 그렇게 생각하는데, 중학교 때 할아버지와 같이 느티나무 두 그루를 베어내고 삼촌 궤와 내 책상을 만들고 개판용으로 판자를 오려서 간수해두었던 일이 떠올랐다. 이미 30년도 넘게 지난 일인데도 선명하게 다가왔다. 그리고 그 이듬해, 할아버지는 그 나무를 베어낸 자리에 내 키보다 두 배는 더 자란 느티나무를 산에서 캐어다가 다섯 그루를 심었다.

"이것은 네가 키워라. 네 고등학교 입학 기념으로 심는 것이다. 이 담에 네가 이 할아비처럼 늙었을 때에는, 네 손자의 책상을 만들어줄 만큼 자랄 것이다."

할아버지 목소리가 바로 귓가에 쟁쟁하게 들려왔다. 순간 얼굴이 화끈 달아오르면서 목이 콱 막혔다. 그동안 이 숲을 수없이 지나다니면서도 이 그루터기를 잊었고, 고교 진학 기념으로 나무를 심었던 할아버지 마음도, 그 윗대 어른들이 이 숲에 일생을 걸고 살아왔다는 것도 잊고 있었다. 조상님께 송구스러웠고, 또 자신에게도 더없이 부끄러웠다.

어른들은 집안에 좋은 일이 있을 때마다 나무를 심었다. 숲 동편 약간 돋은 곳에 울창한 오동나무와 느티나무 군락지가 있다. 그곳에는 나무들이 줄을 지어 늘어서 있다. 기념으로 나무를 심고 가꾸었기 때문에 너른 숲 안에서도 그곳 나무들은 특별히 눈에 띈다. 수종만 해도 오동나무와 느티나무와 향나무가 주종을 이루고 있다. 서편으로 기울어진 해가 우거진 나무숲에서 보석처럼 빛나는 햇살을 쏟아내고 있었다. 그곳으로 다가가는데 가슴이 울렁거렸다. 잃어버려 안타까워했던 것을 바로 옆에서 찾을 때처럼 안도감과 허탈함이 뒤엉켜 있었다.

한 아름이 넘는 나무들이 하늘을 향해 솟아 있었다. 그 끝 가지들이 태양을 향해 함성이라도 지를 듯이 두 손을 쫙 벌리고 있다. 그런 나무마다 손바닥 두 개 크기만 한 네모난 판자에 먹글씨로 나무의 내력을 밝힌 팻말이 걸려 있었다.

〈丁亥年 三月 五日 祖父 結婚 紀念〉〈己酉年 二月 三日 父親

結婚 紀念〉〈庚戌年 六月 二十一日 棟壎 出生 紀念〉〈丙子年 九
月 初三日 景在 出生 紀念〉〈甲申年 九月 景在 國民學校 入學
紀念〉

이 팻말 판자는 오래된 것 같은데 붓글씨는 선명했다. 아버
지가 쓰신 것이다. 스스로 장손으로서 자격이 없다고, 조상에게
부끄러운 부담을 안고 살아왔다던 아버지는 할아버지가 써서
붙인 그 팻말 글씨가 바래어 희미하게 되자 그 위에 다시 썼던
것이다.

여기에 있는 나무들은 1백 년에서 50년쯤 된 것이다. 내 자
식대에 와서는 이곳이 터가 좁아서 기념식수를 숲 서편으로 옮
겼다.

한동안 그 나무들을 바라보면서 돌아가신 어른들의 마음을
헤아려보았다. 사람은 가도 나무는 영원히 오래오래 땅속으로
땅속으로 뿌리를 내리고 뻗어날 것을 믿었을 것이다. 혹 출생을
기념하는 나무가 살아 있는 한 그 출생자는 죽지 않는다고 믿었
을 것이다. 어려운 일을 당할 때라도 자기 나무가 하늘을 향해
뻗어 있다는 것을, 그 어려움을 이길 수 있다는 것을 믿었을 것
이다. 살아 있는 사람들에게도 그 나무의 주인의 죽음을 인정하
지 않게 하려는 의도였을까.

나는 어른들이 묻혀 있는 산소로 갔다. 줄지어 앉아 있는 묘
와 묘비 앞에서 석상처럼 우두커니 서 있었다. 온몸으로 열기가
피어올랐다. 허무를 이기려던 그 어른들의 지혜가 놀라울수록,

그것만으로는 이길 수 없는 엄연한 현실을 확인했기 때문인가.

봉분 위에 나 있는 쑥과 엉겅퀴와 잡풀을 뽑았고, 먼지가 뽀얗게 낀 비석을 손바닥으로 닦았다. 최근에 아버지는 할아버지와 할머니 비석일을 마무리했다. 당신의 손으로 그 일을 마무리하고 싶었을 것이다. 묏자리를 등 뒤에 두고 울창한 숲을 내다보았다. 기념일 때마다 심어놓은 나무는 늦은 여름 더운 공기와 며칠 전에 내린 흡족한 비로 더욱 푸르러 있다. 문득 세월의 불공평함이 가슴을 쳤다. 시간이 지날수록 인간은 육체적으로 노쇠하고 정신적으로도 추해지는데, 나무는 어떻게 저렇게 더 왕성하고 풍부해지는가. 그런 생각이 깊어질수록 가슴은 답답했다.

해가 서편으로 기울어져서야 집으로 돌아온 나는 곧장 사랑채 아버지 방으로 들어갔다. 아버지는 벌겋게 달아오른 내 얼굴을 무슨 일이냐는 듯이 쳐다보았다.

"지금 뒷동산 숲으로 바람 쐬러 갔다가 그 그루터기를 보았습니다. 할아버님들께서 기념식수로 심은 나무들도…… 아버님께서 팻말을 다시 써 붙여놓으셨더군요. 저는 까마득하게 잊고 있었습니다. 이렇게 나이만 처먹었으면서도, 그러한 일에는 너무 무심한 제 꼴이 부끄럽고 안타까워서 그만……"

말을 더 잇지 못하고 고개를 숙여버렸다. 일흔을 바라보는 아버지 앞에서 마흔이 넘은 아들이 흐느꼈다. 나이가 들어서는 처음 있는 일이었다.

"세상이 하도 번거로우니까 잊고 살았겠지. 이제는 고향에 돌아왔으니 저 숲을 맡아 가꿔라. 돌아가신 어른들 숨결과 손자국과 발자국이 남아 있는 터전이다. 나는 그곳에만 들어서면 어른들 목소리와 숨소리를 듣게 되고, 그러면 복잡하게 흩어졌던 마음이 안정되면서 편안해지더라."

아버지는 말을 더 잇지 않았다.

그날 저녁 아버지 앞에서 물러나와 방으로 들어와서 먼지를 뒤집어쓰고 앉아 있는 앉은뱅이 괴목 책상을 헝겊으로 오래도록 닦았다.

또 다른 집

대학 4학년 겨울방학 때이다.

한 1년 넘게 병석에서 고생하던 할머니가 세상을 떠났다. 집안 식구들은 혈육을 떠나보내는 슬픔보다는 장례를 치르는 일로 분주했다. 상주인 아버지는 무엇을 어떻게 할지 전전긍긍하였다. 친척 어른의 지휘하에 친척들은 일을 분담하였다. 장손이지만 집안 큰일을 치러보지 않은 아버지는 책을 읽고 세상일을 걱정하고 남을 설득하는 데는 재질이 타고났으면서도 이런 일에는 쓸모가 없었다.

나는 당숙과 같이 관을 짜는 일을 맡았다. 동네 목수를 데려다가 대문이 딸린 헛간에서 일을 시작했다. 할머니가 자리에 눕자 할아버지는 미리 숲에서 오동나무를 베어다가 관을 만들 판자를 준비해두어서 일은 어렵지 않게 진행되었다.

"복도 많으신 분이시지. 오동나무관에 느티나무개판으로 지은 집에 사시게 되었으니……"

오동나무판자에 먹줄을 친 목수는 손바닥으로 판자를 쓱 쓸면서 말했다. 예전에 내 책상을 만들었던 그 목수였다. 허연 수염과 검붉고 깊이 팬 주름, 어딘지 근엄하게 뵈는 얼굴 표정이며 신중한 손놀림 하나하나가 내게는 예사롭지 않게 보였다.

"돌아가신 할아버님께서 아버님이 태어났을 때에 기념으로 뒷산에 오동나무를 심으셨는데, 어머님께서는 늘 그 나무로 당신이 눕고 갈 관을 만들어달라고 신신당부했답니다."

목수에게 인사하러 온 아버지는 그 오동나무판자의 내력을 말했다.

지난 6월이었다. 사범대학 4년차였던 나는 교생실습을 고향 중학교에서 하게 되어서 한 달 동안 집에 머무르게 되었다. 그때 오랜만에 할머니와 가까이 지내었다. 어렸을 때부터 할머니의 사랑을 독차지해서 살아온 나였으나, 자라면서 할머니께 특별한 정을 보내지 못했다. 이제 모처럼 그러한 기회를 얻게 되었으나 할머니는 손자의 잔정을 받을 수 있는 처지가 아니었다. 위병(나중에 위암임을 알았다)으로 도둑처럼 몰려오는 고통과 싸워야 하는 절박한 처지에 있었다. 한밤중에 바로 옆방에서 들려오는 할머니 신음 소리에 잠이 깨면, 달려가 야윌 대로 야윈 할머니 손을 잡을 뿐 그 아픔을 조금도 덜어드릴 수 없었다.

실습을 마치고 서울로 올라가기 전날, 뒷산 숲 건너 선영에서 성묘를 하고 내려오고 있었다. 숲으로 들어섰는데, 동편에서 하얀 기운이 문득 눈을 스쳤다. 무심코 고개를 돌려 보니, 할머니가 하얀 옷차림으로 하늘로 치솟아 있는 오동나무에 기대어 있었다.

"마침 잘 왔다."

내 기척에 고개를 돌린 할머니는 마치 손자를 기다렸다는 듯이 반가워했다.

"이 오동나무는 네 할아버지가 태어났을 때, 증조할아버님이 기념으로 심으셨단다. 그러고 보니 벌써 칠십 년이 넘었네."

처음 듣는 말이었다. 이 숲에는 오동나무가 많은데, 그중에도 둘레가 한 아름이 넘는 큰 나무였다.

"이 나무로 내가 죽으면 관을 만들어달라고 했더니, 할아버지께서 역정을 내시더라. 손자가 장가갈 때에 궤를 만들 나무라는구나. 가구는 오동나무가 제일이라면서. 그런데 내가 네게 청을 하는 건데, 이 나무를 내게 다오. 내 살 집을 만들고 싶다."

어린아이처럼 보채는 눈길에 눈물이 핑 돌았다. 할머니는 집으로 돌아오면서도 그 청을 되풀이했다. 나는 '예' '예' 대답하면서도 목이 메어서 아무 말도 더 하지 못했다.

서울로 올라오기 전 할아버지께 할머니 청을 말씀드리지 못했다. 우선 '할머니 관'이라는 말조차 꺼내기 싫었다. 할머니가 죽는다는 사실조차 전혀 입 밖에 내고 싶지 않았다.

"다행히 오동나무에서 두 분의 집을 지을 판자가 나와서……"

아버지는 헛간 구석에 세워져 있는 다른 판자를 가리켰다.

"당신의 출생 기념으로 심은 나무로 죽어서 살 관을 만든다니, 이거 세계 뉴스감 아닌가."

목수가 판자를 유심히 살피면서 혼잣말로 중얼거렸다.

"살았을 때부터 죽음을 준비하셨다니, 그 마음이 얼마나 넓으시면 그러실 수 있을까?"

옆에서 듣던 당숙이 덧붙였다.

"관뿐이 아닙니다. 수의를 손수 다 지어놓으시고, 환갑이 지나시면서 생신 때마다 밤이면 입어보셨답니다. 아버님이 싫어하시어도 막무가내셨다니까요."

아버지는 할머니의 기이한 버릇을 말했다.

"어른들은 죽어서도 땅에서 살았던 그대로 산다고 생각하셨으니 그러실 수 있으시죠."

목수는 그러한 노인네 버릇이 별스러운 것이 아니라는 듯이 말했다. 하기야, 관을 수없이 만들면서 일생을 살아왔으니, 죽음에 대한 사람들의 생각을 어느 정도 알고 있었을 것이다.

"한평생 죽은 사람 집을 지으면서 살아온 사람도 있는데 뭐."

당숙은 목수의 얼굴을 흘겨보면서 말했다. 목수는 말없이 빙긋이 웃기만 했다.

목수는 관을 가구처럼 정성 들여 만들었다. 자로 재어 먹줄로 잘라낼 부분을 표시하자, 다른 목수가 일꾼 한 사람과 같이 먹줄에 따라 판자를 오렸다. 다시 그것을 대패로 미끈하게 잘 다듬었다. 네 개의 판자를 만든 후에 쇠못을 쓰지 않고 관을 만들었다.

어스름 때가 되어서 관이 완성되었다. 할머니 체구에 비해 관이 좁을 것 같았다. 저 안에 들어가 누울 수 있을까, 누워서 어느 정도 움직일 수 있도록 좀 넓었으면 좋겠다고 생각했다. 그러나 그런 말을 누구에게도 하지 않았다.

"이제 개판을 만들어야 하는데……"

당숙으로부터 좁쌀 청주를 한잔 받아 들이켠 목수가 자리를 털고 일어나더니 구석에 세워져 있는 판자들을 가리켰다.

다른 목수와 일꾼들이 일어나 두껍고 큰 판자를 들고 왔다.

"이 판자로 개판을 만들면 몇백 년이 지나도 썩지 않을걸."

목수는 수염에 묻은 술 자국을 손잔등으로 거두면서 흐뭇한 표정을 지었다.

"아니, 이것은 예전에 책상을 만들던 그 판자인데……"

그때에도 개판용이라고 할아버지가 말한 기억이 났다.

"그때 짧은 판자를 개판용으로 남겼는데, 이거 몇 년 만인가, 십 년이 가까워오는데……"

도목수는 뿌옇게 앉은 먼지를 후 불더니 손바닥으로 판자를 싹 쓸어내었다.

저녁을 먹은 후에 개판을 만들기 시작했다. 관을 만드는 일에 비해 손길이 많이 가지 않았다. 목수가 궤목 판자에 먹줄을 치고, 그 줄에 따라 네 면을 오려내자 직사각형이 되었다. 그리고 나서 표면을 대패로 다듬었다. 그렇게 여섯 개를 만들고 그것을 멍석 위에 가지런히 펼쳐놓았다. 판자와 판자 사이에 틈이 없이 여섯 개 판자가 하나같이 되었다.

"사람 시신은 썩어 흙이 되어도 이 개판만은 오래도록 남아 있을 거요. 그러고 보면 사람이 별것이 아니야. 죽어서도 이 판자는 백 년을 넘기는데, 육신은 두어 해 넘길까. 뼈만 남았다가 그것도 어느 시기가 되면 흙이 되어서…… 허허허."

목수는 당숙이 따라주는 좁쌀 청주를 한 잔 더 마시더니 소리 내어 웃었다. 그 웃음소리가 한동안 헛간 천장에서 맴돌았다.

"이런 나무들은 땅에서 목숨이 다해서 죽은 후에도 수백 년은 더 간다지. 한라산에 가보면 고사목들을 많이 볼 수 있는데, 질기기로는 이 느티나무에 비길 수 없을걸세."

목수는 자리를 털면서 나무의 생명이 질기고 인간의 육신이 허약하다는 말을 되풀이했다.

할머니 입관은 밤 11시에 시작되었다. 염을 끝내고 명주 수의를 입힌 할머니를 다시 베로 탄탄하게 싸서 베 끈으로 꽁꽁 묶었다. 왜 저렇게 묶을까? 나는 울음이 복받쳤다. 할머니 모습은 온데간데없고, 먼 곳으로 옮겨가는 작은 이삿짐 뭉치 같았다.

할머니 시신이 오동나무관 안으로 들어가자 꼭 맞았다. 어머니와 고모는 관 안에 좁은 틈도 남겨두지 않으려고, 조금이라도 틈이 있으면 솜과 헝겊과 할머니가 쓰던 물건으로 꼭꼭 눌러가

며 채웠다. 시신은 살았어도 일어나지 못하고 질식할 것 같았
다. 입관은 한 번 죽은 자는 다시 살아서 세상으로 돌아오지 못
하도록 하는 절차 같았다.

하관 절차를 보면서 죽음의 실체를 생각할 수 있었다. 할머
니 관이 광중 안으로 내려졌다. 일꾼들이 광중 흙벽과 관 사이
에 틈이 생기지 않도록 잔 흙을 밀어넣고 단단히 다졌다. 그리
고 그 위에 느티나무개판을 연이어 덮어놓았다. 사람들은 관에
누워 있던 시신이 행여나 다시 살아 일어날 것을 염려하여 이중
삼중으로 장치를 마련하는 것 같았다.

아버지가 먼저 삽으로 흙을 떠서 개판 위로 뿌렸다. 이어서
상주들이 삽으로 흙을 떠서 뿌리면서 울음소리가 커졌다. 순식
간에 광중 안은 흙으로 채워지더니 곧 평지와 같게 되었다. 관
은 완전히 땅속에 묻혀버렸다. 그 위에 다시 봉분을 만들기 위
해 흙을 쌓았다. 상주와 자손들이 소리내어 울자 친척 노인이
흙에 섞여 들어가는 돌과 풀뿌리를 추려내라고 호통을 쳤다. 상
주들과 자손들은 부끄러운 듯이 울음을 거두고 서둘러 흙 속에
들어 있는 돌과 풀뿌리를 추려내었다. 할머니를 영원히 땅에 묻
어버리는 순간에도 식구들은 마지막 정도 제대로 풀 수 없게 만
들었다.

할머니 장례를 마치고 서울로 올라왔으나 오랫동안 할머니
환영에서 헤어나지 못했다. 그 어른으로부터 사랑을 받고 자라
온 탓도 있겠지만, 식구들 한 사람 한 사람에게 닥쳐온 그 죽음

238

이 언젠가는 내게도 다가온다는 것을 사실로 받아들이기는 쉽
지 않았다. 밤이면 그 옛날 삼촌 집에서처럼 책상과 궤의 대화
같은 것이 윙윙 귓바퀴를 울리기도 했다.

할아버지는 할머니를 보내고 나서 곧 허물어지기 시작했다.
매사에 빈틈이 없고 하는 일에 자신이 넘치던 할아버지였다. 그
런데 기력이 쇠하여 목소리부터 힘이 없어졌고, 이따금 눈이 침
침하다고 혼잣소리처럼 말했다. 식사 자리에서 밥그릇을 반도
못 비울 때도 많았다. 치아가 아파서 음식 맛이 없다고 했다.
그런 할아버지 처지를 알면서 아버지는 한숨만 쉴 뿐 아무런 대
책도 마련하지 못했다. 식구들도 할아버지 몸과 마음이 심하게
어긋나고 있다는 것을 알면서도, 고작 걱정만 할 뿐 사실은 구
경꾼에 지나지 않았다.

서울 종합병원에서 종합진단을 받아보자고 아버지가 여러 번
권유했으나 할아버지는 역정만 내었다.

"아비가 병원 출입하는 것이 그리 보기 좋아?"

평소에는 아들에게 얼굴 표정 하나 바꾸지 않던 노인이었는데,
병원 이야기만 나오면 전혀 딴사람처럼 역정을 내었다. 70년 넘
게 살아온 인생 경험과 쌓아온 지혜가 할머니 죽음 앞에서 의미
를 잃게 된 것이다. 아버지도 그러한 사정을 알고 있기에 할아
버지 고집을 따르지 않을 수 없었다.

할머니를 땅에 묻고 돌아온 뒤부터 할아버지는 하루도 거르
지 않고 할머니 산소에 드나들었다. 집안일에서 마음을 떼고서

온종일 숲에서 지내시기도 했고, 이따금 할머니 묘 앞에 우두커니 앉아서 숲을 바라볼 때도 있었다. 어느 날은 숲의 나무들을 하나하나 만지면서 뭔가 중얼거리기도 했다. 나중에 아버지로부터 들었지만, 그 나무들은 모두 할아버지가 할머니와 함께 심었다고 했다. 할아버지는 자신이 심은 나무는 이렇게 하늘을 향해 매일매일 자라고 있는데, 자신의 육신은 점점 노쇠해지는 것을 감당할 수 없었던 것이다.

어떤 때는 그 묘소 옆 오두막에서 밤을 지내고서 새벽에 들어오기도 했다. 움막은 4·3사태 때에 아버지가 피신해 있던 곳이었다. 사태가 어수선해지자, 순사와 아버지 친구라는 청년들이 불쑥불쑥 나타나서는 아버지를 찾았다. 아버지는 할아버지 간청으로 사상이고 뭐고 다 그만두고 한 집안의 장손으로서 살아가기로 작정한 후였다. 그런데도 어느 편에서도 아버지를 가만두지 않았다. 아버지는 그곳에 숨어 있으면 마음이 편했다고 한다. 옆에 대대로 집안을 지켜준 조상들이 있으니, 집안을 책임질 장손을 보호해주지 않겠냐고 믿었다.

할아버지는 결국 할머니 대상을 치르고 두 달이 지나서 세상을 떠났다. 그 병중에서 할머니 탈상을 마칠 수 있었던 것은 할아버지 의지 때문이었다.

할아버지 장례는 성대하게 치러졌다. 그런데 주상인 아버지는 빈소 앞에서 조문객을 맞을 때마다 가슴이 찢어지는 곡소리만 할 뿐 아무 일도 하지 못했다. 오히려 삼촌이 장례 모든 절차를 맡아 했다. 할아버지 죽음이 오래전부터 예견된 것이어서 아버지는 모든 준비를 해두었을 텐데, 정작 일을 당하고 보니, 아버지는 죽음 그 자체를 받아들일 수 없었다.

장례를 치르고 나자 집 안은 빈집처럼 황량하였다.

"기일 제사는 네 어머니가 잘할 것이니, 며느리는 염려할 것 없고……"

아버지는 할아버지 대상 파제 후에 가까운 친척들과 형제들 앞에서 선언하듯 말했다. 삼촌이 만류했으나 아버지는 생각을 달리하지 않았다.

"형의 속마음을 그렇게도 모르겠냐? 아버님 장례 때에 이 형이 껍데기뿐이라는 것을 보지 않았냐? 난 아버님 앞에서는 어린애처럼 응석을 부리면서 살아왔지만 이제는 그럴 분이 없으니, 나는 아무것도 할 수 없다. 내가 나를 너무나 잘 안다."

나는 아버지 생각을 따르기로 하고, 안채 큰방을 차지하는 것으로 매듭이 지어졌다.

"내가 집안의 자잘한 일은 다 할 테다. 너는 학교 일이나 열심히 해라."

결정을 하고 난 다음에 아버지는 내게 무슨 큰 빚이나 진 것처럼 말했다.

나그네들

아버지는 내게 장손의 책임을 넘기고 나더니 교회에 나가기 시작했다. 전혀 의외였다.

숙부나 고모나 가까운 친척들도 의외라고 생각했다. 나는 그러한 아버지가 더욱 조심스러웠다. 처음에는 부모의 죽음을 당하고 나니 세상살이에 대한 생각이 달라졌을 것이라고 막연하게 짐작했다. 그러나 아버지의 신앙은 그렇게 단순한 것이 아니었다. 이미 오래전부터 신앙을 갖고 있었으나, 그것을 겉으로 드러내지 않았을 뿐이었다. 아마 유교 문화에 철저한 어른들에 대한 작은 배려 때문이었을 것이다. 그동안 아버지의 긴 방황을 나도 조금은 알고 있다. 장손이 되기를 거부하여 열다섯에 벌써 집을 나갔고, 스물이 되기 전에 이미 마르크스 보이가 되어 집안에 순사들이 들락거리게 했다. 고향에 돌아와서는 한동안 청년운동이니 사상운동이니 앞장서 다니다가, 겨우 장손으로 돌아와 안주하여 살기로 작정했다. 시국이 잠잠해지면서, 지방 유지로서 평범한 생활을 즐겼다. 가문을 생각하고, 형제, 친척, 이웃, 친구들 일이라면 발 벗고 나섰다. 철저하게 보통 사람들이 원하는 방식대로 세상을 살았다. 그러던 처지에 이제 인생이 말년에 들어서서 지금까지 쌓아놓은 것을 다 버리듯이 형제와 친척들의 눈총을 받으면서 신앙을 찾았다. 아버지를 잘 이해한다던 나도 생각이 너무 단순했음을 비로소 알게 되었다. 아버지의 파격은 파격이 아니라, 오래전에 준비해둔 삶의 수순이었다.

아버지는 하루가 다르게 변해갔다. 우선 사람 만나는 일부터 줄였다.

밤 깊도록 사랑채에서 성경을 보거나 책을 읽었고, 이따금 숲을 산보하고 어른들 묘소 앞에서 오래도록 서 있다가 돌아오곤 했다. 4·3사태 때에 숨어 지내던 그 움막은 아버지의 기도처가 되었다. 나는 농번기 방학이나 주말에 집에 와 머물 때면 새벽 숲을 산보할 때가 있었는데, 이따금 그 움막에서 밤새워 기도하고 돌아오는 아버지와 대면하곤 했다. 그때 아버지 얼굴은 갓난아이처럼 밝고 투명했다. 아버지는 약간 어색한 표정을 지으면서 빙긋이 웃었는데, 그 모습도 전혀 낯설면서 천진스러웠다. 예전 아버지는 자식 앞에서는 언제나 당당하고 의연했다. 기도 생활뿐만 아니라, 어디에서 종교 집회가 열린다고 하면 만사를 제쳐놓고 참석했다. 환갑을 넘긴 나이에 신학 공부를 하겠다고 넌지시 내 의향을 묻기도 했다. 그러나 그것은 어머니 반대로 뜻을 이루지 못했다.

"남들이 미쳤다고 합니다. 그렇지 않아도 사람들 눈이 심상치 않은데."

어머니는 그 일에 대해서만은 단호했다. 일평생 아버지 말에 '아닙니다' 소리를 한번도 안 하고 살아온 어머니였으나, 이번에는 달랐다. 아버지도 어머니 말을 그대로 받아들였다.

"그렇지. 신학 공부를 한다고 인생이 달라지는 것은 아니니까. 그 대신 당신도 나와 함께 교회에 나갑시다."

아버지는 애원하듯 어머니에게 말했다. 이런 아버지도 전에 없던 모습이었다. 항상 어머니 앞에서 군림하듯 대해왔는데, 언제부터인가, 어머니를 대하는 태도도 조심스러워졌다.

"나는 아직도 이 집안 큰며느리입니다. 그 많은 기일 제사를 죽을 때까지는 내 손으로 차려야 합니다. 나까지 장손 며느리 자리를 내놓으란 말입니까?"

어머니는 따지듯이 말했다.

"장손이 뭐가 그리 대단하다고?"

"저는 당신을 보고 시집온 게 아니고 이 집 큰며느리로 시집 왔습니다."

그 말에는 아버지도 대답을 하지 못했다. 그동안 어머니는 아버지의 애정의 대상이 아니라 제도로 묶인 아내였다. 스물이 되기 전에 어른들 뜻대로 결혼했으나, 부부의 정을 나눠보지 못하고 살았던 어머니였다. 아버지는 어머니를 시집에 놔두고 혼자 객지로 돌아다니면서 여자들과 어울렸고, 고향에 돌아와 사태를 겪고 목숨을 부지하고 나서부터도 소위 한량처럼 당신 멋대로 살았다. 그러한 아버지에 대해 어머니는 얼굴 한번 붉히거나 큰소리를 낸 적이 없었다. 어머니는 아버지의 아내보다는 이 집 며느리로 한평생을 살아왔다.

아버지는 그러한 어머니 처지를 인정하면서도 신앙을 끈질기게 권유했다.

"내가 당신에게 너무 많은 빚을 졌는데, 조금이라도 그것을 탕감해보려고 권하는 거요. 죽어서 나와 같이 주님 앞에 가야 하지 않겠소. 그때에는 내가 당신의 시종이 되겠소."

아버지는 농담처럼 말했지만 그것은 진심이었다.

어머니는 아버지의 뜻을 이해하면서도 고개를 저었다.

"더 늙어서 며느리 구실을 못하게 될 때에는 당신 손에 이끌려 교회에 가십시다."

어머니에게는 자신의 영혼을 구원받는 것보다는 큰며느리로서 일이 소중했다. 그것은 비교할 수 있는 일이 아니었다. 한평생이 종갓집 며느리로 시작해서 거기에서 끝나는 것이 어머니 인생이었다. 그런데 결국 어머니는 아버지 손에 이끌려 교회 문안으로 들어서지 못하였다. 아버지가 먼저 세상을 떠났다.

아버지는 자신의 죽음을 짐작하고는 한라산 700고지 지경에 있는 4대조 묘 이장을 서둘렀다. 할아버지도 생각했으나 이루지 못한 일이었다. 사람들이 명당자리라고 말하는 묘소를 이장한다는 것은 쉽지 않았다. 더구나 그 일은 장손 혼자서 결단할 일이 아니었다. 사방으로 흩어져 살고 있는 근족들의 마음을 묶어야 하는데, 그 일은 쉽지 않았다.

아버지는 서울 나들이 기회에 집 식구 몰래 친구 아들 병원에서 종합검진을 받았다. 스스로 몸에 이상을 느꼈던 것이다. 결과는 회복될 수 없는 상황이었다. 그러나 식구들에게 일체 말하지 않고, 주변을 정리하기 시작했다. 그 첫 일이 선묘 이장이었다.

근족들의 반대에 부딪치자 나중에 문제가 생기면 다 책임지겠다고 반 억지로 일을 단행했다. 한라산 숲이 한 해 다르게 변하고 있는데, 우리가 세상을 떠난 다음에 어느 자손이 그 묘를 찾아 시제를 하고 벌초를 하겠는가. 패총이 되지 않는다는 보장을 누가 하겠냐. 아버지는 현실적인 문제를 내세워 근족들을 설득했다. 그 말에 감히 반대할 사람이 없었다.

이장하기 위해 묘를 파보니 아무것도 없었다. 뼈라도 추려볼까 했는데, 그럴 만한 것이 없었다. 백 년도 채 되지 못했는데, 이럴 수 있는가. 자손들도 내놓고 말하지는 않았으나 죽음의 허무함을 절감했다. 검은흙 몇 줌을 베에 싸서 선영으로 옮겨 와서 제일 윗자리에 새 묘를 만들었다. 그것은 가묘나 다름이 없었다.

“눈으로 직접 보지 않았어? 죽으면 한 줌의 흙이 되는 거야.”

이장을 마친 다음 아버지는 친척들에게 예수를 믿으라고 권했다. 이장을 통해서 친척들은 죽음 이후의 허무함을 생각했으나 선뜻 아버지 뜻을 받아들이지는 못했다.

아버지는 지니고 있는 것들을 하나하나 정리하기 시작했다. 그 연배로서는 다른 사람에 비해서 적지 않은 책과 살아오는 동안에 쌓아둔 것들이 많았다. 책들을 정리해서 그중 얼마는 내 방으로 옮겼고, 그 외 것들은 방 한구석에 쌓아두었다. 나는 회고록이라도 쓰려는가 생각했다. 그런데 어느 날 그것들을 집 뒤뜰로 옮겨놓고 모두 불태워버렸다. 나는 그제야 아버지 신상에 이상이 생겼다는 것을 알았다.

“이런 사실을 누구에게도 알리지 마라. 알려서 좋을 일 하나도 없다. 때가 되면 사람은 세상을 떠나는 것이다. 떠날 사람이 떠난다고 야단스럽게 구는 것처럼 미련한 짓은 없다. 언젠가는 떠날 것인데, 몇 년 더 머물다가 가는 거나, 몇 년 후에 가는 거나 무슨 차이가 있겠냐. 그런데 아들에게 부탁이 하나 있는데, 예수를 믿어라. 이것은 내 유언이다. 인간의 생은 땅에서 끝나는 것이 아니다. 그것은 네가 더 잘 알지 않니. 네 어머니가 걱정이다. 지금 내 처지를 안다면 아마 혼절하실 것이다. 절대로 아들 입으로 누구에게도 말하지 마라. 때가 되면 내 입으로 말하겠다.”

내가 눈치를 채고 채근했더니, 그제야 솔직하게 당신의 신병을 털어놓으면서, 내게 신앙을 당부했다. 아버지 그러한 처지를 알고 나니 우선 어머니가 걱정이 되었다.

결국 아버지는 나와 약속하고서 두 주일 후에 세상을 떠났다. 떠나기 하루 전에, 식구들에게 예수를 믿으라고 간곡히 부탁하고, 자신의 시신을 새로 개교한 지방 의과대학에 기증하라고 유언했다.

식구들은 이견이 많았으나 아버지 뜻대로 따르기로 했다. 그런데 반대한 것은 어머니였다.

“무정한 사람, 당신은 날 뭐로 생각하셨소. 나와 한마디 의논도 없이.”

아버지는 당신의 남편이고, 당신은 일평생 아버지만을 믿고 살아왔으니, 당신의 동의 없이는 시신을 대학병원에 줄 수 없다는 어머니의 완강한 주장을 누구도 거역할 수 없었다. 모두들 내심으로는 아버지 시신이 그렇게 되는 것을 원하지 않았다.

그래서 내가 나섰다. 아버지가 그러한 결심을 하기까지 상당히 많은 시간을 생각하였을 것이고, 고민도 많이 하였을 텐데, 살아 있는 사람들이 그 뜻을 어긴다는 것은 도리가 아니라고 어머니를 설득했다. 어머니는 내 주장에 어이가 없는 표정이었다.

"아니, 네가 그럴 수 있냐?"

어머니는 나를 원망했다. 쉽게 결말이 나지 않았다.

결국 대학병원에서 시신을 이용한 다음에 화장을 하고서 그 유골은 되받아 선영에 모시기로 했다. 어머니는 당신의 남편의 무덤을 갖고 싶었던 것이다.

그런데 사람 일은 사람 뜻대로 되는 것이 아니었다. 시신을 대학병원에 기증하는 처지에 입관이고 발인이고 아무 절차도 없었다. 고향 작은 교회에서 거행한 고별 예배로 아버지가 70 평생 누려온 이 세상에서 모든 사람들과의 인연은 정리되었다. 유언대로 조의금도 받지 않았다. 죽은 다음의 일은 살아 있는 사람의 몫인데도, 아버지는 그것까지 관여하고 세상을 떠났다. 그런데 어머니는 고별 예배를 마치고 집으로 돌아와 자리에 눕더니 심장이 멎을 때까지 3년 동안 자리에서 일어나지 못했다. 어머니 원대로 해부용이 되었던 아버지 살점들을 모아 불태워 남은 그 가루를 뒷산 선영 한 평 땅에 묻고 묘를 썼으나, 어머니는 그 앞에서 눈물 한 방울 흘리지 못했다.

나는 아버지 소원대로 어머니에게 병상 세례를 받을 수 있도

록 교회 목사와 의논했다. 의식도 없고 더구나 입으로 예수를
믿는다고 고백하지 못하게 되었으니 세례를 받을 수 없다. 그러
나 목사는 그 문제에 대해 고집을 세우지 않았다.

"어머님께서 아버님이 살아 계셨을 때 교회를 다니시겠다고
약속을 하신 그때에 이미 주님을 영접하신 것입니다."

목사는 그동안 어머니 처지를 내게서 듣고는 어머니를 이해
했다. 어머니는 병상 세례를 받았고, 돌아가시자 교회 의식에
따라서 장례를 치르고 선영에 아버지와 합장해서 묻혔다.

이제 집안에서 내가 제일 어른이 되었고, 나이도 우리 내외
가 제일 많았다.

이제 죽음의 차례는 우리 내외 앞에 다가와 있었다.

어머니는 식물인간으로 3년 동안 자리에 누워 있으면서도 우
리 내외와 죽음의 거리를 지켜주었던 것이다. 어머니가 계셔서
죽음이 내게 다가오는 데까지는 한 단계 더 멀어져 있었다. 그
런데 이제 어머니가 떠남으로 죽음은 바로 내 곁에 다가와 있었
다. 그것을 실감한 것은 어머니를 묻고 돌아와서 내가 집안에
제일 윗사람이라는 것을 확인했을 때였다. 순간 너무나 외로웠
다. 비록 의식을 잃고 식물인간으로 병석에 누워 있는 어머니였
지만, 집에 들어올 때마다 문안 인사를 드릴 어머니가 있었다.
안방에서 대소변을 가리지 못하고 3년을 힘겹게 누워 있으면서
죽음이 우리 내외에게 더 다가오지 못하도록 힘겨운 싸움을 하
였다는 것을 깨닫는 순간, 식물인간인 어머니가 그렇게 소중하

고 그리울 수가 없었다. 어머니는 죽음의 세계와 나 사이에 흐르는 넓은 강이었다. 그런데 이제 어머니의 죽음으로 그 강은 메말라버렸고, 죽음의 사자는 쉽게 내게 다가오게 되었다. 그것을 깨달은 것이 내 나이 예순이 가까워서였다.

어렸을 때부터 내게는 할아버지도 두 분, 할머니도 두 분이었다. 그때는 세상이 온통 내 차지였다. 죽음이라는 것을 생각지 못했다. 그러다가 증조할머니가 세상을 떠났을 때에도, 너무 늙어서 일할 처지가 못 되니 집을 떠나 뒷산에서 편히 쉬는 것으로 생각했다. 그러다가 나이를 먹으면서 집안 식구들을 한 사람씩 떠나보내게 되었다. 집에서는 누구도 '죽음'이라는 말을 쓰지 않았고, '떠나셨다' '돌아가셨다'는 말을 썼다. 그분들은 잠시 우리 집에 머물다가 고향으로 돌아가셨다고 생각하였다. 조상들의 또 다른 집은 나무가 무성한 숲을 지나 작은 구릉을 등에 업고 앉아 있는 양지바른 묏자리였다. 그 집에서는 우거진 숲에서 노는 온갖 새들의 노래를 들을 수 있고, 두고 온 가족들이 살아가는 정황을 한눈에 모두 바라볼 수 있다. 집에 남아 있는 사람들 입장에서도 그렇다. 숲과 그 너머에 있는 조상의 묘들이 집으로 몰려드는 재앙을 지켜주실 것으로 생각했다.

이제는 우리 부부가 떠날 채비를 서둘러야 했다.

우리 내외는 서울에서 사는 자식들을 그리워하며 다가올 죽음을 준비하고 있었다. 그런데 내 정년을 두 해 앞두고, 어머니가 막아주던 죽음의 둑이 무너지자 죽음의 사자는 기다렸다는 듯이 선량한 아내부터 먼저 데려가버렸다. 어처구니없는 일이 었다.

소화가 안 되고 이따금 배 부위가 아팠으나 아내는 내놓고 말하지 않았다. 아내는 아버지의 돌연한 죽음과 그 뒤를 이어 쓰러진 어머니의 병간호로 자신의 몸을 돌볼 틈이 없었다. 늘 피곤에서 벗어나지 못하였기에, 몸에 이상을 느껴도 모두 피곤하고 생활이 번잡스러운 탓으로만 생각했던 것이다.

어머니가 떠난 다음에 집안의 분위기는 급격하게 변했다. 아들과 딸 들을 장가보내고 출가시키고, 새살림을 차려주고, 새로 들어온 며느리들을 집안 식구로 만들기 위한 그 철저한 배려며, 이러한 일 때문에 아내는 자신에 대해 아무런 관심도 갖지 못하였다.

어머니의 소상을 치르고 다섯 달 후에 막내딸을 출가시키고 나자 아내는 옆에서 내가 보기에도 하루아침에 폭삭 늙어버렸다. 그런데 그즈음에 내가 정년퇴직을 하게 되었다. 그것도 애초에는 두 해가 남아 있었는데, 정년 단축이 시행되던 첫해여서 예상보다 빨라졌다. 이러한 정황에서 아내는 자신보다는 남편에 대해 더 마음을 썼다.

정년으로 자유의 몸이 되었을 때에, 자식들이 서둘러줘서 유럽 여행을 가게 되었다.

아내는 여행을 할 처지가 아니었다. 그러나 모처럼 자식들이 아버지의 정년퇴직 기념으로 마련해준 여행이기에 마다할 수 없었다. 몸이 말을 안 들어주는데도 억지로 12박 13일의 긴 여행을 마치고 서울로 돌아왔다.

아들은 어머니 기력이 쇠하여졌고, 겉으로도 안색이 유다른 것을 느끼고는 종합건강진단을 받도록 권유했다. 그런데 아내는 고개를 저었다. 내 건강은 내가 잘 안다. 아무렇지도 않다. 이만큼 큰 탈 없이 살았으니 앞으로 그럴 것이다. 평소에 인자하고 사소한 일에 남과 생각이 달라서 틀어지는 일이 없던 아내가 갑자기 아들과 며느리의 간곡한 청을 거절하면서 역정까지 내었다. 나는 순간 아내의 태도가 이상했다. 여행 도중 이따금 신음 소리에 문득 잠이 깨고서, 어디 아프냐고 물으면, 무리해서 온몸이 쑤신다고만 대답해서, 빠듯한 일정이 늙은 몸에 부담이 되는구나, 생각했다. 그런데 종합검진을 거절하는 아내에게는 다른 사정이 있을 것 같았다.

결국 기우가 사실로 나타났다. 진단 결과 아내는 췌장암 말기인데 전혀 손을 쓸 처지가 아니었다. 그런데 당혹해하는 자식들과 남편과는 달리 아내는 평온한 얼굴로 어서 고향으로 돌아가자고 했다. 아들네는 입원을 원했지마는, 입원했다고 나을 병도 아니고, 공연히 환자복 입고 죽을 날만 기다리는 것보다는 집에서 편히 지내는 것이 백 배 낫다고 했다.

아내는 너무나 침착했다.

고향으로 돌아오는 비행기 안에서 아내는 절망적인 얼굴로 기가 죽어 있는 나를 위로했다. "이제부터 집에 가면 혼자 사는 법을 가르쳐드릴 테니, 그것대로만 하면 나 없어도 남에게 추한 꼴 안 보이고 살 수 있어요."

아내는 이미 오래전부터 자신의 죽음을 준비해놓고 있었다.

남편의 생활 요령을 낱낱이 정리해놓고 그날부터 실습에 들어갔다. 우선 세탁기를 돌리는 방법, 전기밥솥으로 밥 짓는 방법, 식기세척기 쓰는 방법, 의복들이 들어 있는 장롱과 그 안에 계절마다 입을 옷들이 따로 놓여 있는 위치, 청소기, 전기다리미 쓰는 법, 하나하나 매뉴얼화해서 노트를 만들었다.

"되도록 혼자 살아요. 그래야 먼저 간 아내를 생각할 수 있고, 나도 밤이면 당신의 잠자리에 들어와 같이 잘 테니까요."

아내는 농담까지 곁들이면서 나를 교육시켰다.

나는 그것이 모두 헛일인 줄 알고 있다. 아내 없이는 하루도 살 수 없다는 것을 아내도 잘 알고 있다. 그런데 왜 아내는 고집을 부리면서 혼자 사는 법을 가르쳐주려고 하는 것인가. 그것은 아내와 나, 이렇게 둘만의 관계를 더욱 단단하게 묶어두려는 것이었다. 남편을 며느리들에게 맡기고 싶지 않은 심사였다. 죽을 때까지 함께 있으면서 남편을 보살펴주지 못하는 그 한을 이런 식으로 풀려고 하는 것이었다. 그러한 뜻은 아내가 마지막 숨을 거두기 전에 나에게 고백처럼 말했다.

"여보, 미안하오."

그 말을 열 번을 되풀이했다. 아내가 없을 때의 내 모습을 너무나 잘 알고 있었다. 그렇게 열심히 자상하게 가르쳐주어도, 그것이 모두 헛일이라는 것을 아내도 알고 있었다. 그러면서도 아내는 죽을 때까지 내가 혼자서 아주 멋지게 살아줄 것을 믿었다.

그러한 아내의 고운 마음에도 불구하고 신은 가혹했다. 아내의 병은 생각보다 그 진전이 아주 느렸다. 6개월 이상을 넘기지 못할 것이라는 의사의 말에도 불구하고 한 달이 모자란 2년을 견디었다.

그 2년 동안 나는 아내의 감독 아래 혼자 사는 법을 되풀이하면서 실습했다.

아내는 마당을 제대로 가꾸기 시작했다. 내가 고향 학교로 전근 온 다음에 마당에 토종 잔디를 심었는데, 그게 제대로 자라지 않았다. 그런데 이번에는 아내가 제대로 된 잔디밭을 만들어내었다. 그러나 그것은 쉽지 않았다. 잔디보다 잡풀이 더 빨리 자랐다. 아내는 심은 잔디 틈에 나는 잡풀을 뽑는 데 많은 시간을 보내었다. 그뿐만이 아니다. 마당과 뒤뜰 웬만한 곳에는 관상수를 심거나 꽃밭을 만들었다. 마을 주변에 널려 있는 야생화들을 캐어다가 심었다.

아마 일평생 살아보지 못할 시간들을 그렇게 보내었다. 일하는 동안은 병의 위협으로부터 헤어날 수 있었고, 자각 증세도 덜했다. 그러다가 밤이 되면 너무나 피곤해서 잠에 떨어졌다.

그렇게 지내다가 숨을 거두기 2주일 전부터 고통이 시작되었다. 그래서 아내의 만류에도 억지로 시내 병원에 입원했다. 그러나 병원도 그 마지막 아픔을 덜어주지는 못했다. 진통제를 썼으나 그것도 듣지 않았다.

"여보. 나 먼저 가서 미안한데, 당신에게 마지막 부탁이 있어요." 한밤중에 아픔으로 깨어난 아내는 내 손을 부여잡고 사정했다.

"내 목을 눌러줘. 나, 이 고통 견디기 힘들어. 이 담요를 내 머리 위에 씌우고 목을 누르고 한 일 분만 있으면……"

나는 절망적인 아내의 표정 때문에 화를 낼 수도 없었다. 그래, 해줄게. 나는 그렇게 대답할 수밖에 없었다. 잠이 들면 내가 그래 줄게.

그러나 그것은 거짓말이었다. 겨우 10분도 못 자서 다시 깬 아내는 비명을 지르다가 아래 입술을 깨물고 피를 흘렸다. 그녀는 원망스런 얼굴로 나를 바라보면서 그 아픔을 견디었다.

"신이시여. 당신의 뜻은 무엇입니까? 왜 이 딸을 이러한 고통 가운데 헤매게 하시나이까. 그렇게 선량하고 남에게 피해를 안 주고 살아왔는데, 남을 배려하고 같이 아파하고, 염려하면서 가정의 평안을 위해 온몸으로 살아왔는데, 왜 이 세상을 떠나려 하는데도 왜 그렇게 고통스러워야 합니까."

나는 아버지가 믿었던 그 신에 대한 분노를 퍼부었다.

아내는 집에 가서 편히 자고 싶다고 했다. 그러나 자식들은 반대했다. 다시 병원으로 와야 하는데, 왜 번거롭게 가고 오고 하느냐는 것이었다.

“내가 죽으면 그냥 내 방에서 있다가 뒷산에 묻으면 될 텐데, 뭘 또 병원으로 온단 말이냐? 나를 그 냉동실에 집어넣겠다는 거냐?”

아내는 병원 영안실이 두렵다고 했다. 그 너른 집을 놔두고 왜 병원이냐? 그러나 장례 절차를 치르려면 병원이어야 한다고 자식들은 이미 다 계획을 마련해놓고 있었다.

나도 집에서 장례를 치르고 싶었다. 아내의 소원이기 때문이다. 그러나 죽은 자의 소원은 산 사람들에게는 의미가 없었다. 그런 문제에 대해서 나의 주장은 별로 힘이 없었다.

아내의 원대로 집으로 돌아왔다가 이틀 후에 다시 혼수상태에 빠지자 병원으로 옮겨졌다. 자식들 입장에는 장례를 집에서 치르는 것은 번거로웠다. 적지 않을 조문객들을 어떻게 집에서 맞겠느냐는 것이었다. 돈을 주고 사람을 빌려서 쓰자고 내가 제안했으나 두 며느리들은 고개를 저었다.

아내를 떠나보내는 절차에서 내가 고집을 부려 할 수 있었던 것은 그 오동나무관과 괴목 개판을 쓰는 일뿐이었다. 나도 할아버지에게서 배운 대로, 아내의 병이 그 지경이 되자 뒤 숲에서 내 출생 기념으로 심은 오동나무와 느티나무를 베어다가 관과 개판을 만들 판자를 준비해두었다. 이것만이 내가 아내에게 해줄 수 있는 마지막 일이었다.

죽음 다음에 오는 그 번잡한 절차 때문에, 앞서 여러 어른들의 장례 때처럼 떠나는 아내에게 애틋한 정을 풀 수도 없었다.

병원 장례식장에서 번거로운 삼일장의 절차를 거쳐 아내는
선영에 미리 준비해놓은 또 다른 집으로 옮겨갔다.

비상(飛翔)

노인은 손녀와 같이 묘소를 등지고 앉았다. 눈앞에 펼쳐진
연초록 숲이 서늘할 정도로 싱싱하게 보였다. 이제 늦은 봄이니
날이 갈수록 숲은 더 짙어지겠지. 가을이 오면 그 푸른 잎들을
떨어뜨리고 빈 몸으로 찬 바람을 맞으면서 겨울을 준비할 테
고…… 순간 노인의 눈에는 손녀가 중학생이 되었다. 그러더니
어느새 고등학생이 되고, 사랑에 가슴앓이를 하면서 대학생이
되었다. 결혼을 하고 아기를 낳더니 중년 여인이었다가, 할머니
가 된다. 그 얼굴 위로 할머니, 어머니, 아내의 얼굴이 겹쳐진
다. 노인은 하늘을 올려다본다. 수많은 얼굴들이 빙글빙글 맴을
돌면서 나타났다가 흐트러진다.

"할아버지!"

순영의 목소리가 봄바람이 스쳐 지나가는 숲의 소리처럼 들
려왔다.

"저기 할아버지 얼굴이 보여요!"

"뭐라구?"

"저기 숲 가운데 서 있는 느티나무를 보세요."

느티나무 가지에 연초록 잎들이 바람에 흔들리고 있다.

"그 위에 할아버지 젊었을 때 얼굴이 보여요. 제가 언젠가 아

버지 사진첩에서 본 갓난아기인 아버지를 안고 찍으신 할아버지 사진이 생각나요. 그 모습이 바로 저기 보여요.”

노인은 손녀가 엉뚱한 소리를 한다고 생각했다.

“그리고 저기 보세요. 할아버지 대학생 때 모습도 보여요. 참 군대에서 찍은 그 사진에서 보았던 얼굴이네요. 그 옆에는 고등학교 때 얼굴도 나타났어요. 할아버지가 아니라 제겐 오빠 같아요. 저기에는 중학생 때 모습이네요. 할아버지는 안 보이세요?”

순영이는 숲을 보는지, 그 너머에 있는 구름을 보는지 계속 지껄였다.

“할아버지는 이제 다시 젊어지실 거예요. 겨울이 지나고 봄이 돌아오지 않았어요. 이제 할아버지도 새봄으로 돌아오신 거예요. 아마 고등학교 학생 때로 돌아갈 수 있을 거예요.”

낮에 올레 느티나무 그늘에 앉아 있을 때처럼 순영의 눈에는 할아버지 얼굴에 주름이 없어지면서 할아버지가 고등학생 얼굴이 되었다. 숲의 기운이 할아버지에게 밀려오기 때문이라고 생각한다.

“할아버지!”

숲을 바라보던 노인이 정신을 수습한다.

“할아버지도 초등학생 때가 있었고, 중학생 때가 있었고, 고등학생 때가 있었다는 말을 이해할 수 없었는데, 이제야 그때 할아버지 모습을 보게 되네요. 저기 다 나타났어요.”

노인은 손녀가 늙은 할아버지를 위로할 줄 아는 나이가 되었구나 생각한다. 그런데 이상하다. 노인은 손녀가 노파로 보이는데, 왜 그렇게 차이가 날까.

"저 숲이 계절 따라 변하는 것처럼 사람도 나이가 들면서 변하기 마련이다. 저 숲의 나무들도 처음에는 어린 나무였다가 저렇게 큰 나무가 되었지."

"나무는 자라면 재목이 되는데, 사람은 늙으면 어떻게 되지요?"

순영은 눈을 말똥거리면서 할아버지를 쳐다보았다.

"오래도록 일만 했으니까, 잠시 쉬겠지."

"쉬어요? 어디 가서요?"

"집에 있으면 쉬질 못하니까, 무덤이라는 새로운 집으로 돌아가야 쉴 수 있지 않겠니?"

노인은 애매하게 대답한다.

"무덤이 집이에요?"

"그래. 사람의 몸이 묻히는 집이지."

순영은 슬며시 고개를 뒤로 돌려서 나란히 앉아 있는 무덤들을 돌아보았다. 서편으로 기울어진 늦은 볕살이 봉분 위에 부서지고 있다. 무덤이 열리고 그 안에서 잠자던 어른들이 일어나 순영이를 반갑게 맞아줄 것 같았다.

"할아버지, 이 무덤 안에 할아버지의 할아버지와 할머니와 아버지와 어머니와 우리 할머니가 살고 계시죠? 이렇게 가까이

들 있으니 서로 이야기도 많이 하시고 혹 누가 아프기라도 하면
서로 병원에도 모시고 가시겠네요.”

순영이는 맨 마지막 자리에 있는 할머니 무덤 앞으로 가서 다
소곳이 앉았다.

“무덤에 사시는 분들은 쉬고 계시니까, 아프지도 않고, 걱정
할 일도 없단다.”

노인은 생각을 정리했다. 사람이 늙어 죽으면 어디로 간다고
말해야 손녀가 알아들을까. 나도 모른다. 일흔 평생 살았으면서
자기가 갈 곳도 모르다니? 그래도 그 답을 손녀에게 말해줘야
하는데, 그 방법이 아득했다.

그때 돌아가신 아버지가 떠올랐다.

아버지는 당신의 건강이 회복될 수 없다는 것을 알고 놀라는
아들에게, 아주 편한 얼굴로 ‘죽음’을 이야기하셨다.

“사람의 생애가 땅에서 끝나는 것이 아니다. 하찮은 나무 한
그루도 그렇지 않느냐? 네가 언젠가 말했듯이 궤나 책상이 된
판자도 고향이 있고, 그 판자의 고향인 통나무도 또 다른 고향
이 있지 않았느냐? 하물며 만물의 영장인 인간의 생애가 땅에
서 끝날 수 없지.”

오랜만에 부자는 평소에 생각이 미치지 못했던 문제에 대해
이야기를 나누었다.

“그래도 죽음은 슬프고 안타까운 일이다. 네가 들었다는 그
궤와 책상의 이야기처럼. 같은 나무에서 나왔으면서도 서로가

그 근원을 모르고 지내었으니 말이다. 우리도 어디에서 다시 만난다 해도 지금처럼 부자의 관계로 만나는 것이 아닐 테니, 결국 우리의 관계는 이 땅에서 끝나게 되지 않겠니? 그런 걸 생각하면 안타깝지만, 그 안타까움도 인간의 정리이고, 그 나라에서는 이러한 사람의 모든 갈등을 다 풀어버리고 평화를 얻게 될 것이다.”

아버지는 아들의 얼굴을 쳐다보면서 진지하게 말하다가 빙긋이 웃었다. 안타까운 아들의 마음을 달래려는 미소였다.

노인은 한 줌의 가루가 되어 돌아와 묻힌 아버지 묘소를 눈으로 찾았다. 잔디 위에 야위고 거친 아버지 얼굴이 스쳐 지나갔다. 그러나 이제 그 이야기를 순영에게 해줄 수는 없다.

노인과 손녀는 무덤을 떠나 숲으로 들어섰다.

“할아버지 이 숲에는 나무들이 많네요.”

“이 많은 나무들을 저 무덤에 계신 어른들이 가꾸었단다.”

“왜 숲을 가꾸었어요?”

순영이는 하늘을 가릴 정도로 큰 나무들을 올려다보면서 물었다.

“재목으로 쓰려고 가꾸셨단다. 할아버지가 사는 집도, 그 책상도, 벽장에 있는 궤도 다 나무로 만들었단다.”

“그런데 이런 나무들도 재목으로 써요?”

순영이는 키 큰 나무 아래 초라하게 있는 박달나무와 키 작고 구부러진 소나무와 이름 모를 자잘한 나무들을 가리켰다.

"그래. 그런 나무들은 재목은 될 수 없겠지만, 이런 나무도 있어야 큰 나무도 자랄 수 있을 거야. 쓸모없는 나무들이 모여서 숲을 이루어야 그 숲의 잎들이 떨어져서 흙을 기름지게 만들겠지."

애매하게 대답했다.

"이 넝쿨은 왜 여기서 자라지요?"

손녀는 느티나무 등걸에 기어올라가는 넝쿨을 가리키며 물었다.

"글쎄? 그것은 이 숲만이 아는 비밀이지. 세상에는 필요한 것만 있는 것이 아니니까. 사람은 필요하지 않다고 생각하지만 이 숲에서는 필요할 수도 있겠지. 서로 도우면서 살아가도록 되어 있으니까."

노인은 손녀의 물음에 자신 있게 대답하지 못했다. 사람으로서는 모르는 숲의 비밀이 너무 많다. 왜 쓸모없는 잡풀들과 엉겅퀴와 나무를 괴롭히는 여러 잡목들이 나무들과 함께 자랄까?

"저기 저, 다람쥐가 달아나요. 새들도 우리를 내려다봐요."

순영이가 키 큰 나무 둥치로 올라가는 다람쥐를 보다가 그 위 가지에 앉아 있는 까마귀와 이름 모를 새를 가리켰다.

"저 새들은 뭘 먹고 살지요?"

순영은 숲의 이곳저곳을 두루두루 살피면서 물었다.

"나무 열매를 먹고 살지. 이 숲에는 재목은 안 되어도 열매를 가진 나무들이 많단다. 아마 그 나무들은 새들과 짐승들과 곤충들의 먹이가 되기 위해 이 숲에서 살고 있을 거야."

노인은 도토리나무와 종가시나무를 가리켰다. 늦은 여름이 되면 큰 나뭇잎 사이로 껍질이 단단한 열매가 맺힌다. 멀구슬나무 열매도 가을이 되면 새들의 먹이가 된다. 소나무 둥치를 빙빙 둘러가면서 올라가는 댕댕이덩굴도 가을이 되면 포도 같은 열매가 맺는다. 멩게넝쿨 줄기에도 빨간 열매가 달린다. 넝쿨과 보잘것없는 나무들도 가을이 되면 열매가 익어서 새들과 짐승들의 먹이가 된다는 것을 말해줬다.

"할아버지. 이 숲에 있는 나무나 새들이나 풀들은 한가족이겠네요."

순영이가 갑자기 생각이 떠올랐던 것처럼 말했다.

"그렇단다. 한가족처럼 어우러져 살다 보니 편안하고, 숲은 정말 평화로운 세상이구나."

노인이 오래도록 가슴에 묻어두었던 말이었다. 숲은 영원히 이렇게 늘 번성하겠지. 여러 나무와 풀과 곤충과 새 들과 그 외 다른 것들이 서로 어우러져 있으니, 설사 어느 하나가 기운이 다하여 없어진다고 해도 다른 것이 나타나 그 자리를 채워주니, 숲은 쇠함이 없이 늘 번성하겠지. 노인은 신들린 사람처럼 중얼거렸다.

"저 묘소에 계신 어른들도 밤이면 이 숲에 와서 같이 노시겠지요?"

노인은 당돌한 손녀의 질문에 말문이 막혀버렸다. 그러나 대답을 해줘야 한다.

"죽으면 몸은 변하겠지만 영은 영원히 남아서 우리 눈에는 안 보이지만 지금도 이 숲에 와서 즐겁게 지내고 계실 거야."

손녀는 그 말을 들으니 가슴이 탁 트이면서 마음이 홀가분해졌다.

노인도 헝클어져 있던 생각들이 차곡차곡 정리되면서 마음이 잔잔해졌다. 숲의 기운이 온몸으로 스며드는지 날아갈 듯이 어깨가 가벼워진다. 겨드랑이가 가려워진다. 날개가 돋으려는 것인가? 날개라면 영혼의 날개가 아닐까. 그렇게 생각하자, 눈앞에 줄줄이 서 있는 나무들이 사람으로 변하면서 손짓을 하는 것 같았다. 노인의 어깨에서 긴 날개가 퍼드득 소리를 내면서 뻗어 나왔다. 몸이 점점 가벼워졌다. 몸이 붕 뜨는 기분이 되면서 공중으로 솟아올랐다.

노인은 한밤중에 아내의 꿈을 꾸고는 잠에서 깨었다. 친구들이 찾아오자 일하는 아주머니가 술상을 차려줘서 두어 잔 했는데, 그만 잠이 들어버렸다. 아내 얼굴이 지금도 눈앞에 어리었다: 언젠가 수의를 입고 몸맵시가 어떠냐고 우스개 삼아 말하던 그 모습이다. 그는 아내 방으로 건너갔다. 벽장 위에 있는 괘문을 열고 아내가 만들어둔 수의를 꺼내 입었다.

"이것이 당신에게 바치는 내 마지막 정성입니다."

아내는 종합검진을 받고 온 뒤에 수의를 두 벌 만들었다.

노인은 노르스름한 명주로 된 바지와 저고리와 두루마기를 차례로 입었다. 격식에 맞는 수의가 아니라 평상시 한복 그대로였다.

바지를 입고 저고리와 조끼를 입으려는데 현기증이 났다. 그래도 자세를 바로 해서 대님을 매고 일어나서 두루마기를 입었다.

옷을 다 입고서 서재로 돌아와 책상 앞에 앉았다.

순간 많은 얼굴들이 스쳐 지나갔다. 할아버지로부터 할머니, 아버지, 어머니, 아내 그리고 삼촌과 형제들, 먼저 이 집을 떠난 얼굴들이다. 그들이 사라진 다음에 노인은 눈을 감았다. 그런데 아내가 살며시 그 앞에 와 앉았다. 아니 여보! 그러나 아내는 말없이 일어난다. 어딜 가요? 내가 왔는데. 아내는 잠시 노인을 은근히 쳐다보고는 마루로 나간다. 노인이 뒤따라간다. 아내가 마당으로 나간다. 걸음이 너무나 빠르다. 순간 꿈에 만난 어머니 얼굴이 떠오른다. 아내는 숲으로 통하는 뒷마당으로 들어선다. 여보! 같이 가요. 노인은 아내를 잃어버릴까 봐서 황겁히 밖으로 나온다. 아내가 훨훨 날듯이 숲으로 내닫는다. 순간 노인은 몸이 가벼워지면서 허공을 쳐 올라간다.

관계의 숙명과 평화의 역사

이재복

1. 중도와 중용으로서의 글쓰기

현길언 소설의 화두는 역사 속에 은폐된 진실의 문제에 있다. 그에게 역사는 이미 규정된 어떤 것이 아니라, 회의의 대상으로 존재하는 그 무엇이다. 그의 회의는 역사 자체에 대한 회의라기보다 그것을 규정하고 지배해온 권력 혹은 그 권력의 욕망에 대한, 지식인으로서의 반성적 인식에서 비롯된 것이라고 할 수 있다. 권력이나 그 욕망으로부터 자유롭지 못한 인간이 역사의 주체가 되면 그 이면에 자리하고 있는 허위의식은 보다 견고한 은폐의 대상이 된다. 허위의식의 견고함은 역사에 대한 반성적인 인식의 결핍을 의미하는 것으로 이것은 곧 인간의 삶에 대한 왜곡으로 이어질 수밖에 없다. 역사에 대한 반성적인 인식이란,

역사의 발전이나 진보의 과정에서 중요한 것은 정신이나 물질만이 아니라는 것을 말해준다. 역사의 발전이나 진보가 반성적인 인식을 동반하지 않을 때 그것은 통제할 수 없는 광기에 사로잡혀 인류에게 엄청난 고통을 야기한 것이 사실이다.

이성의 합법칙성으로 역사의 진보를 이야기해온 헤겔주의적인 역사관은 사회주의든 아니면 자본주의든 그것이 일정한 토대로 작용하면서 절대적인 영향력을 행사해왔다고 할 수 있다. 인류의 역사란 이 두 체제가 서로 경쟁하면서 자신의 체제의 우월함을 합리화하고 정당화해온 역사라고 해도 과언이 아니다. 이 두 체제의 경쟁은 자본주의의 우월함으로 일단락되었지만 이것이 곧 진정한 선(善)을 의미하는 것은 아니다. 어쩌면 프랜시스 후쿠야마Francis Fukuyama의 말처럼 사회주의의 몰락으로 역사는 더 이상 정·반·합에 의한 변증법적인 진보 자체가 불가능한 상태에 직면해 있는지도 모른다. 적절한 견제와 긴장의 힘으로 작용해온 사회주의가 몰락하면서 자본주의는 그 자체가 절대적인 선이 되어 무소불위의 권력을 행사하기에 이른다. 이 사실은 자본주의라는 역사의 실체가 반성적인 문맥을 지니기 어렵다는 것을 의미한다.

우리의 현대사는 이러한 모순이 아주 첨예하게 드러난 현장이라고 할 수 있다. 이 비극적인 상황은 개화기를 거쳐 일제강점기, 해방과 분단기, 개발 독제기로 이어진다. 각각의 시기가 지날 때마다 우리는 제대로 된 반성의 시간을 가져본 적이 없다. 그 결과 역사의 진실은 언제나 은폐되거나 왜곡되어 드러나고, 그것이 개인의 의식이나 삶의 영역까지 지배하게 되어 진실을 새롭게 발견하고 들추어내는 일 자체가 불가능한 지경에까지 이른 것이 사실이다. 비주체적이고 사이비적인 민주주의 체제가 역사에 대한 반성 없이 외부 혹은 내부 권력을 추종하는 경향을 보임으로써 역사를 보는 시각의 편향성이 드러나게 되었다. 우리의 근현대사는 늘 좌편향 아니면 우편향으로 흘러왔으며, 중도라든가 중용에 대해서는 기회주의 혹은 회색의 이념으로 구분하여 배제하고 소외시켜왔다고 할 수 있다. 그러나 역사에 대한 중도나 중용의 태도는 조잡한 이분법을 넘어설 뿐만 아니라 성급한 판단을 유보하기 때문에 반성적인 인식을 거느리게 된다.

이러한 중도나 중용의 미덕을 발휘하기 위해서는 역사에 대한 반성적인 거리를 확보해야 하며, 어느 정도 관념적인 사색이나 성찰을 필요로 한다는 점에서 '지식인'의 존재와 친연성을 지닌다고 할 수 있다. 우리는 늘 지식인의 나약성을 이야기하지만 그것은 그만큼 관념적인 사색이나 성찰을 중시하고 있다는 것을 의미한다. 사색이나 성찰의 과정에서 지식인의 '나약함'과 '비겁함'이 드러나기도 하지만 그렇다고 그 자체를 간단히 우유부단함으로 치부해버리는 것은 흑백논리의 독단성을 지니고 있다는 점에서 위험하다고 할 수 있다. 지식인의 사색과 성찰이 중도나 중용을 유지할 때 역사의 객관성과 보편성이 성립될 수 있다. 이런 점에서 지식인은 주변부의 사상이나 아웃사이더적인 의식을 지니고 있어야 한다. 중심 권력 혹은 권력의 중심으로부터 일정한 거리를 유지하면서 그 세계의 모순이나 부조리함을 폭로하고, 허위로 가득 찬 세계의 진실의 모습이 어떠한 것인지를 찾아내는 일이 바로 지식인의 역할이다.

현길언의 글쓰기가 지금까지 추구해온 것이 바로 이것이다. 제주도 태생의 주변부 지식인으로서의 존재성을 미덕으로, 중심 권력이 지니는 허위와 모순을 중도적인 입장에서 날카롭게 해부해온 저간의 사정을 고려할 때, 그는 우리 문학사의 탁월한 비판적 리얼리스트라고 할 수 있다. 제주도라는 공간이 지니는 주변부로서의 역사 지리적인 특성을 자신의 글쓰기의 한 장으로 수용하여 그 이면에 도사리고 있는 중심 권력의 음험함과 개인의 욕망의 비극성을 『용마의 꿈』(문학과지성사, 1984) 『우리들의 조부님』(문학과지성사, 1985) 같은 초기작에서 대하소설 『한라산』(문학과지성사, 1995)을 거쳐 최근작 『열정시대』(랜덤하우스, 2008)에 이르기까지 줄곧 견지함으로써 우리의 근현대사를 관통하는 시대정신의 일단을 리얼하게 보여주고 있다. 그의 주변부 지식인으로서의 이러한 글쓰기 태도는 역사의 문제를 전면에 내세우지 않은 소설에서도 드러난다. 그의 소설의 큰 줄기는 수평적인 역사를 통해 수직적인 역사를 성찰하거나 수직적인 역사를 통해 수평적인 역사를 성찰하는 것이다.

그러나 이처럼 역사의 문제가 그의 소설의 전면에 드러나고 있지만 우리가 간과하지 말아야 할 것은 그 이면에 자리하고 있는 권력과 개인의 욕망에 대한 문제이다. 이것은 역사를 전면에 내세우지 않은 『회색도시』(고려원, 1993) 『보이지 않는 얼굴』(열림원, 1997) 『벌거벗은 순례자』(지식산업사, 1999) 등과 같은 소설에서 잘 드러난다. 이 소설들의 주인공들은 하나같이 완전한 욕망을 꿈꾸지만, 그것은 도달할 수 없는 세계임을 자각하고 결국에는 구원을 통해 거듭난다는 이야기 구조를 지닌다. 진실은 권력이나 욕망에 의해 은폐될 수밖에 없다는 사실은 그대로 역사에도 적용되는 논리이다. 역사의 심층에 권력과 욕망이 작동하고 있고, 그것들이 어떻게 구조화되느냐에 따라 역사도 그 모습을 달리할 수 있다는 해석이 그의 소설에 강하게 투영되어 있다고 할 수 있다. 결국 역사도 인간, 좀더 구체적으로 말하면 인간과 인간 사이의 복잡한 권력이나 욕망의 관계를 통해 성립되는 것이라고 할 수 있다. 가령 『관계』(고려원, 2001)에서 보여주는 것이 바로 그것이다. '관계'의 역사 혹은 역사의 관계성을 탐색해야만 객관적이고 보편적인 진실에 도달할 수 있다면, 그것은 인간과 역사를 좀더 포괄적, 심층적으로 이해하려는 작가의 진지한 성찰의 산물이라고 할 수 있다.

인간의 역사는 관계의 역사라고 해도 과언이 아니다. 인간과 인간과의 관계, 인간과 사회와의 관계, 인간과 자연과의 관계 심지어 인간과 우주와의 관계까지 관계에 대한 탐색은 인간이라는 존재가 얼마나 복잡한 구도(구조) 속에 놓여 있는지를 잘 말해준다. 이러한 관계는 인간 스스로 만들어가는 것인 동시에 주어지는 것이기도 하다. 만일 관계가 주어지는 것이라면, 그것은 쉽게 바꿀 수 있는 것이 아니며, 인간에게 주어진 관계 중에 절대 바꿀 수 없는 것 중의 하나가 '혈연관계'이다. 이 관계는 운명적인 것으로 그것을 거부할 수도 또 부정할 수도 없다. 이런 점에서 혈연관계는 인간이 맺고 있는 관계 중에서 가장 기본적인 혹은 근원적인 것이라고 할 수 있다. 인간은 이 관계를 통해 또 다른 관계를 만들어간다. 우리는 모두 아버지를 죽이고 어머니를 차지하려는 욕망을 숨기는 과정(오이디푸스 콤플렉스)을 거치면서 사회적인 자아를 획득하게 된다. 부모와의 관계 설정이 제대로 이루어지지 않으면 사회적인 관계 역시 제대로 형성될 수 없다.

그러므로 혈연관계로 이루어진 '집' 혹은 '가족'은 중요하지 않을 수 없다. 집은 사회로 나아가는 통로인 동시에 사회와는 다른 관계 구조를 가진다. 인간은 언제나 '집'과 사회의 경계에 존재하며, 이 사이에서 자아와 세계와의 불화와 공존의 방식을 익힌다. 이런 점에서 '집'은 사회의 또 다른 구조를 그 안에 내포하고 있다. 이는 '집'이 늘 온전한 형태로 존재하지 않는다는 것을 의미한다. '집'은 온전한 혈연관계로 이루어지는 것이 아니다. 부부는 혈연관계로 이루어지지 않으며, 입양이나 또 다른 방법을 통해 가족 관계가 이루어지기도 한다. 최근 우리 소설이 가족에 주목하는 이유도 가족 관계가 점점 복잡해지면서 해체의 위기를 맞고 있기 때문이다. 현길언의 이번 소설에서는 가족의 해체보다는 그것의 본질적인 관계를 탐색하고 있다고 할 수 있다.

2. 관계 혹은 오이디푸스적 로망

이번 소설집에서 작가가 주목한 것은 '집' 혹은 가족 관계에서 비롯되는 소외와 그것의 회복의 문제이다. 소외의 문제는 주로 구성원의 죽음, 불륜, 실직 등과 연결되어 드러난다. 그중에서도 구성원의 죽음은 가족 관계의 심한 훼손이나 결손을 가져와 강한 트라우마를 유발한다. 구성원의 죽음이 자연스럽게 이루어지는 경우, 트라우마의 정도는 심하지 않지만 그것이 갑자기 우발적으로 이루어진 경우 그 정도는 회복이 불가능할 정도로 심한 양상을 드러낸다. 가령「나의 집을 떠나며— 관계 6」에서의 어머니의 갑작스런 죽음이라든가「벽— 관계 7」에서의 불의의 사고를 당한 아들의 죽음이 바로 그것이다. 갑작스런 어머니와 아들의 죽음은 가족 관계의 해체를 불러일으킬 정도로 위험한 것이기 때문에 구성원들은 서둘러 그것을 대체하는 대상을 찾아 보상받으려고 한다. 그렇게 해서 찾아낸 대상이 바로 '큰누나'와 아들을 살해한 인물인 '경천'이다.

이러한 대체는 표면적으로는 일반적인 가족 관계의 구도를 갖추고 있는 것으로 볼 수 있지만 심층에서는 또 다른 심각한 문제를 노정하기에 이른다. 누나가 어머니의 역할을 대신 한다고 하지만 아버지와 부부 관계가 불가능하기 때문에 나(남동생)의 정상적인 오이디푸스 대상으로 존재할 수 없다. 죽은 어머니를 대체하는 대상이 누나가 아니라 새로운 대상이 되어야 하는 것은 원래 어머니라는 자리가 가족 관계에서 비혈연적인 대상이어야 하기 때문이다. 이것은 누나가 자신과 비혈연적인 다른 가족 관계에 편입되어야 한다는 것을 의미한다. 누나에게 이러한 기회가 없었던 것은 아니다. 하지만 그것이 이루어지지 않은 것은 엘렉트라 콤플렉스 때문이다. 아버지를 두고 어머니와 경쟁을 해야 되는 것이 딸의 운명이다. 이 삼각 구도에서 어머니가 죽음으로써 누나(딸)는 자연스럽게 그 자리를 대체하게 된다. 자신이 어머니의 존재로 대체되면서 누나는 아버지의 여성들에 대해 질투심을 느낀다. "윤 마담"이라든가 "가정부"에 대해 누나는 과도할 정도로 부정적인 반응을 보이며, 결국 가정부를 내보내기까지 한다. 가정부가 나간 다음 아버지에 대한 누나의 배려는 "마치 어머니가 살아서 돌아온 것처럼 더 철저"(「나의 집을 떠나며—관계 6」, p. 20)해진다.

　누나의 이러한 태도는 아버지뿐만 아니라 자기 자신도 불행하게 만든다. 이것은 아버지에 대한 과도한 집착이며 이 집착은 자신이 절대 온전한 어머니가 될 수 없다는 것을 망각한 데서 기인한다. 정상적인 관계에서는 자신이 아버지를 선망하지만

어머니 때문에 그것이 불가능하다는 것을 알고 오히려 어머니
를 모방하면서 그 욕망을 충족시킨다. 그러나 소설에서는 어머
니에 대한 모방이 아니라 직접 어머니의 존재로 대체되기에 이
른다. 정상적인 삼각관계가 해체되면서 남는 것은 아버지와 '나
(누나)' 둘 밖에 없는 이자적인 세계이다. 이 세계에서는 대상
에 대한 과도한 집착만이 존재하며, 이것은 그대로 병적인 징후
를 드러낸다. 이 세계로부터 벗어나기 위해서는 아버지나 '나'
이외에 어머니의 존재를 회복시켜 삼자적인 세계를 받아들이는
것이다. 누나 역시

"너는 모를 거야. 나는 아버지를 자유롭게 해드릴 기회가 두
번이나 있었는데, 내 고집 때문에 모두 놓쳐버렸다. 그 후부터
나는 아버지를 더 단단한 쇠줄로 꽁꽁 묶어버렸으니, 이런 불효
가 어디 있니? 내가 너무도 세상을 몰랐다." (p. 21)

에서 볼 수 있듯이 뒤늦게 이것을 깨닫는다. 하지만 누나의
깨달음이 곧바로 삼자적인 관계의 회복을 의미하지 않는다. 이
사실은 위암 선고를 받고 죽어가는 아버지의 입을 막는 장면에
서 잘 드러난다. 아버지의 입을 막는 행위는 한편으로 보면 이
자적인 세계로부터 벗어나려는 강한 욕망으로 볼 수도 있지만
다른 한편으로 보면 그것은 아버지와 나 둘밖에 없는 세계로의
도피로도 볼 수 있다. 이러한 양가적인 감정은 누나로 하여금

집을 나가게 한다. 집을 나감으로써 누나는 지금까지 자신을 얽어매었던 "모든 것으로부터도 자유로울 수도 있"고, 또 아버지를 사랑했기 때문에 "아버지를 따라 갈 수"(pp. 43~44)도 있다. 아버지의 입을 막음으로써 도덕적인 죄의식을 자각하게 되지만 사실 이 죄의식은 어머니의 자리를 욕망하고 또 그것을 차지한 순간부터 존재한 것이라고 할 수 있다. 아버지의 죽음 혹은 죽임으로 삼자적인 관계가 회복된 것처럼 보이지만 그 심층을 들여다보면 거기에는 여전히 누나의 아버지에 대한 욕망이 자리하고 있다고 할 수 있다.

무너진 가족 관계의 회복이 얼마나 어려운지를 「벽―관계 7」역시 잘 보여준다. 이 소설에서의 가족 관계의 파괴는 외아들 경준의 불의의 사고에서 기인한다. 의협심이 강한 경준이 싸움에 휘말려 상대방이 휘두른 칼에 맞아 목숨을 잃은 것이다. 경준의 죽음은 함 목사 부부에게는 엄청난 충격이며 이것은 이들에게 트라우마를 야기한다. 이것은 일종의 결핍이다. 함 목사는 이 결핍을 채우기 위해 죽은 아들을 대체할 만한 대상을 찾는다. 그 대체자는 다름 아닌 자신의 아들 경준을 죽인 가해자이다. 그들은 그를 양아들로 받아들이고 함경천으로 개명까지 시킨다. 함 목사가 이렇게 할 수 있었던 것은 종교 때문이다. 함 목사는 경천에게 "너를 아들로 맞은 것은 내가 아니고 주님이시"(p. 61)라고 말한다. 함 목사는 아들의 죽음이 주님에 의한 대체자인 경천으로 인해 회복될 수 있을 거라고 믿는다.

그러나 그것은 오히려 더욱 커다란 고통을 불러일으킨다. 주님의 사랑으로 죽은 아들로 인해 발생한 결핍을 회복할 수 있으리라고 기대한 함 목사의 믿음은 결국 자신의 믿음이 부족하다는 사실만을 확인하는 계기가 된다. 주님에 대한 믿음의 부족으로 인해 함 목사는 또 다른 심적 갈등과 고통을 겪는다. 주님에 대한 기도로도 채울 수 없는 결핍을 매번 확인하는 것은 함 목사에게는 죽음보다 더 한 고통에 다름 아닌 것이다. 그의 행위는 겉과 속이 다른 위선자의 모습을 하고 있다는 점에서 목회자로서의 자신의 존재성을 뿌리째 뒤흔드는 '부도덕하고 파렴치한 것'이라고 할 수 있다. 아들의 결핍을 또 다른 대체자로 온전히 채울 수 있다고 생각한 함 목사의 믿음은 그 자신의 욕망의 산물일 뿐이다. 그 자신의 욕망은 충족되는 것이 아니라 끊임없이 새로운 결핍을 낳고 지연된다는 사실을 인식하지 못한 것이다.

함 목사의 이러한 욕망으로 인해 가장 고통을 당한 사람은 다름 아닌 가해자 경천이다. 경천의 가장 큰 고통은 자신을 온전히 용서하지 않은 함 목사 부부를 바라보는 일이다. 그들의 모습을 바라볼 때마다 경천은 자신이 저지른 행위를 들여다보게 되고, 자신의 죄를 용서받을 수 있는 길의 막아놓은 벽을 발견하게 된다. 함 목사가 경천을 양아들로 삼는 순간 그는 "죄책감에서 영원히 벗어날 수 없게 되었다"(p. 64)고 할 수 있다. 경천은 함 목사의 욕망, 다시 말하면 자신의 노력으로 주님의 경지에 이르려는 도덕적 바벨탑을 쌓으려는 욕망으로 인해 자신의 죄를 용서받을 수 있는 길을 상실한 것이다. 경천은 자신의 죗값을 치루기 위해 함 목사를 죽이지 않았음에도 불구하고 그 것이 자신의 짓이라고 자백한다. 함 목사는 자신의 욕망에 눈이 멀어 경천의 욕망을 제대로 읽지 못한 것이다. 함 목사는 자신의 욕망이 곧 경천의 욕망이라고 간주한 것이다. 경천의 욕망이 무엇인지 제대로 읽었다면 함 목사는 그를 자신의 양아들로 삼지도 또 감옥에서 형기를 채우기도 전에 출소시키지도 않았을 것이다. 타자에 대한 진정한 이해 없이는 어떤 관계도 온전히 이루어질 수 없는 것이다.

"주님, 제 죄를 용서해주시옵소서. 저는 지금까지도 진정으로 경천이를 사랑하지 못하고 있습니다. 그를 제 품에 껴안고 있지 못하고 있습니다. 주님께서 제게 주신 그 귀한 말씀에 의지해서 제 혈육을 살해한 그를 제 아들로 삼고 살아왔습니다만, 아직도 저는 그를 아들로 사랑하지 못하고 있습니다. 주 성령님이시여, 이렇게 사악하고 사랑 없는 저를 용서해주시고, 제 굳어진 마음을 깨뜨려주시옵소서. 제가 그 아들을 진정으로 사랑하도록 주님과 같은 긍휼을 제게 허락해 주시옵소서." (p. 80)

살해당한 친아들에 대한 사랑만큼 양아들 경천에게도 사랑을 베풀 때 훼손된 가족 관계가 회복될 수 있다는 사실을 잘 보여주고 있는 대목이다. 아무런 혈연관계도 없고, 게다가 자신의 아들을 죽인 살인자를 양아들로 받아들여 그 관계를 회복하려고 할 때는 참된 사랑 없이는 불가능하다고 할 수 있다. 가족 관계는 혈연으로 맺어졌기 때문에 기본적인 견고함이 있지만 이 관계 역시 사랑이 없으면 제대로 성립될 수 없는 관계라고 할 수 있다. 부모가 자식의 욕망을 제대로 읽지 못하거나 반대로 자식이 부모의 욕망을 제대로 읽지 못할 때 가족 관계는 황폐해지거나 해체되고 만다. 가족 관계일수록 자신의 욕망과 타자의 욕망을 동일시해버리는 경우가 빈번하다. 하지만 부부나 부모 자식 관계에서도 욕망에서 비롯되는 틈이 존재한다. 이 사실을 겸허하게 받아들이고 늘 타자의 욕망에 대해 세심한 성찰을 행한다면 가족 관계는 그 견고함을 더하리라고 본다.

그러나 가족 관계의 견고함은 내부의 힘에 의해서만 유지될 수 있는 것이 아니다. 가족이 사회와의 끊임없는 관계 속에서 이루어지기 때문에 사회의 변화는 곧바로 가족 관계에 영향을 미친다. 가족 관계를 통해 형성되는 자아의 궁극이 사회 혹은 사회적 자아를 지향하고 있기 때문에 사회와의 소통은 중요하다. 현대 사회의 변화 속도가 상상을 초월할 만큼 빨라지면서 가족 또한 그 속도를 따라야 하는 상황이 된 것이다. 가정은 사회적인 충격을 흡수하는 기능을 담당해왔지만, 현대 사회의 속도가 빨라짐으로써 그 기능 자체가 위기에 처한 것도 사실이다. 최근 들어 가족의 해체가 빈번하게 이야기되는 것도 사회의 이러한 속도 변화가 주된 원인이라고 할 수 있다.

3. 아버지의 부재와 관계로서의 실존

근대 이후 사회의 속도가 빨라짐으로써 그 속도만큼 사회로부터 배제되거나 소외되는 사람이 생겨난다. 현대 사회의 속도란 그것이 노동 생산성으로 이어진다는 점을 고려하면 사회로부터의 배제나 소외는 필연적인 것이라고 할 수 있다. 이 사실은 곧 가족 관계의 해체 역시 필연적이라는 것을 의미한다. 가장 비근한 예로 IMF가 닥쳤을 때 평화롭던 가정이 순식간에 풍비박산 났던 것을 생생하게 기억할 것이다. 실직과 같은 사회로부터의 배제와 소외는 집안에서 가장의 지위를 상실하는 것으로 이중의 배제와 소외를 당하게 된다. 사회로부터 받은 충격을 가정에서 완화시켜주지 못하면 결국 그에게 돌아오는 것은 가출이나 죽음밖에 없다. 견고해 보이는 가족 관계가 사회로부터의 충격에 의해 쉽게 해체될 수 있다는 사실을 「우리 빗물이 되어 바다에서 만난다면—관계 8」은 잘 보여주고 있다.

하지만 이 소설에서의 가족 관계의 해체는 경제적인 것에 앞서 이념적인 것으로부터 기인한다. 우리의 근대사가 이념의 시대라는 사실에 대해서 부정할 사람은 아무도 없을 것이다. 이때의 이념은 대체로 사회적인 관계 속에서 작동하기 때문에 그 현장의 한복판에 놓인 아버지에게 가장 직접적인 영향력을 행사하기에 이른다. 어머니와 자식들이 주로 가족 관계 내에서 삶의 행동 구조를 정립하는 것과는 달리 아버지는 사회적인 관계 속에서 그것을 정립하는 성향이 강한 것이 사실이다. 이것은 사회가 어떤 속성을 드러내느냐에 따라 아버지의 존재성이 곧바로 결정된다는 것을 의미한다. 사회의 구조가 억압적이면 아버지는 그만큼 자신의 존재성을 자유롭게 드러낼 수 없게 된다. 근대 이후 우리의 역사는 그 억압으로부터 자유로웠던 적이 없었다고 해도 과언이 아니다.

'우리의 아버지'들은 근대적인 억압에 맞서 그것에 저항하기에 절대적인 힘이 부족했기 때문에 아버지로서의 기능이나 역할을 제대로 수행하지 못한 채 언제나 '부재'의 상징으로 존재하기에 이른다. 아버지의 부재를 대체한 것은 서구나 일본이었으며, 이런 점에서 근대 이후 '우리의 아버지'는 '의붓아버지'였다고 할 수 있다. 아버지의 부재로 주체적인 근대를 경험하지 못한 우리의 저간의 역사는 그 자체가 한 편의 비극적인 드라마라고 할 수 있다. 이 드라마가 더욱 비극적인 것은 아버지의 부재가 아버지에게서 끝나지 않는다는 사실에 있다. 아버지의 부재는 정상적인 오이디푸스 콤플렉스를 불가능하게 하여 그 비극이 아들 대에까지 영향을 미친다. 「우리 빗물이 되어 바다에서 만난다면— 관계 8」에서 아들은 아버지의 부재를 "하늘에 계신 다른 아버지"(「우리 빗물이 되어 바다에서 만난다면—관계 8」, p. 96)로 대체한다.

이 아들에게 육친의 아버지는 이해가 불가능한 존재일 뿐만 아니라 원망의 대상일 뿐이다. 아들은 "종갓집 독자로 태어났으면서 집안일을 외면하고 혁명을 생각했던 아버지를 이해할 수 없"(p. 97)는 것이다. 아버지가 없으면 아들은 아버지로서의 존재를 모방할 수 없고, 이렇게 되면 정상적인 오이디푸스 과정을 거치지 못해 온전한 아버지로서의 존재성을 지닐 수 없게 된다. 아버지를 통해 사회적 자아를 형성해야 함에도 불구하고 그의 소설에서는 대부분 할아버지나 삼촌 심지어는 형을 통해 그것을 형성하게 된다. 이들은 아버지라는 존재로부터 몇 단계 떨어진 존재들이다. 이들은 어머니와 아버지 그리고 나와의 관계에서 비롯되는 오이디푸스적인 욕망을 충족시켜주기에는 검열관으로서의 엄격함과 무서움이 덜하다고 할 수 있다. 할아버지와 삼촌은 어머니를 차지하기 위한 실질적인 경쟁자가 될 수 없으며, 형 또한 어머니를 차지하고 있는 대상이 아니다.

아버지가 부재하면 아들은 어머니와의 관계 속에서만 자신의 존재를 형성할 수밖에 없다. 아들과 어머니 둘 밖에 없으면 아버지의 역할을 어머니가 해야 한다. 그래서 이 소설 속의 어머니는 아들에게 "유독 깐깐하게 대할"(p. 96) 수밖에 없는 것이다. 어머니는 검열관으로서의 아버지가 아닌 어머니로서의 존재를 유지해야 함에도 불구하고 아버지의 부재로 말미암아 그것이 불가능하기 때문에 평생 아들의 욕망을 충족시켜주지 못하고 한을 간직한 채 죽을 수밖에 없는 것이다. 아들은 이상적인 아버지에 대한 경험도 또 이상적인 어머니에 대한 경험도 없이 삶을 살아내야 한다. 이것은 아들에게 엄청난 상처라고 할수 있다. 아버지에 대한 원망과 어머니에 대한 회환을 간직한 채 평생을 살아갈 수밖에 없는 숙명을 아들은 짊어지게 되는 것이다.

그러나 아버지의 부재가 아들에게만 상처로 남는 것은 아니다. 어쩌면 아들보다도 더 큰 정신적 상처를 지니고 살아갈 수밖에 없는 존재가 어머니라고 할 수 있다. 아버지의 부재로 어머니는 가족 관계 내에서 아버지의 역할을 대신해야 한다. 가부장제 사회에서 한 집안의 가장의 역할을 수행해야 하는 어머니의 고통은 가족 관계의 총체에서 오는 고통과 맞먹는 크기를 지닌다고 할 수 있다. 소설 속에서 어머니가 겪은 고통의 내력에 대해 시누이인 고모는 그것을 아주 장황하게 들려준다.

고모가 훌쩍이며 집안 내력을 말하기 시작했다. 선도라는 이상한 허깨비 종교에 미친 증조부님이 그 좋다는 재산 다 날려버리자, 할아버지 내외가 독자 장손인 아들만 장가들여 집안 살림을 맡겨놓고 세 딸을 남겨둔 채 일본으로 떠났다. 그때 아버지 나이 스물여섯인가, 농사일이나 세상일에 전혀 관심이 없는 할아버지 할머니를 모시면서 제 동생들을 거느려 가난한 집안 살림을 맡아했다. 보통학교에서 교편을 잡던 아버지는 그 월급으로 어른들 모시고 동생들을 키웠다. 어머니는 그때부터 종갓집 기일 제사를 차리기에 바빴다. 해방이 되어 할아버지가 귀국했으나, 한번 물려받은 조상 제사는 아버지가 계속 맡았다. 그런데, 그 사태 때에 중학교 교원으로 자리를 옮겼던 아버지가 경찰에 잡혀가 돌아오지 않았다. 홀로된 어머니가 시할아버지 내외와 시부모를 모시면서 그 제사 명절을 다 맡아 했다. (「우리 빗물이 되어 바다에서 만난다면— 관계 8」, p. 107)

시누이조차 훌쩍이게 한 어머니의 내력은 단순히 아버지의 부재로만 이야기될 수 있는 성질의 것이 아닌, 아버지의 아버지 그 아버지라는 누대에 걸친 가장의 부재라는 의미를 담고 있다. 누대에 걸친 아버지의 부재란 우리 근대사의 격동의 시기와 맞물려 있는 것으로 이 시기에 어머니들이 놓인 처지를 잘 말해주고 있다. 온갖 이념의 혼란 시기에 아버지가 가족 관계로부터 이탈하면서 어머니는 완전히 가부장제의 희생양으로 전락하게 되는 것이다. 조상의 제사와 대가족이라는 제도는 남성 중심주의 혹은 가부장제의 산물임에도 불구하고 그것을 유지하는 실질적인 역할은 여성이 감당해야 하는 당대 사회의 모순을 적나라하게 보여주고 있는 것이다.

어머니에게 이것은 쉽게 치유될 수 없는 상처로 남아 그녀의 삶을 강하게 억압한다. 그녀의 가부장제적인 의식은 거의 고착 상태에 놓여 있다. 그녀는 외부의 압력에 의해 가부장제적인 의식을 드러내는 차원을 넘어 스스로 그것에 순응하는 차원에까지 이른다. 가부장제라는 인습을 스스로 지키고 유지해야 한다는 의식이 자연스럽게 그녀의 의식 속에 자리하게 된 것이다. 어머니의 이러한 모습이 극단화되어 드러난 것이 바로 '세 아들 을 각각 따로 떼어놓은 일'이다. 어머니는 혼란한 시국에 "세 형제 중에 어느 아들 하나만이라도 살게 되면 집안 대는 이을 것"이라는 생각에 생이별도 마다하지 않은 것이다. "종갓집 며 느리로서는 어머니 정보다는 집안의 대를 잇는 일이 중요했"(p. 109)던 것이다. 어머니로서의 정보다 가문의 인습을 중시여기 는 그녀의 태도는 가부장의 모습과 다르지 않다.

가문에 대한 어머니의 고착화된 심리는 '한'이라는 형태로 드 러난다. 어머니의 심층에 자리하고 있으면서 그녀를 끊임없이 억압하는 것을 제대로 해소하지 못한 그녀의 태도는 아들의 간 절한 바람마저도 들어주지 못한다. 임종을 앞두고 어머니는 아 들에게 두 가지에 대해 미안하다고 고백한다. 하나는 "단 며칠 이라도 아들네 집에 가서 같이 살지 못한 것"(p. 111)이고 다른 하나는 "예수를 믿지 않"(p. 112)은 것이다. 이 중 후자의 경우 는 전형적인 가부장제하의 여성의 모습을 보여준다. 신학대학 교수인 아들의 간절한 권유에도 불구하고 어머니가 예수를 믿 지 않은 것은

"네 형님이 교회에 다니면 나도 따르키여. 이제는 형님이 집안의 어른이니까. 형님이 믿지 않는데 내가 어떻게 믿을 수 있느냐? 모 자지간에 종교 때문에 담을 쌓을 수는 없는 일 아니냐?"(p. 112)

에서처럼 '형님' 때문이다. 어머니는 '여필종부'라는 가부장제의 관습을 철저하게 따르고 있는 것이다. 이 관습을 살아서는 물론 죽어서까지도 가지고 가고 싶어 한다. 그녀는 아들에게 "샛아들이 목사니까, 죽어서 샛아들이 가는 곳으로 가고도 싶다만, 나만 좋은 세상에 갈 수 없지 않겠느냐? 네 아버지와 할아버지와 할머님들이 가서 계신 곳에 나도 가서 함께 살"(p. 121)겠다고 말한다. 어떻게 보면 이러한 어머니의 태도는 그녀 자신을 위한 삶 자체가 존재하지 않는다는 것을 말해준다. 어머니로서의 주체적인 삶보다는 가부장제라고 하는 제도적인 관계 속에서의 삶을 산 것이라고 할 수 있다.

이러한 어머니의 존재란 '추상명사화 된 존재'를 말하며, "낳아준 어머니와 그 자식이라는 윤리 감정"(p. 121)으로만 관계가 유지되는 존재인 것이다. 관계 자체가 추상화되고 윤리 감정으로만 이루어지기 때문에 어머니는 아들 집을 "전혀 낯선 집처럼 불편해하"(p. 121)는 것이다. 아들에게 어머니는 자신이 잃어버린 모체(자궁)를 지닌 향수의 대상이며, 어머니에게 아들은 자신이 지닌 자궁의 기억을 환기하는 대상이다. 하지만 아들은 어머니에게서 모체에 대한 향수 자체를 거부당한다. 어머니가 부재한 아버지의 역할을 대신하고 있기 때문이다. 아들은 어머니로부터 거부당한 것들을 보상받기 위해 "어머니보다는 배웅 나온 친구들, 또 서울에서 만나게 될 다른 얼굴들"(p. 120)에게로 관심의 대상을 돌린다. 아들의 기억 속에 어머니는 언제나 "희미한 음영"(p. 120)으로만 존재할 뿐이다. 어머니와 아들의 관계가 이러할진대 어찌 어머니가 아들의 집을 낯선 집처럼 불편해하지 않겠는가.

아버지의 부재로 인한 결손을 회복하기 위해 가부장적인 제도의 희생양도 마다하지 않는 어머니의 모습은 자신의 정체성에 대한 자각이 이루어지지 않고 있다는 것을 의미한다. 하지만 그 상황에서 스스로 희생양을 자처했다는 점을 고려한다면, 이것은 정체성에 대한 자각 이전에 먼저 실존을 문제 삼아야 한다는 것을 말해준다. 실존이 먼저고 자신의 정체성에 대한 자각과 같은 본질은 그다음 문제인 것이다. 「우리 빗물이 되어 바다에서 만난다면—관계 8」의 말미에서 어머니의 아들에 대한 회한은 모자지간에 어떤 상처를 발생시킬지를 알면서도 그렇게 할 수밖에 없었던 자신의 태도에 대한 반성적인 인식을 드러낸 것이라고 할 수 있다. 아들과 어머니의 이러한 관계는 그 자체가 하나의 실존의 모습인 것이다.

4. 숲 혹은 평화의 역사 만들기

작가가 이 소설집을 통해 보여주려고 한 것이 가족과 사회 내에서의 중층적인 관계를 살아내는 것이라면 그것은 실존에 대한 긍정을 드러낸 것이라고 할 수 있다. 그의 시선이 인간과 그 인간의 삶의 심층에 자리하고 있는 진실의 문제를 끊임없이 드러내려고 하는 것도 지나온 과거나 '지금' '여기'에서의 현재의 삶에 대한 반성적인 거리를 확보하여 보다 나은 미래를 꿈꾸기 위해서이다. 삶은 늘 우리가 기대하는 방향으로 진행되는 것이 아니라 느닷없음과 우연에 의해 우리의 기대와는 다른 방향으로 진행된다. 가령 느닷없이 죽음이 찾아오거나(「나의 집을 떠나며—관계 6」「안과 밖—관계 12」) 스스로 죽음의 길을 택하기도 하고(「안과 밖—관계 12」) 또 사람을 살해하기도 한다(「벽—관계 7」). 이 느닷없음과 우연은 인간에게 고통일 수밖에 없으며 그로 인해 가족이나 사회에서의 관계가 트라우마를 지니게 되는 것이다.

그러나 이러한 관계에서 비롯되는 상처는 불가항력적이지만 그것을 어떻게 유연하게 극복하느냐에 따라 관계의 문제는 달라진다. 인간의 역사란 관계를 통해 이어져온 것이라고 해도 과언이 아니다. 관계란 멈출 수 없는 것이다. 흔히 관계의 단절을 이야기하지만 그것은 어디까지나 일시적이고 순간적인 것일 뿐 역사의 차원에서는 그것이 불가능하다. 역사의 차원에서는 도도한 흐름만이 존재할 뿐이다. 이것은 인류가 존재해온 저간의 역사를 되돌아보면 잘 알 수 있다. 한 세대가 가면 다음 세대가 오고 또 그다음 세대가 오듯이 이들의 관계는 단절을 통한 연속의 과정이라고 할 수 있다. 작가는 그것을 「숲 이야기—관계

10」에서 다양한 상징을 통해 보여주고 있다.

작가가 '숲'이라는 상징을 들고 나온 데에는 그것이 가지는 역사와의 유비성 때문이라고 할 수 있다. 숲이 드러내는 오랜 시간을 통한 온갖 나무들의 소멸과 생성은 그 자체가 수평과 수직의 관계망을 통해 이루어지는 역사의 속성을 지닌다. 숲은 역사의 유구함과 깊이의 심층을 고스란히 지니고 있을 뿐만 아니라 그 모습을 구체적인 형상을 통해 생생하게 보여주고 있다. 인간의 역사의 실체란 그 모습이 온전히 보전되어 있다기보다는 대부분 파괴되거나 훼손되어 있다고 할 수 있다. 인간 역사의 속도는 모든 것들을 변형시켜 추상화시켜놓고 있는 것이 사실이다. 인간의 역사는 숲이 주는 역사의 아우라를 지니고 있지 못하다. 우리는 숲에서 이런 아우라를 발견하고 그것이 주는 신비한 힘에 빠져들 때가 많다. 「숲 이야기—관계 10」의 주인공이 숲에 대해 가지는 경외감 역시 이와 다르지 않다.

"옳은 말이다. 마을을 지켜온 나무인데, 그까짓 총 몇 발에 죽을 수가 없겠지. 나무는 사람보다 강하단다. 이 나무는 내가 아주 어렸을 때에도 이만큼 자랐으니까. 그때 할아버님 말씀에 이곳으로 이사 오시기 전, 그러니까 그 할아버님이 어렸을 때에도 이만큼 자랐다고 하시더라. 오랜 세월을 여기에서 살아왔으니까, 아마 뿌리는 이 마을의 땅속을 온통 휘돌아 뻗어 있겠지. 그러니까, 그 총알에도 끄떡하지 않지." (「숲 이야기—관계 10」, p. 182)

느티나무가 '총알에도 끄떡하지 않는다'고 믿는 것은 일종의
경외감이지만 그러한 믿음을 가지게 된 것은 '오랜 세월 마을의
땅속을 온통 휘돌아 뻗어 있는 뿌리' 때문이다. 오랜 시간의 견
고함을 무너뜨릴 수 있는 것은 아이러니하게도 총알이 아니라
시간이다. 총알이라는 순간이 어떻게 나무라는 영원의 시간을
무너뜨릴 수 있겠는가. 나무는 "그 많은 총탄들을 완전히 녹여
버"(p. 183)릴 수 있는 힘을 지닌 존재이다. 나무는 긴 역사의
시간 속에는 총알보다도 더한 아픔의 흔적들이 나이테를 이루
고 있으며, 이런 점에서 그것은 아픔을 먹고 그것을 아름답게
변주하는 존재라고 할 수 있다.

나무에 대한 경외감은 그것을 심고 가꾸어 일정한 재목이 되
면 베어서 '궤'와 '책상'을 만들기도 하고, '죽은 자의 개판'이나
심지어는 집을 짓는데 그것을 사용하기도 한다. 이렇게 만들어
진 것들은 인간의 죽음을 넘어 오래도록 존재한다. "사람은 하
루가 다르게 늙어가고 변하"지만 "숲은 변하지 않"고 날로 "무
성해진"(p. 203)다. 나무 혹은 숲처럼 변하지 않고 무성해지고
싶은 인간의 욕망이 이러한 행위 속에 내재해 있는 것이다. 그
러나 무엇보다도 인간의 유한함을 넘어서기 위한 욕망이 가장
잘 드러나고 있는 장면은 다음 대목이다.

4대조가 이곳에 분가해온 것을 기념하여 심은 향나무와 그 할

아버지가 아들을 낳자 심은 느티나무며, 그 이후로 아기를 낳을 때마다 오동나무, 향나무, 느티나무를 심었다. 노인의 손자가 태어났을 때 심은 나무, 그 손자가 초등학교와 중학교 입학 기념으로 심은 나무, 노인의 동생이 태어난 기념으로 심은 나무, 둘째아들 출생 기념으로 심은 나무까지, 한 할아버지 자손들 나무들이 이 숲에 모여 있다. 집안 어른들은 한 그루 나무를 마치 낳은 새끼처럼 가꾸었다. (p. 208)

가족의 역사와 나무의 역사를 동일시하려는 욕망으로 나무를 심고 그것을 자신이 낳은 새끼처럼 가꾸는 행위는 숭고함마저 느끼게 한다. "한 할아버지 자손들 나무들이 이 숲에 모여 있다"는 표현이 잘 말해주듯이 가족의 역사가 영원히 이어지기를 바라는 것은 인간이면 누구나 가지는 욕망이라고 할 수 있다. 하지만 한 가족의 역사와 숲의 역사를 동일시한다고 해서 그 욕망이 충족되는 것은 아니다. 이 소설의 주인공(궁극적으로는 작가) 역시 그것을 잘 알고 있다. 노인은 손녀에게 "사람으로서는 모르는 숲의 비밀이 너무 많다"(p. 262)고 말한다. 노인의 이 고백은 숲이 가지는 관계에 대한 비밀이라고 할 수 있다.

노인은 이 말에 이어 "왜 쓸모없는 잡풀들과 엉겅퀴와 나무를 괴롭히는 여러 잡목들이 나무들과 함께 자랄까?"라고 묻는다. 잡풀들—엉겅퀴—나무와의 관계에 대한 의문이 궁극적으로 지향하는 대상은 숲이 아니라 가족, 더 나아가 인간 세상이라고 할 수 있다. 숲의 관계처럼 인간 세상의 관계에도 비밀이 많다는 것이 노인의 의문의 궁극이라고 할 수 있다. 그렇다면 작가는 왜 이 관계를 강조하고 있는 것일까? 손녀인 순영이 노인에게 "할아버지. 이 숲에 있는 나무나 새들이나 풀들은 한가족이겠네요."라고 묻는다. 이에 노인은 "그렇단다. 한가족처럼 어우러져 살다 보니 편안하고, 숲은 정말 평화로운 세상이구나."(p. 263)라고 답한다. 노인과 손녀 사이의 이 문답에 이 소설의 주제가 숨어 있다고 할 수 있다.

　인간의 삶은 관계로부터 자유로울 수 없다. 하지만 이 관계로 인해 인간은 늘 불화의 상태에 놓일 수밖에 없다. 개인과 개인 간의 불화, 개인과 사회 간의 불화, 집단과 집단 간의 불화, 국가와 국가 간의 불화, 민족과 민족 간의 불화, 어떻게 보면 세상은 온통 불화 천지라고 할 수 있다. 혈연관계로 맺어진 가족 내에서 이미 불화의 원초적인 로망이 비롯된다는 점에서 인간에게 불화는 피할 수 없는 숙명 같은 것이라고 할 수 있다. 이 사실은 인간이 관계에서 비롯되는 불화를 피하는 것만이 능사가 아니라 그것의 실체를 깊이 있게 성찰하는 것이 무엇보다도 중요하다는 것을 의미한다. 여기에서 말하는 깊이 있는 성찰이란 불화에 대한 반성적인 거리의 확보에 다름 아니다. 불화와의 반성적인 거리가 확보되면 노인(작가)이 꿈꾸는 숲처럼 평화로운 세상이 도래하게 될 것이다. 오랜 집과 길 그리고 숲의 성찰을 통해 작가가 욕망하는 평화로운 세상에 대한 이야기가 우

리 모두의 로망이라는 사실을 망각하지 않는 것. 그것이 바로
또 다른 관계의 시작이라고 할 수 있다.

작가의 말

　　마포경찰서 옆 골목으로 들어간 이층집 사무실에서, 내 첫 소설집 『용마의 꿈』이 세상에 나오던 날, 당시 책임 편집을 맡았던 성민엽 형의 도움을 받으면서 신문사와 몇몇 분에게 보낼 책에 서명하던 일이 어제 있었던 일처럼 생각난다. 그날, 저녁을 먹은 후에, 동인들은 섬에서 올라온 촌놈인 나를 강남 어느 술집으로 데리고 가서 소설집 출간을 축하해주었다. 내가 술값을 내겠다는데도, 관례(?)가 아니라는 바람에, 나는 서먹해서 지갑을 거두어버렸다.

　　문학과지성사는 그 이후에도 한두 해에 한 권씩 10여 년 사이에 무려 6종에 8권의 책을 내주었다. 출판사 형편이 무척 어려웠던 그때에도 한 권 분량의 작품이 되면 책을 만들어주던 그 마음들이 내 문학의 큰 힘이 되었다.

　그동안 문지도 많이 변했고, 그래서 드나드는 기회도 뜸해지면서 책을 내달라고 하기가 서먹서먹해서 한 해 두 해 지나다가 10여 년 만에 다시 소설집이 나오게 되었다. 마치 첫 소설집을 내던 때처럼 즐겁고 감회도 새롭다.

　이 책에 수록된 다섯 편의 중·단편은 그동안 계속 써온 '관계' 연작 중에 비교적 최근 작품들이다. 세월을 먹으면서 살아가는 동안에 '관계' 문제가 내게 무겁게 다가왔다. 이번 소설집에서는 '가족'이라는 내 스스로 선택하지 않고서도 인륜적으로 맺어진 '관계'를 생각해보았다.

　몇 달 동안 이 책에 마음 써준 문학과지성사 관계자 여러분의 수고와 배려에 감사한다. 첫 작품집을 내었던 그 마음으로 다시 글을 써야 하겠다.

2009년 7월
현길언

수록작품 발표지면

나의 집을 떠나며 『문예중앙』 1999년 가을호

벽(발표 당시 제목은 진실과 거짓말) 『한국문학』 2000년 봄

안과 밖 『현대문학』 2008년 6월

우리 빗물이 되어 바다에서 만난다면 『문예중앙』 2000년 가을

숲 이야기 2006년 5월 『현대문학』 발표